साहित्य ही समाज को बचा सकता है

साहित्य
की
सामाजिकता
के
रचनात्मक
अभियान
के
नाम

हिन्द पॉकेट बुक्स

मिथिलेश्वर

मिथिलेश्वर हिंदी साहित्य में मुख्यतः साठोत्तरी पीढ़ी से सम्बद्ध प्रमुख कथाकार हैं। मुख्यतः ग्रामीण जीवन से सम्बद्ध कथानकों के प्रति समर्पित कथाकार मिथिलेश्वर सीधी-सादी शैली में विशिष्ट रचनात्मक प्रभाव उत्पन्न करने में सिद्धहस्त माने जाते हैं। वे सादगी के शिल्प में कहानी रचने वाले कथाकार हैं। शैली में आत्यंतिक सादगी उनकी पहचान बन चुकी है।

मिथिलेश्वर मूलतः उस जनता के लेखक हैं, जो गाँव में रहती है और आज भी अपनी बेहतरी के लिए सामंती पूंजीवादी मिजाज के खिलाफ निजी और सामूहिक स्तर पर विरोध कर रही है।

मिथिलेश्वर

की यादगारी कहानियाँ

मिथिलेश्वर

हिन्द पॉकेट बुक्स
पेंगुइन रैंडम हाउस इम्प्रिंट

हिन्द पॉकेट बुक्स

यूएसए। कनाडा। यूके। आयरलैंड। ऑस्ट्रेलिया। सिंगापुर
न्यू ज़ीलैंड। भारत। दक्षिण अफ्रीका। चीन

हिन्द पॉकेट बुक्स, पेंगुइन रैंडम हाउस ग्रुप ऑफ़ कम्पनीज़ का हिस्सा है,
जिसका पता www.hindpocketbooks.com पर मिलेगा

पेंगुइन रैंडम हाउस इंडिया प्रा. लि.,
चौथी मंजिल, कैपिटल टावर 1, एमजी रोड,
गुरुग्राम 122002, हरियाणा, भारत

पेंगुइन
रैंडम हाउस
इंडिया

प्रथम संस्करण 2015 में हिन्द पॉकेट बुक्स द्वारा प्रकाशित
यह संस्करण 2019 में प्रकाशित

10 9 8 7 6 5 4 3 2

ISBN 9789353490805

मुद्रकः रेप्रो इंडिया लिमिटेड

www.penguin.co.in

MIX
Paper from
responsible sources
FSC www.fsc.org FSC® C047271

This is a legitimate digitally printed version of the book and therefore might not
have certain extra finishing on the cover.

अनुक्रम

शायद हां, शायद नहीं

शाम होने से पहले ही मेघबरन उस छोटे शहर में पहुंच गया। उसे अपने ग्रामीण स्टेशन के कर्मचारियों से भी यही जानकारी प्राप्त हुई थी कि शाम होते-होते यह गाड़ी उस छोटे शहर तक पहुंच जाएगी। हालांकि वह चाहता था कि गाड़ी लेट हो जाए और वह रात में पहुंचे। लेकिन ऐसा नहीं हो सका। यात्राओं में उसके साथ अक्सर यह हुआ है कि समय से पहुंचने की उसकी इच्छा के विरुद्ध गाडियां विलम्ब से पहुंची हैं और जब वह खुद विलम्ब से पहुंचना चाहता था, गाड़ी निर्धारित समय पर उसे ले आयी।

गाड़ी से उतर एक पल के लिए उसने प्लेटफॉर्म का मुआयना किया। बिहार का यह छोटा शहरी स्टेशन उसके लिए अपरिचित था। वह पहली बार यहां आया था। लेकिन तीन भागों में बंटे यहां के प्लेटफ़ॉर्म और प्लेटफॉर्म के पुल से दूर-दूर तक नज़र आती शहर की विशाल इमारतों को देखते हुए उसे ऐसा लगा जैसे यह शहर उतना छोटा नहीं जितना उसने समझ रखा था। शायद गांव में रहने और अपने ग्रामीण स्टेशन की तुलना के चलते ही उसके साथ ऐसा हुआ हो।

उसने सबसे पहले वापसी की गाडियों की समय-सारणी अपनी डायरी में दर्ज की। उसे इस बात से खुशी हुई कि घण्टे-दो घण्टे के फ़ासले पर वापसी के लिए अनेक गाडियां हैं तथा छोटी-बड़ी प्रायः सभी गाडियां यहां रुकती हैं। वह जब और जिस वक़्त लौटना चाहेगा, आसानी से लौट सकेगा।

उसे जिस मुहल्ले में जाना था, उसके बारे में भी लोगों से पूछताछ की। लोगों के अनुसार वह स्टेशन के बिल्कुल नज़दीक था। बिना किसी सवारी के पैदल ही जा सकता था। स्टेशन से मात्र दस मिनट के फ़ासले पर वह

मुहल्ला था। उसके लिए यह और अच्छा था। अपने उद्देश्य को अंजाम दे वह सीधे स्टेशन पहुंच जाएगा और जिस ओर की गाड़ी पहले मिलेगी उसी से भाग चलेगा। फिर बाद में अपने ग्रामीण स्टेशन का रास्ता पकड़ लेगा। उसने पता कर लिया था, कुछ घुमावदार रास्तों के बाद चारों दिशाओं से उस ग्रामीण स्टेशन तक पहुंचा जा सकता था।

लोगों के निर्देश पर वह उस मुहल्ले में पहुंचा। वह कई तरह के लोगों और कई किस्म के घरों का मुहल्ला था। कुछ मकान बहुत अच्छे थे। लेकिन कुछ बेहद सामान्य। घरों के आसपास खड़े-बैठे लोग भी कुछ विशिष्ट और सम्पन्न नजर आ रहे थे तो कुछ विपन्न और दीन-हीन। गलियां आम छोटे शहरों की भांति कच्ची, सीलनभरी और संकरी। गलियों के किनारे बजबजाती हुई नालियां और कुड़े का ढेर।

मुहल्लेवासियों से जानकारी प्राप्त कर उसने शिशिर का घर भी देखा। शिशिर का घर न बहुत अच्छा था और न एकदम खस्ताहाल! वह एक सामान्य घर था। जैसी कि उसे जानकारी मिली थी, मरने से पहले शिशिर के बाप ने यह घर बनाया था। घर गली के भीतर नहीं, गली के मुंह पर ही था। उसने घर के चारों तरफ़ घूमकर अच्छी तरह से मुआयना कर लिया। घर अगर गली के भीतर होता तो उसे और अधिक सतर्कता बरतनी पड़ती। गली के मुंह पर वाले इस घर से तो वह क्षण भर में ही चम्पत हो सकता था। मुहल्ले में घुसते और घरों के आसपास से गुज़रते हुए मेघबरन आश्वस्त था कि मुहल्लेवासियों की तरह शिशिर भी उसे नहीं पहचानता। लेकिन शिशिर की तस्वीर उसने देखी है। उसकी जेब में अभी भी वह तस्वीर है। उसे देखते ही वह पहचान लेगा।

उसे लगा, शायद शिशिर घर के अन्दर हो या सम्भव है घर से कहीं बाहर। उसके घर का दरवाज़ा खुला था। दरवाज़े पर कोई नहीं। वहां एक अजीब तरह की उदासी और मायूसी बिखरी थी। शायद हफ़्तों से वहां झाड़ू नहीं लगी थी। बुहारन और काग़ज़ के गन्दे टुकड़े वहां बेतरतीव रूप से बिखरे थे। जो हो, जहां भी होगा शिशिर, रात तक तो अपने इस घर में लौट ही आएगा।

शिशिर का घर और मुहल्ला देख मेघबरन पुनः स्टेशन के पास लौट आया। एक बार देख चुके रास्तों को वह नहीं भूलता। आंख बन्द करके भी उसे पार कर सकता है। स्टेशन के पास के एक रेस्तरां में बैठकर उसने समय व्यतीत करने का फैसला किया। अपनी योजना के अनुसार उसे रात के अंधेरे में ही शिशिर के यहां पहुंचना था। अंधेरा होने में अभी घण्टे-डेढ घण्टे की देर थी। रेस्तरां में गरम-गरम पकौड़े तल रहे थे। कोने की एक एकान्त मेज के समीप बैठ उसने पकौड़ों का आदेश दिया। रेस्तरां के नौकर को पैसा दे बगल के 'बार-शाप' से रम की एक बोतल मंगवा ली। पकौड़ों के साथ रम की घूंट ने यात्रा की थकान ख़त्म कर कार्य के प्रति उसकी मुस्तैदी पुनः बहाल कर दी।

पिछले डेढ़ महीन से शिशिर के यहां आने की उसकी योजना थी, श्यामकरण भैया की तेरहवीं के बाद से ही। लेकिन कभी किसी कारण से उसे रुक जाना पड़ता तो कभी किसी कारण से। इस बीच उसके मन-मस्तिष्क का आक्रोश-आवेग और अधिक बढ़ता चला गया, जिसने आज उसे यहां पहुंचा ही दिया। उसके बड़े भाई श्यामकरण की हत्या उसके मित्र शिशिर ने की यह बात उसके लिए वैसे ही असहय थी जैसे भीम के लिए द्रोपदी का चीरहरण। अपने परिवार की वचनबद्धता के चलते उस असहय पीड़ा से मुक्ति के लिए भीम को लम्बे समय की प्रतीक्षा करनी पड़ी। लेकिन उसके सामने कोई वचनबद्धता नहीं। उसके जैसे भाई के रहते उसके भाई का ख़ूनी शिशिर जीवित है और सही-सलामत है। यह तो शेर से बैर लेकर शृंगाल का चौकड़ी भरना है।

श्यामकरण भैया की हत्या की सूचना जब उसके घर पहुंची तो उसके वृद्ध मां-बाप और छोट भाई-बहनों की निगाहें सीधे उस पर आ टिकीं। वे निगाहें उसके प्रति लानत और ललकार से भरी थीं। उन निगाहों ने उसके तपते-खौलते मन को और सुलगा दिया। इस स्थिति में निर्णय लेने में उसने तनिक भी देर नहीं की। घर के मेरुदण्ड अपने भाई के इस हत्यारे को वह देर तक जीवित नहीं रहने देगा।

अपने बड़े भाई श्यामकरण से मेघबरन सिर्फ़ दो साल ही छोटा था।

लेकिन क़द-काठी और डील-डौल में उनसे भी हृष्ट-पुष्ट। श्यामकरण के बारे में लोगों की आपत्तिजनक टिप्पणियों से वह अवगत था। लेकिन उनके अनुज के नाते वह उन्हें अच्छी तरह जानता था। विवशताओं के तहत भले ही उन्होंने कुछ ग़लत किया हो, लेकिन वे ग़लत आदमी नहीं थे। शुरू में गांव के लठैत, उसके पिता को अकसरूआ (अकेला) समझ बहुत सताते थे। किसी भी साल उसके खेतों की पूरी उपज उसके घर नहीं जा पाती थी। या तो खेतों से ही फ़सल काट ली जाती या खलिहान से बोझे ढो लिये जाते। लेकिन सरेख (सयाना) होने के बाद श्यामरण भैया ने ईंट का जवाब पत्थर से देना शुरू किया। चुन-चुनकर पिताजी के एक-एक दुश्मनों को उन्होंने लताड़ा। उस वक़्त तक वह भी तैयार हो गया था। पूरे गांव में उसके जोड़ का दूसरा युवक नहीं। गांव के अखाड़े में कभी किसी ने उसकी पीठ में धूल नहीं लगायी। श्यामकरण भैया ने उसे सिर्फ़ देह बनाने और पढ़ाई ज़ारी रखने में लगाया। पिताजी के दुश्मनों से वह स्वयं लड़ते रहे, पर चतुर और कुटिल दुश्मनों ने पैंतरा बदल तिकड़मों का सहारा ले लिया। वे पैसेवाले थे। इलाके में होने वाली चोरी-डकैती और खून-खराबी में भैया का नाम डलवाने लगे। पुलिस हर तीसरे-चौथे दिन उन्हें पकड़ने आने लगी। वे छिपकर रहने लगे। यह सब पैसों का खेल था। तब उसके यहां पैसे नहीं थे। शायद इन्हीं स्थितियों में पैसा उगाहने के लिए श्यामकरण भैया ने बम्बई जाने का निर्णय किया।

बम्बई में श्यामकरण भैया क्या करते थे, मेघबरन काफ़ी समय तक नहीं जान सका। उसके मां-बाप को भी इसकी जानकारी नहीं। पूछने पर वे हर बार यही कहते – "बम्बई बहुत बड़ी जगह है। वहां कामों की कोई कमी नहीं। जितना काम करो, उतने पैसे बनाओ...।"

और वे पैसे बराबर भेजते। मनीआर्डर में उनका पता कभी बम्बई के किसी मुहल्ले का होता तो कभी किसी मुहल्ले का। उनके भेजे पैसों से घर की माली हालत सुधर गयी। खेती में होनेवाले उत्पात और उपद्रव तो पहले ही शान्त हो गये थे। दरवाज़े पर दुधारू गाय रहने लगी। होली और दीवाली के अवसर पर श्यामकरण भैया अवश्य आते। अब थाने पर उनकी भी पहुंच थी। पुलिस उन्हें खोजने नहीं आती। मां ने भैया की शादी के लिए बातचीत

भी शुरू कर दी। दूर के रिश्ते की एक लड़की मां को पसन्द भी थी। लेकिन भैया ने उन्हें मना कर दिया – "अभी शादी की क्या जल्दी, अभी तो मुझे कमाने दे मां। अभी बहुत कुछ करना है।"

पिछले वर्ष मेघबरन ने भी भैया के साथ बम्बई जाना चाहा। कमाने की उसकी भी इच्छा थी। लेकिन भैया ने रोक दिया उसे, "पहले बी.ए. की पढ़ाई पूरी कर लो। काम-काज तो जीवन-भर होता रहेगा। पढ़ाई फिर नहीं हो पाएगी....।" और स्वयं मैट्रिक पास नहीं करनेवाले श्यामकरण भैया ने उसे बी.ए. तक पढ़ाया। वे जब भी गांव आते, शिशिर की चर्चा अवश्य करते – "हम और शिशिर एक साथ रहते हैं। एक ही साथ काम करते हैं। वह मेरा पक्का दोस्त है। कभी उसे घर लांऊगा....।"

भैया के पास शिशिर की तस्वीर देख वह उसे भैया का अन्तरंग मित्र समझता था। वह जानता था कि शिशिर और उसके भैया वहां जो कार्य करते थे वह अच्छा कार्य नहीं। लोग उन्हें सन्देह की दृष्टि से देखते, इसीलिए अपने रहने की जगह वे लगातार बदलते जाते। शायद चोर-उचक्कों एवं तस्करों से वे जुड़ गये थे। बम्बई की जिस उपेक्षित खोली में शिशिर ने भैया की हत्या की, उसके कारणों की पक्की जानकारी भी उसने प्राप्त कर ली। उनके बीच एक लड़की आ गयी थी जिसे लेकर दोनों एक-दूसरे को अपने मार्ग से हटा देना चाहते। हत्या के दिन कहीं से प्राप्त रुपयों के बंटवारे को लेकर भी उनके बीच संघर्ष छिड़ गया जिसमें उसके भैया मारे गये। उसके भैया की हत्या के बाद शिशिर लापता हो गया। उन दोनों ने किसी को भी अपना सही नाम पता नहीं बताया था। इसीलिए कारवाई नहीं हो सकी। उनकी लाश को लावारिस लाश के रूप में दफनाने से पहले तस्वीर ले ली गयी। उनकी मृत्यु-सूचना बम्बई में रह रहे उसके गांव के एक ग्वाले ने भेजी जिसने अपने एक लापता सम्बन्धी की खोज में थाने में पड़ी भैया की लाश की तस्वीर देखी। लाश की तस्वीर देख ऊपर से उसने भी पहचानने का अभिनय किया, लेकिन अन्दर से उसका मन चीत्कार उठा। उसने उसी क्षण तय कर लिया, जितनी जल्दी हो सके शिशिर को भी उसे भैया के पास भेज देना है ताकि उनका हिसाब-किताब बराबर हो सके।

रम की बोतल का खाली होना और मेघबरन की कसरती भुजाओं का ऐंठना लगभग एक ही साथ हुआ। अब वह अपनी पूरी मस्ती में था। उसकी आंखों की चिनगारी अब फूट पड़ना चाहती थी। उसने रेस्तरां की खिड़की से बाहर देखा, रात उतर आयी थी। उसे अधिक रात भी नहीं करनी थी। अधिक रात को अब कोई अपना दरवाजा नहीं खोलता। वह तो सिर्फ अंधेरा होने की प्रतीक्षा कर रहा था ताकि आसानी से काम कर सहजता से अंधेरे में गुम हो सके।

रेस्तरां का बिल चुका, दबे पांव वह वहां से चल पड़ा। बिजली नदारद थी। यह उसके लिए अच्छा ही था। यहां की बिजली के बारे में उसे जानकारी प्राप्त हो गयी थी कि बिजली यहां नहीं के बराबर आती है। रातों में यहां के सम्पन्न लोग जेनेरेटर चलाते हैं और सामान्य लोग लैम्प या लालटेन से अपना काम निकालते हैं।

अंधेरे में भी मेघबरन के पांव शिशिर के उस मुहल्ले में वैसे बढ़ रहे थे जैसे उसका चिर-परिचित हो। किनारे के घरों की अधखुली खिड़कियों और रोशनदानों से निकलती हल्की रोशनी आ रही थी, लेकिन गली में गुज़रनेवालों के लिए वह नाकाफ़ी थी। सम्भव है, शिशिर पहुंचते ही मिल जाय और वह भी जल्द फारिग हो जाय। सम्भव है, वह इस शहर से कहीं बाहर हो। लेकिन घर से उसका पता तो मिलना ही चाहिए। यहां उसकी प्रतीक्षा करने या यहां से प्राप्त पते पर उसे ढूंढ निकालने से पहले अब उसे अपने घर नहीं लौटना।

सधे कदमों से शिशिर के दरवाज़े पहुंच उसने अपने गोपनीय अस्त्र सहेजे। अपने को सजग-सतर्क किया और दरवाज़े पर दस्तक दी। पहली दस्तक पर अन्दर से कोई आवाज़ नही आयी। हालांकि दरवाज़े की फांक से लैम्प की मरियल रोशनी आ रही थी, जो घर के अन्दर लोगों के होने का आभास दे रही थी।

उसने दूसरी बार तेज दस्तक दी। जवाब में 'कौन है' के मधुर नारी-स्वर के साथ दरवाज़ा खुल गया। एक अठारह-उन्नीस साल की गोरी और बड़ी-बड़ी आंख़ोवाली लड़की सामने थी। उसका चेहरा बदहवास और आंखें भयातुर

थीं। क्या उसको देखकर लड़की का चेहरा स्याह पड़ गया या घर में ही कुछ घटित हुआ है? लेकिन इसे जानना मुनासिब न समझ उसने सीधे-सीधे पूछा, "शिशिर है, मैं शिशिर से मिलने आया हूं। उसे भेजिए बाहर...।"

उसके इस कथन पर वह लड़की भौंचक हो उसे घूरने लगी। उसकी बड़ी-बड़ी आंखों की भयावहता और बढ़ गयी। तो क्या उसके इरादे को इस लड़की ने भांप लिया। लेकिन यह कैसे हो सकता है? अपनी योजना तो उसने बिल्कुल गोपनीय रखी है। उसने लड़की की चुप्पी तोड़ने के लिए पुनः कहा, "मुझे शिशिर से मिलना है, मैं उससे मिलने के लिए ही आया हूं।"

इस बार लड़की का चेहरा एकदम बुझ-सा गया, जैसे पाला मार गया हो। वह अपने को अब और रोक नहीं सकी। दोनों हाथों से अपना मुंह ढांप फफककर रो पड़ी।

"क्या हुआ?" – मेघबरन के मुंह से बरबस निकल गया। लड़की ने रोते हुए ही जवाब दिया, "शिशिर भैया नहीं रहे...।" एक क्षण के लिए मेघबरन को अपने कानों पर विश्वास नहीं हुआ। उसका सारा गुस्सा जैसे काफ़ूर हो गया। तूफ़ान-आवेग बह निकला। उसे इस तरह अचम्भित देख लड़की ने पूछ लिया, "भैया से क्या काम था?"

लड़की के इस प्रश्न पर जैसे उसकी बोलती बन्द हो गयी। लेकिन उसने गला साफ़ करते हुए कहा, "वे मेरे मित्र थे।"

यह सुनते ही लड़की का चेहरा आर्द्र हो गया, "आप उनके मित्र थे तो अब तक कहां थे? और पहले क्यों नहीं आये?"

अब उसने मेघबरन को अन्दर बुला लिया। उसके अन्दर पहुंचने पर बार-बार यही कहकर वह बिलखने लगी "भैया के दोस्त होकर भी आप अब तक कहां थे पहले क्यों नहीं आये?"

मेघबरन समझ नहीं पा रहा था कि यहां किस उलझन में वह आ फंसा। यह सब क्या देख रहा है? क्या सुन रहा है? लड़की का रुदन इतना करुण था कि वह कतई अविश्वसनीय नहीं था। उस रुदन से अन्दर से वह ढहता भी जा रहा था। उसने उसे चुप कराते हुए कहा, "मुझे कोई जानकारी नहीं थी। यह सब कैसे हुआ? कब हुआ?"

लड़की ने बिलखते हुए ही कहा, "हम का जाने कैसे हुआ? अभी एको महीना तो नहीं गुजरा। भैया सुबह से ही कहीं निकले थे। शाम ऐही बेरा दरवाज़े पर भैया की लाश फेंककर ऊ सभ भाग गए। ऊ सभ कौन थे, हम नहीं देख सके। दरवाज़े पर आहट सुनकर पहुंचे कि ऊ सभ लापता हो गए। भइया ख़ून से लथपथ बेहोश पड़े थे। उन्हें भीतर मार मारा था कसाइयों ने। वे बोलने लायक भी नहीं थे। सिर्फ़ कराह रहे थे। उन्हें इस रूप में देखकर मां का तो बुरा हाल हो गया। डॉक्टर बुलाकर हमने उन्हें दिखाया। डॉक्टर के अनुसार कई बोतल खून चढ़वाया। ऑपरेशन कराया। फिर भी वे ठीक नहीं हुए। अन्त में डॉक्टर ने पटना ले जाने के लिए रेफर कर दिया। अब हमारे पास कुछ भी पैसे नहीं बचे थे। टोला-पड़ोस किसी ने भी उधार-पैंच नहीं दिया। तीन दिनों तक घर में ही कराह-कराह कर मरे भैया। काश, आप उसी वक़्त आ गये होते! हमें लगता है, अगर हम उन्हें पटना ले जाते तो वे अवश्य बच जाते...। हमारी किस्मत खोटी थी। उनके कोई दोस्त-साथी भी उस वक़्त नहीं आये...।"

मेघबरन समझ नहीं पर रहा था कि अपने दुश्मन की बहन की इस व्यथा को वह किस रूप में ले। अपने इस दुश्मन-परिवार पर तो उसे सख़्त बने रहना था, जबकि अन्दर से वह अपने को द्रवित होता पा रहा था। शायद विरोधी के ख़ात्मे के साथा मन का विरोधभाव भी समाप्त हो जाता हो...।

आंसू पोंछते हुए लड़की अब उसे आंगन के ओसारे में खटिया पर पड़ी अपनी मां के पास ले आयी। मेघबरन ने देखा, साठ-बासठ की अवस्था की एक बूढ़ी औरत खटिया पर नीम बेहोशी की हालत में पड़ी थी तथा रह-रहकर हाथ-पांव फेंकती और कराह उठती। लड़की ने उसे बताया, "जिस दिन से भैया गुज़रे उसी दिन से मां की यह हालत है। बीच में एकाध सप्ताह के लिए ठीक हो गयी थी। लेकिन फिर भैया को याद कर इतना रोया-पीटा कि फिर गिर पड़ी। देखिए न! इसे कितना बुखार है। मैं क्या करूं कुछ समझ नहीं पाती...?"

मेघबरन ने उसकी मां को छूकर देखा, सचमुच बुखार से बदन तवे की तरह जल रहा था। ऐसा तेज़ बुखार जानलेवा भी हो सकता है। उसने पलटकर लड़की से पूछा, "क्या दवा चल रही है?"

जवाब में लड़की फिर बिफरकर रो उठी। उसने रोते हुए ही मेघबरन के पांव पकड़ लिये, "अब आप आ गये हैं तो आप ही कुछ कीजिए। भैया के मित्र हैं तो मेरे भैया ही हैं। मेरी मां को बचा लीजिए!"

उस लड़की के उस अनुनयपूर्ण विलाप में जाने ऐसा क्या था कि मेघबरन को उसकी बीमार मां में अपनी मां की छवि कौंध गयी। उसने विश्वास-भरे शब्दों में कहा, "मैं अभी किसी चिकित्सक को ले आता हूं...!"

और उसी वक़्त मेघबरन दरवाज़े से बाहर निकल गली के अन्धकार में खो गया। यह अवसर था, इस मुसीबत से मुक्त हो वह अपने घर वापस आ जाता। लेकिन शिशिर की बहन के उन आंसुओं और उसकी मां के बुखार ने जाने किस बन्धन में उसे बांध दिया कि वह ऐसा नहीं कर सका। इस बीच शिशिर की उस बहन से उसे यह भी ज्ञात हो गया था कि शिशिर के परिवार के नाम पर उसकी वह अकेली बहन और मां है तथा सम्पति के नाम पर सिर्फ़ यह विपन्न घर।

मेघबरन उस शहर के लिए अपरिचित था। लेकिन गली से निकल सड़क पर आने और नज़दीक के डॉक्टर का पता हासिल कर उसके क्लिनिक तक पहुंचने में उसे देर नहीं हुई। डॉक्टर की फीस अदा कर वह उन्हें साथ लेते आया। मरीज को देखते ही डॉक्टर चौंक गया, "और पहले से इलाज शुरू हो जाना चाहिए था। बुखार बिगड़ गया है। ऐसे तेज़ बुख़र में ब्रेन हैमरेज का भी खतरा रहता है। अभी तत्काल इन्हें तीन इंजेक्शन लगेंगे। मैं आवश्यक दवाएं लिख देता हूं। दवाएं अभी से शुरू हो जानी चाहिए...।"

चिकित्सक को वापस उनके क्लिनिक तक छोड़ मेघबरन डॉक्टर का पुर्जा ले दवा की दुकान पर पहुंचा। दवाएं महंगी थीं। लेकिन मन के धरातल पर इलाज का दायित्व उसने स्वीकार कर लिया था। कम्पाउण्डर के साथ दवाएं ले वह फ़ौरन लौट आया। तीनों इंजेक्शन पड़े। आवश्यक दवाएं दी गयीं। अब कम्पाउण्डर को विदा कर वह शिशिर की मां के होश में आने की प्रतीक्षा करने लगा। इस बीच वह लड़की डॉक्टर के परामर्श के अनुसार ढण्डे पानी में कपड़े निचोड़-निचोड़कर मां के हाथ-पांव पोंछती रही।

मेघबरन ने अनुभव किया, रात गहराती जा रही थी और एक मनहूस

सन्नाटा उसके और उस मां-बेटी के बीच पसरा था। उसने सन्नाटे को तोड़ते हुए लड़की को आश्वस्त किया, "बहुत शक्तिशाली दवा दी गयी है। डॉक्टर ने मुझे बताया है, दो घण्टे के अन्दर मरीज को होश आ जाना चाहिए...।"

मेघबरन की इस बात से लड़की के हताश चेहरे पर सहजता लौटती नज़र आयी। मेघबरन ने पुनः कहा, "होश आने के बाद डॉक्टर ने चाय, हार्लिक्स, पानी आदि लिक्विड रूप में ही कुछ देने का कहा है...!"

मेघबरन की यह बात सुन लड़की को जैसे सहसा कुछ याद आया। वह झेंपते हुए बोली, "अरे, अभी तक आपने कुछ भी नहीं लिया! आप इतनी देर से आये हैं...। मैं भी कैसी भुलक्कड़ हूं कि अभी तक जलपान के लिए भी आपसे नहीं पूछा। भइया की मृत्यु और मां की बीमारी से मेरी मति मारी गयी है। रुकिए, मैं अभी कुछ बनाती हूं...।"

जवाब में कहा मेघबरन ने, "रहने दो, मुझे कुछ भी लेने की इच्छा नहीं। हां, अगर पिला सको तो एक कप चाय पिला दो।"

लड़की घर के अन्दर गई। फिर मायूस हो वापस लौट आयी। ओसारे के पाये से उठंग वह पुनः रोने लगी। मेघबरन समझ गया, घर में कुछ नहीं। ओसारे की ढिबरी उठा उसने घर के अन्दर देखा, उस श्रीहीन घर के अन्दर डिब्बे और कनस्तर सब ख़ाली नज़र आये। ओसारे के कोने में पड़े स्टोव को भी उठाकर उसने देख लिया, उसमें भी तेल नहीं। अब मेघबरन पुनः घर से चल पड़ा। लड़की समझ गयी। उसने मेघबरन को रोकने की कोशिश की, "रात अधिक हो गयी है। जो लेना होगा, सुबह ले लेंगे। यह इलाका ठीक नहीं। रात में यहां कोई नहीं निकलता...।"

जवाब में कहा मेघबरन ने, "होश आने के बाद तुम्हारी मां को कुछ देना ज़रूरी है। मेरी चिन्ता न करो। मैं बस गया और लौट आया...।"

और सचमुच मेघबरन जल्द ही चला आया। स्टेशन एरिया की दुकानें उसे खुली मिलीं। जो रुपये संचित कर वह लाया था उसे ख़र्चने में उसे तनिक भी आहस नहीं हुई, जैसे सब कुछ किसी अज्ञात दबाव के तहत हो रहा हो...।

किरासिन, चीनी, चाय, दूध-पावडर, हार्लिक्स, बिस्कुट, पावरोटी आदि सब लेकर वह आ गया। लड़की उसके इस अतिरिक्त ख़र्च पर संकोच और

झेंप का अनुभव करने लगी। लेकिन घर के अन्दर ज़िन्दगी लौट आयी। लड़की के द्वारा बर्तन धोने की खटर-पटर, स्टोव की आवाज़ और गर्म चाय के गिलास का आना मेघबरन को अच्छा लगा। उसके आग्रह पर मां के पास बैठ लड़की ने भी चाय ले ली।

चाय पीते हुए सोचने लगा मेघबरन, वह क्या करने आया था और यह सब क्या हो रहा है? शिशिर के बिना उसके घर और उसकी मां-बहन की यह हालत हो जाएगी, अगर इस बात की जानकारी उसे होती तो क्या वह शिशिर को मारने यहां आता? हालांकि अपने अन्दर से इस प्रश्न का ठीक-ठीक जवाब वह नहीं पा रहा था। शायद हां, शायद नहीं।

मेघबरन का ध्यान अब इस ओर भी चला गया कि शिशिर को किसने मारा? क्यों मारा? अवश्य श्यामकरण भैया की तरह औरों के साथ भी उसने धोखेबाज़ी की होगी। जिसकी सज़ा औरों ने उसे दी। लेकिन शिशिर जैसे धोखेबाज़ और क़ातिल की ऐसी बहन और ऐसी मां...।

"रुनकी ज़रा पानी दे बेटी...। प्यास से कण्ठ सूख रहा है...।" – शिशिर की मां को होश आ गया। उनकी बेटी रुनकी तो मां के बोल सुन जैसे निहाल हो उठी। तत्काल पानी ले हाज़िर हो गयी – "अब कैसी तवीयत है मां?"

"बहुत पसीना हो रहा है रुनकी। लगता है, बुखार उतर रहा है।"

अब तक मेघबरन भी चाय का गिलास रख उसकी मां के पास जा खड़ा हुआ। उसे देख मां ने रुनकी से पूछा, "यह कौन हैं,"

रुनकी ने सब कुछ बता दिया। सुनते ही मां ने फिर बिसूरना प्रारम्भ कर दिया। उससे मिलते वक़्त रुनकी ने जो कहा था, लगभग वही सब उसकी मां भी कहे जा रही थी – "तुम अब तक कहां थे? उस वक़्त आ गये होते तो शिशिर बच जाता। सहारे के अभाव में छटपटाकर मर गया बेटा। तुम्हें उसी वक़्त आ जाना चाहिए था। उस बखत उसके कोई दोस्त-साथी नहीं आये...।"

मेघबरन समझ नहीं पा रहा था कि क्या सचमुच उस वक़्त वह आ गया होता हो उसे बचाने की कोशिश करता। शायद हां, शायद नहीं। फ़िलहाल उसकी मां को चुप कराते हुए उसने कहा, "डॉक्टर ने आपको रोने से मना

किया है। आपको अधिक बोलना भी नहीं है। डॉक्टर की दवा से ही बुखार कम हुआ है...!"

मेघबरन समझ नहीं पा रहा था कि क्या सचमुच उस वक़्त वह आ गया होता तो उसे बचाने की कोशिश करता। शायद हां, शायद नहीं। फिलहाल उसकी मां को चुप कराते हुए उसने कहा, "डॉक्टर ने आपको रोने से मना किया है। आपको अधिक बोलना भी नहीं है। डॉक्टर की दवा से ही बुखार कम हुआ है...।"

मेघबरन की इस बात पर मां के कान खड़े हो गये। तो क्या अभी डॉक्टर से भी उसे दिखाया जा चुका है? मां की जिज्ञासा लक्ष्य कर रुनकी ने उन्हें सब कुछ विस्तार से बता दिया। यह सब सुन मेघबरन के प्रति मां की आंखें स्नेह और वात्सल्य से भर गयीं। वे पूरी ममता से उसे निहारने लगीं। फिर अत्यन्त आत्मीयता से मेघबरन को अपने करीब बुलाया, "मेरे पास आ बेटे!"

क़रीब आने पर मेघबरन को उन्होंने ऐसे देखा, जैसे शिशिर को देख रही हों। मेघबरन का हाथ पकड़ उसकी आंखें फिर बहने लगीं। मेघबरन ने उन्हें पुनः शान्त किया। उसे शिशिर की मां, अपनी मां से बहुत कुछ मिलती-जुलती नज़र आयी। जाने-अनजाने उसका मन भी रुआंसा हो गया। ठीक इसी वक़्त रुनकी बोल उठी, "आप जब से आये हैं आपने तनिक भी आराम नहीं किया। मैं बिस्तरा लगा देती हूं, अब आप सो रहें। मां अब ठीक हैं...।" और रुनकी ने फुर्ती से बरामदे के एक किनारे मेघबरन का बिस्तरा लगा दिया। मेघबरन बिस्तरे पर आ लेटा। लेकिन उसे नींद नहीं आयी। मां के पास बैठी रुनकी की भांति वह भी सारी रात जागता रहा। शायद रुनकी और उसकी मां उसे सो गया समझाती रहीं। लेकिन उनकी बातचीत वह सुन रहा था।

"भगवान ने इसे हमारे लिए भेज दिया है। बेटे का दोस्त और बेटे में क्या अन्तर..."

"ईश्वर ने हमारी सुन ली, मां। भइया के मित्र तो भइया से भी बढ़कर। अपने इत्ते अच्छे मित्र के बारे में भइया ने पहले क्यों नहीं बताया? हम खबर देकर इन्हें बुलवा लिये होते...।"

"सब समय का फेर है रुनकी। जो होना होता है वह होकर रहता है...। जिसे जब आना होता है वह तभी आता है...। इसे कुछ खिलाया?"

"कुछ नहीं मां। चाय, हार्लिक्स आदि तो ये खुद ख़रीदकर लाये...।"

"यह कैसा दुःख आया रे कि बेटे के साथ-साथ घर भी ख़ाली।"

"तुम चिन्ता न करो मां, सुबह पड़ोस से मांगकर मैं कुछ बनाऊंगी। तुम ठीक हो जाओ तो खाने-पीने का कोई-न-कोई बन्दोबस्त हम कर लेंगें...।"

सुबह मेघबरन देर तक पड़ा रहा। अब तक आंगन में धूप उतर आयी थी। उसके साथ अक्सर ऐसा होता था कि जिस रात प्रारम्भ में उसे नींद नहीं आती, उस रात सुबह देर तक वह सोता रहता।

उठने के बाद जम्हाई लेते हुए वह बिस्तरे पर बैठ गया। उसने देखा, खटिया पर बैठी रुनकी की मां हार्लिक्स पी रही थीं तथा नहा-धोकर रुनकी स्टोव के पास बैठी कुछ बना रही थी। उसके भीगे बाल पीठ पर बिखरे थे जिससे रिसती बूंदें उसके कपड़ों की गीला कर रही थीं। उस पर नज़र पड़ते ही रुनकी हुलसते हुए बोल उठी, "आप जग गये। कल बहुत थक गये थे। अभी चाय लाती हूं। भइया को भी बिस्तरे की पहली चाय पसन्द थी।"

मेघबरन को इच्छा हुई कह दे, "उसे ऐसी कोई आदत नहीं, बल्कि बिना हाथ-मुंह धोये और स्नान किये वह कुछ नहीं लेता।" लेकिन सुबह-सुबह वह रुनकी का मन दुखाना नहीं चाहता। सिर्फ उसका मन रखने के लिए ही उसने चाय का ग्लास थाम लिया।

दिन के उजाले में रुनकी के खुले-धुले चेहरे और उसकी मां के सुधरते स्वास्थ्य ने घर की स्निग्धता को बढ़ा दिया था – "जुग-जुग जियो बेटा! तुम कल नहीं आये होते तो मैं नहीं बचती। मुझे कुछ भी होश नही था। भगवान भी अजीब खेल खेलता है। एक बेटा छीनता है तो दूसरा भेज देता है...!"

उसने रुनकी को समझाया, "मां को अधिक बोलने से चिकित्सक ने मना किया है।" लेकिन रुनकी ने उसे बताया, "कया करूं, मां मानती ही नहीं। इन्हें अधिक बोलने के आदत पड़ गयी है। पिताजी की मृत्यु के बाद से ही यह हुआ है। कोई भी सामने पड़ता है, बस सब कुछ उगलने लगती हैं। भइया की मृत्यु के बाद तो इनकी यह आदत और बढ़ गयी है...।"

मेघबरन को याद आ गया, उसके गांव में भी इस तरह की तीन-चार वृद्ध महिलाएं हैं। जो अपनी इच्छा-आकांक्षा, दुःख-तकलीफ, आपबीती-जगबीती सब कह देती हैं। कुछ भी अपने पास गोपनीय नहीं रखतीं। कोई सुननेवाला नहीं मिलता तो दरवाज़े पर आये फ़ेरीवाले या भिक्षुकों से भी कहती जातीं।

मेघबरन के स्नान आदि से निबटने तक उसे सुनाकर मां का कहना जारी था, "रुनकी कहती है कि मैं जानबूझ कर बीमार पड़ जाती हूं। जो हो गया वह दुबारा वापस नहीं आ सकता। लेकिन इस नादान छोरी को मैं कैसे समझाऊं कि पति-शोक सहा जाता है, पुत्र शोक नहीं। मां के रहते उसके जवान बेटे की अर्थी घर से निकले इससे बढ़कर विपत्ति और क्या होगी...?"

मेघबरन फुर्ती से स्नान आदि कर तैयार हो गया। अब वह वापस जाएगा। इस झमेले में उसे अब नहीं पड़ना। लेकिन उसके तैयार होते ही रोटी और सब्जी की थाली ले रुनकी सामने आ गयी।

"मुझे भूख नहीं। अब मैं चलूंगा...।"

"आपने रात भी कुछ नहीं खाया था। सिर्फ चाय पीकर सो गये थे...।"

जाने इस लड़की के आग्रह में ऐसा क्या था कि वह हर बार हार जाता था। अनिच्छा के बावजूद बिस्तरे की चाय उसे पीनी पड़ी थी और न चाहते हुए भी रोटी-सब्ज़ी का यह आहार स्वीकार करना पड़ा। वह जानता था – पड़ोस से मांगकर सिर्फ रोटी-सब्जी ही बनायी जा सकती थी, चावल दाल नहीं। उसकी आदत दिन के खाने में चावल-दाल की थी, किन्तु...!

मेघबरन खाता जा रहा था। पास बैठी रुनकी पंखा झल रही थी। मेघबरन को सुनाकर उसकी मां का कथन जारी था – "बहुत अघामत (अनेक तरह के प्रयत्न पूजा-पाठ मनौतियां आदि) से मैंने शिशिर को पाया था। मेरा इकलौता लाल! उसकी बहू उतारने की साध मन में ही रह गयी। कसाइयों को उससे क्या लेना था कि उसे मारा? मुझसे कहते, मैं घर-द्वार बेचकर उसका लगेन (बकाया) चुका देती। हे भगवान! उसे मारनेवालों को तू औचट दण्ड दे। राह चलते उनपर बजर गिरे। उनका घर-बार सब तहस-नहस हो जाए। तू देख लेना बेटा, मेरा कलपना कभी अकारथ नहीं जाएगा। रांड का रोना और पुरवा का बहना व्यर्थ नहीं जाता..."

"मेरा शिशिर ऐसा नहीं था। रामधनिया ने उसे ऐसा बना दिया था। तू रामधनिया को नहीं जानता बेटा, शहर का नामी सेठ है। रामधनी सेठ का नाम किसी से पूछोगे, सब बता देंगे। आज सेठ बना है, पहले का गुण्डा है। गुण्डई से ही सेठी हासिल की है। अपने नये कॉलेज में शिशिर को बड़ा बाबू बनाकर ले गया। इसके एवज में मोटी रकम ली। बाकिर जब कॉलेज असालतन (अंगीभूत) होने लगा तो शिशिर की जगह पर ज्यादा पइसा लेकर अपनी जाति के एक मुस्टंड को रख दिया। शिशिर का पइसा भी नहीं लवटाया। नया खून शिशिर बर्दाशत नहीं कर सका । रामधनिया के बेटे का हाथ तोड़ बम्बई भाग गया। तब उसके बाबू जिन्दा थे। वे कुछ ले-दे और हाथ जोड़ रामधनिया से सुलह लगाये। कहीं यह काम रामधनिया का ही तो नहीं। बाकिर उन बातों को बीते ढेर दिन हो गये। बीच में तीन-चार दफ़े बम्बई से आया भी शिशिर...।"

"तुम जो हमारी यह हालत देख रहे हो बेटा, सब किस्मत का फेर है। शिशिर के बाबू थे तो हमारे यहां क्या नहीं था। टोला-पड़ोस किसको हमने ऐचा-पैंचा नहीं दिया? रुनकी और शिशिर को लाड-प्यार में पाला। घी-दूध की कमी कभी न होने दी। शिशिर के बाबू होते तो रुनकी के हाथ कभी पीले कर दिये होते। यह लड़की नहीं लक्ष्मी है बेटा। साधु-सन्त इसका हाथ देखते हैं तो कहते हैं, जिस घर जाएगी उसका उजड़ा घर बसा देगी। शिशिर और उसके बाबू नहीं हैं तो क्या, जल्दबाजी में खराब घर में इसे नहीं डालूंगी। यह मेरी आंख की पुतरी है।"

इसके बाद मां-बेटी के अन्यतम रिश्ते से सम्बन्धित भोजपुरी की एक कविता वे कह उठीं – "बेटी लेके उड़बो, बेटी लेके बुड़बो, बेटी लेके जइबो पाताल...।"

फिर अपनी वर्तमान स्थिति पर आ गई – "तू हमारी चिंता न करना। हम फिर अपने घर को आबाद कर लेंगी। खाली घूम-फिर हमें देख लेना। तुम्हारे आने-जाने से हमें भी शिशिर का अभाव नहीं खलेगा। यह तो शिशिर के शौक ने पछाड़ दिया नहीं तो दोनों हाथों के बरपाएय रहते हमें क्या दुःख? शायद तू नहीं जानता, हम सतू बनाती हैं। चने का शुद्ध सतू। जिसने

एक बार हमारा सतू खा लिया, फिर वह दूसरी जगह का सतू नहीं ले सकता। दूसरे मुहल्ले के लोग भी हमारे यहां आकर सतू ले जाते है। शिशिर के बाबू को गैस्टिक की बीमारी थी। डॉक्टर ने सतू का घोल पीने का कहा था। शुरू में उन्हीं के लिए घर का सतू तैयार करती। बाद में यही काम हमारे जीवन का सहारा बना गया। शिशिर को यह काम पसन्द नहीं था। बम्बई में कमाने लगा तो यह काम छुड़वा दिया। बाकिर अब यह काम हम फिर शुरू करेंगी। तुम देख लेना बेटा। हमारा घर फिर भर जाएगा। घर में सिर्फ चना आने की देर है। ठीक होते ही कहीं से उधार-पैंच ले चना लाऊंगी...।"

मेघबरन अब तक खाना खा चुका था। अब वह जाने के लिए तैयार था। अपने एकल कथन में रुनकी की मां ने सब कुछ बता दिया। अब इस घर के बारे में कुछ भी जानना उसके लिए शेष नहीं था। यहां बार-बार उसके अन्दर से यह प्रश्न उठ रहा था कि रुनकी की मां ने उसे यह सब क्यों बताया? कहीं ऐसा तो नहीं कि यह सब बताकर उसकी सहायता की परोक्ष याचना की हो?

मेघबरन को ऐसा लगा जैसे उसके अन्दर से कोई कह रहा हो, जब तक इस घर के यथार्थ से तुम अवगत नहीं थे तब तक इससे तुम्हें कोई मतलब नहीं। लेकिन इस यथार्थ को नज़दीक से महसूस करने के बाद इसकी भागीदारी से तुम मुक्त नहीं हो सकते। यह वही क्षण था जब किसी आन्तरिक प्रेरणा के तहत वापसी का मार्ग-व्यय छोड़ अपने पास के शेष रुपये उसने रुनकी की ओर बढ़ा दिये, "मुझे अब वापस लौटना है। ये रुपये रख लो। चने खरीद कर सत्तू का अपना व्यवसाय प्रारम्भ कर देना...।"

एक क्षण के लिए रुनकी झेंप गयी। संकोच में वह दुहरी होने लगी। उसने हाथ बढ़ाकर तत्काल रुपये नहीं लिये। इस पर कहा मेघबरन ने, "यह बहुत अधिक नहीं, सिर्फ तुम्हारे व्यवसाय चलाने भर हैं। व्यवसाय से पैसे आने लगें तो चाहो तो इसे वापस भी कर सकती हो...।" और मेघबरन ने हाथ बढ़ाकर उसे रुपये थमा दिये, "अच्छा तो अब मैं चलता हूं...।"

यह सुन रुनकी बीच में ही बोल पड़ी, "इतनी जल्दी भी क्या है! अभी तो आप कल शाम को ही आये...!"

"मेरा जाना ज़रूरी है। वहां भी बहुत काम है।"

रुनकी की मां बिस्तरे से ही यह सब सुन रही थी। अब वह भी बोल पड़ी, "आज भर रुक जाओ, बेटा। अभी तो मैंने तुझे भर नज़र देखा भी नहीं। कल चले जाना। अब तो हमारी किस्मत में अकेले रहना ही बदा है...।"

मेघबरन ने रुनकी से कहा, "मां को समझा दो।"

लेकिन वह भी अड़ गयी, "सिर्फ आज भर रह जाइए। मां का मन रख दीजिए। कल हम आपको नहीं रोकेंगी।"

मेघबरन ने लक्ष्य किया, ऐसा कहते हुए उस लड़की की बड़ी-बड़ी आंखे सजल हो आयीं। यहां फिर उस लड़की से अपने को हारता हुआ महसूस किया। अपनी योजना और इच्छा के विरुद्ध उस दिन उसे रुक जाना पड़ा।

मेघबरन के लिए नये शहर का वह पूरा दिन पहाड़ साबित हुआ। दिन व्यतीत करने के लिए उसने शहर घूमने का फैसला किया। शहर के मुख्य बाज़ार से लेकर शहर के एकमात्र पार्क और सबसे अच्छे पिक्चर हाल की यात्रा के बाद शाम को थका-हारा वह घर पहुंचा।

मेघबरन को अपनी आंखों पर विश्वास नहीं हुआ दिनभर में ही उस लड़की ने सत्तू का अपना व्यवसाय आरम्भ कर दिया था। ताजे सत्तू की सोंधी खुशबू पूरे घर में फैली थी तथा भूने हुए चने के छिलके आंगन में बिखरे थे। उसे सुखद आश्चर्य हुआ कि इस लड़की ने चना खरीदकर लाने, उसे भूनने और सत्तू बनाने का कार्य इतनी जल्दी कर लिया। शायद लड़की ने उसका आश्चर्य भांप लिया। उसने कुछ लजाते हुए ही कहा, "आज मैंने थोड़ा-सा ही बनाया है। मां ठीक हो जाएंगी तो हम पूरा-पूरा सत्तू बनाने लगेंगी...।"

ठीक इसी समय किसी महिला की आवाज़ दरवाजे पर हुई। रुनकी तेजी से बाहर चली गयी फिर लौटकर सत्तू का पैकेट ले उसे दे आयी। शायद पड़ोस के ग्राहकों को भी सत्तू बनने की भनक लग गयी थी। मेघबरन सुन रहा था, वह औरत रुनकी से उसके बारे में पूछ रही थी। शायद उसकी उपस्थिति की जानकारी पड़ोस को हो गयी थी। इस सम्बन्ध में उसे रुनकी का जवाब साफ सुनाई पड़ा, "मेरे ममेरे भाई हैं। बहुत दिनों बाद आये हैं।"

उसे लगा, रुनकी सिर्फ़ अपने शील-स्वभाव में ही अच्छी नहीं, दिमागी स्तर

पर भी चतुर है। उसने उसे अपने भाई का दोस्त नहीं, ममेरा भाई बताया। उसका भाई जैसा था, उसके दोस्त भी वैसे ही होंगें, इसीलिए मुहल्लेवालों को उसने यह नहीं बताया। यहां पुनः मेघबरन के अन्दर यह सवाल पैदा हुआ कि अपने उसी भाई का उसे दोस्त समझते हुए भी उसके प्रति उसके व्यवहार में तनिक भी आपत्ति का भाव क्यों नहीं? इस प्रश्न का उत्तर चाहते हुए भी मेघबरन नहीं पा सका। इससे पहले भी उसके जीवन में कभी-कभी ऐसे सवाल उठे थे जो अनुत्तरित ही रह गये थे। शायद वह उसी तरह का सवाल था। उस महिला से छूटने के बाद रुनकी ने सबसे पहले मेघबरन के लिए चाय तैयार की। पूरे दिन मां को समय से दवा दे चुकने और बुखार न आने की सूचना उसे दी। फिर दीया-बत्ती जला रसोई-पानी के कामों में लग गयी। इस बीच मेघबरन को आया जान मां ने अपना कथन जारी कर दिया, "यह शहर घूम लिया, बेटा। छोटा शहर है, लेकिन कोई बेजां नहीं है। हमें तो इस शहर को छोड़कर कहीं मन ही नहीं लगता। कहीं भी जाते हैं तो भागे-भागे अपने इस शहर लौट आते हैं। यह मेरे पति की 'बेख' (विरासत) है। अब इस तन की मिट्टी यहीं से उठेगी...।"

इसके बाद मां का कथन यहां के अपने इस घर पर केन्द्रित हो गया कि कैसे पति ने यह जमीन ली तथा नाली निकालने के प्रश्न पर कैसे पड़ोसियों से तकरार हुई तथा कैसे घर बनाया गया। अपने इस घर-प्रकरण के बाद मां ने मेघबरन का हुलिया भी विस्तार से लिया। मेघबरन इसके लिए तैयार नहीं था इसीलिए मां के प्रश्नों पर कभी सच तो कभी झूठ बोलकर काम चलाता रहा। मां के सवाल पर जब उसे जैसा जवाब सूझा, वैसा ही बता दिया।

शाम के रात में बदलते ही रुनकी खाना लेकर मेघबरन के समक्ष उपस्थित हो गयी। आज उसने रात का खाना समय से पहले ही तैयार कर लिया था। शायद कल रात उसे न खिला सकने की क्षतिपूर्ति थी।

मेघबरन ने देखा, रुनकी चावल, दाल और सब्जी लेकर आयी थी। उसकी रुचि का भोजन! तो क्या रुनकी उसकी रुचि जानती है? नहीं। सुबह रोटी खिलाने के बाद शाम को चावल खिलाने की ही बारी थी। शायद चने के लिए दिये रुपयों में से ही उसने चावल-दाल का इन्तजाम किया हो।

खाना खाने के बाद मेघबरन बिस्तर पर लेट गया। सोने से पहले उसने रुनकी को बता दिया, "सुबह तड़के ही निकल जाऊंगा।"

अब वह बिल्कुल तनाव-मुक्त था। उसके मन का सार आक्रोश और तूफ़ान तो पहले ही निकल चुका था। रुनकी का सत्तू-व्यवसाय शुरू कराकर वह अपने को बहुत हल्का और निश्चिन्त अनुभव कर रहा था। लेटते ही उसकी आंख लग गयी। हालांकि उसके सोने तक मां का कथन ज़ारी रहा। लेकिन उसे सुनते और अनसुना करते हुए वह नींद की चपेट में चला गया।

दूसरी सुबह एकदम तड़के मेघबरन की आंख खुल गयी। शायद शाम सोते हुए सुबह उठने के संकल्प के चलते ऐसा हुआ था। इससे पूर्व भी सुबह उठने का इरादा ले जिस रात वह सोता था, सचमुच सुबह उसकी नींद समय से खुल जाती थी। उसका अनुमान था कि रुनकी मां-बेटी से पहले ही वह जगा है। लेकिन जगते ही स्टोव की आवाज़ सुन और यह देख उसे पुनः आश्चर्य हुआ कि रुनकी उससे पहले ही उठ गयी थी और स्टोव जलाकर कुछ बना रही थी। मेघबरन के जाग चुकने की भनक लगते ही वह चाय लेकर हाज़िर हो गयी। चाय पी मेघबरन फुर्ती से तैयार हो गया – "गाड़ी का समय हो गया रुनकी। अब मैं चलता हूं।"

वह दौड़ती हुई उसके समीप आ गयी, "रास्ते का नाश्ता तैयार कर रही हूं। अब हो ही चला है...।"

मेघबरन को अब और इस माया-मोह में नहीं फंसना – "मैं रास्ते में कहीं कुछ ले लूंगा। मुझे रास्ते में अधिक खाने की आदत नहीं...। तुम लोग इसे खा लेना...।" और वह रुनकी की प्रतिक्रिया जाने बग़ैर निकसार से दरवाज़े की ओर बढ़ गया। रुनकी की बातों में अब उसे नहीं आना और भावनाओं में भी नही बहना।

"अच्छा! सिर्फ़ एक मिनट रुक जाइए।" और रुनकी ने कागज़ का एक टुकड़ा और कलम उसकी ओर बढ़ाते हुए निवेदन किया, "अपना पता इस पर लिख दीजिए।"

मेघबरन के मन में आया कि वह ग़लत पता लिख दे। लेकिन उसे ऐसा नहीं किया। अपना वास्तविक नाम-पता उस कागज़ पर दर्ज कर तेजी से

बढ़ चला। पौ फटने में अभी देर थी। भोर का धुंधलका छाया था। धुंधुलके को लांघते हुए उसके कदम स्टेशन की ओर चल पड़े। गाड़ी अपने निश्चित समय से मात्र बीस मिनट विलम्ब से आयी। लेकिन यह क्या? प्लेटफॉर्म पर पश्चिम से गाड़ी का पहुंचना और पूरब से रुनकी का आना दोनों एक साथ हुआ। रुनकी कुछ घबरायी हुई थी कि वह गाड़ी के भीतर चला न गया हो। उस पर नज़र पड़ते ही उसका चेहरा खिल गया। रूमाल में बांधकर लाये नाश्ते को उसके हवाले करते हुए बोल उठी, "मां ने भेजा है।"

मेघबरन ने पूछा, "क्या है इसमें?"

वह कह उठी, "सत्तू की मकुनी। रास्ते में जल्द खराब नहीं होती।"

यहां मेघबरन यह समझ नहीं पाया कि रुनकी सिर्फ़ उसे मकुनी देने पहुची है या मकुनी के बहाने स्टेशन तक छोड़ने। उसके हाथ से नाश्ते की वह पोटली ले मेघबरन ट्रेन के भीतर चला गया। सुबह की वज़ह से भीड़ नहीं थी। खिड़की के पास की सीट उसे मिल गयी। रुनकी आगे बढ़कर उसकी खिड़की के समीप आ गयी। गाड़ी खुलने के समय ने उसे कुछ विकल-सा कर दिया था। उसने उसी विकलता में मेघबरन से निवेदन किया, "मां ने कहा है, खोज-ख़बर लेते रहिएगा। हमारा यहां अपना अब कोई नहीं...।"

मेघबरन ने अनुभव किया, ऐसा कहते हुए रुनकी का चेहरा रक्तिम हो उठा। जब गाड़ी खुलने लगी तो उसने जोर देकर कहा, "शीघ्र ही आइएगा...। आइएगा न...?"

लेकिन मेघबरन के मुंह से जवाब निकलते-निकलते रह गया – शायद हां, शायद नहीं। गाड़ी खुल गयी थी। प्लेटफॉर्म पर खड़ी बड़ी-बड़ी पनीली आंखोवाली वह रुनकी ओझल होने तक उसे नज़र आती रही।

बाबू जी

मेरे गांव में जब भी किसी की मृत्यु होती है, तीन-चार दिनों तक उसके बारे में खूब चर्चाएं चलती हैं। हर गली, हर बैठक तथा हर दालान पर बातों का विषय वही मरने वाला ही होता है। उसका दबा पड़ा इतिहास बातों-ही-बातों में एकदम उजागर हो जाता है। उसके जीवन के गुप्त और छिपे संदर्भ भी सामने आ जाते हैं। उसकी खामियां भी एकदम बेपर्दगी के साथ नजर आने लगती हैं। तब मुझे लगता है, मर जाने के बाद ही मेरा गांव किसी आदमी का सही मूल्यांकन कर पाता है।

मेरे बाबू जी के साथ भी ऐसा ही हुआ। वे जब तक जिंदा थे, गांव के किसी एक आदमी से भी प्रशंसा नहीं पा सके लेकिन अब, जबकि वे मर चुके हैं, हर बैठक और दालान में उनकी ही चर्चा शुरू है। उनकी मृत्यु का आज चौथा दिन है। इन चार दिनों के भीतर ही उनके संदर्भ में बहुत कुछ जानने-सुनने को मिला है। गांव के बड़े-बूढ़ों ने उनके बचपन और शादी-ब्याह की चर्चा खूब जमकर की है। उनके हमउम्र दोस्तों ने उनके जीवन के महत्वपूर्ण पक्षों को उजागर किया है। और फिर मेरे-सरीखे लड़कों ने तो वही कहा है, जो मैं जानता था। यानी कुल मिलाकर अधिकांश लोग उनके प्रशंसक ही हैं। लोगों का कहना है कि शराबी, वेश्यागामी चाहे वे जो भी थे, लेकिन गलत आदमी नहीं थे, कि किसी का कुछ भी नहीं बिगाड़ा था उन्होंने, कि वे जिंदगी ढकेलते हुए और ढोते हुए नहीं, जीते हुए जी रहे थे, कि वे कभी झूठ नहीं बोलते थे; कि वे कोई भी काम छिपाकर करना पसंद नहीं करते थे; कि समस्याओं से उन्होंने कभी समझौता नहीं किया, कि वे टूटना नहीं जानते थे; कि वे अपने ढंग के निराले आदमी थे...और इसी तरह की ढेर

सारी बातें, पूरे गांव में प्रचारित हो गई हैं। काश, ये बातें बाबूजी की ज़िंदगी में ही प्रचारित हुईं होतीं, तो मैं उनके लिए ज़रूर कुछ करता। परिवार द्वारा अपमानित और लांछित उनकी ज़िंदगी की तकलीफों और आकांक्षाओं का सहयोगी और सहयात्री जरूर बन जाता, लेकिन मैं कुछ न कर सका। हालांकि मेरे मन में बाबू जी के सही होने का अहसास बहुत पहले से जाग गया था, लेकिन मन के अंदर जगे उस अहसास का समर्थन मुझे समय पर लोगों द्वारा नहीं मिला। और शायद इसीलिए अंदर का जगा वह अहसास सिर्फ जगा ही रहा, कुछ कर न सका, जिसके लिए मुझे अफसोस है। अब इस अफसोस को दूर करने या इसके दर्द को घटाने के लिए बाबू जी की सही और पूरी जिंदगी आम पाठकों के सामने प्रस्तुत कर देनी है। मुझे विश्वास है, बाबू जी को उनके संदर्भगत यथार्थ के साथ अगर सही रूप में मैं प्रस्तुत कर सका तो मेरे अंदर का जानलेवा अफसोस ज़रूर कम हो जाएगा।

लोगों के अनुसार बाबू जी का जन्म एक गरीब परिवार में हुआ था। पिता का प्यार बचपन में ही बाबू जी से छिन गया था। अकेली विधवा मां ने गांव में कुटाई-पिसाई कर उनका लालन-पालन किया, लेकिन सात-साल की उम्र के बाद से बाबूजी ने खुद ही कमाना शुरू कर दिया। वैसे गांव में उनका अपना खेत-बधार नहीं था, मगर दूसरों के फसल कटे खेतों में गिरी अनाज की बालियों को दिन-दिन भर इकट्ठा करते। शाम होते-होते दो या तीन सेर के लगभग अनाज वे इकट्ठा कर लेते। फिर आम और महुआ के दिनों में आम के टिकोरे और महुआ की फुलियां वे एक-एक झोरा बीनते और गांव के संपन्न लोगों के यहां बेच दिया करते। धीरे-धीरे उन्होंने अपने रोजगार को विस्तार दे दिया। तेरह साल की उम्र में अपनी मां के चांदी के पुराने जेवरों को बेचकर उन्होंने बकरियों का रोजगार प्रारंभ किया। पांच-सात बकरियां खरीदकर वे ले आए और उन्हें पालने लगे। गांव के बाहर सड़कों पर, खेतों की मेड़ों पर, गड्ढों और बगीचों में वे सारे दिन बकरियां चराया करते। बकरियां साल-भर बराबर ही बच्चे दिया करतीं। उनके बच्चे कस्बे के कसाई आकर खरीद ले जाया करते। इस रोजगार में बाबू जी को काफी बचत होती। वे देर तक इस रोजगार से जुड़े रहे।

बकरियों के बाद बाबू जी ने गाय और भैंसों का रोजगार आरंभ किया। तब उनकी उम्र बाईस की हो गई थी और बकरियों के रोजगार से प्राप्त पूंजी ने उन्हें काफी उत्साही बना दिया था। दरवाजे पर दो-तीन गायें और तीन-चार भैंसे वे बराबर ही बांधे रहते। गांव के लोगों को भी उनका यह रोजगार पसंद था। बकरियों के रोजगार से बाबू जी ने पूंजी तो जरूर इकट्ठी कर ली, लेकिन सामाजिक स्तर पर उन्हें सम्मान नहीं मिला। और इस रोजगार ने उनकी यह कमी भी दूर कर दी। सामाजिक स्तर पर भी उन्हें सम्मान मिला और आर्थिक दृष्टि से तो वे काफी अच्छे हो गए। अपने ढहते-गिरते घर की उन्होंने मरम्मत कारवाई तथा गांव में अपने नाम से एक बीघा ज़मीन भी खरीद ली। इसी समय बाबू जी की ज़िंदगी की सबसे प्रमुख घटना घटी। इलाके के सबसे धनी गृहस्थ सुभगसिंह अपनी लड़की की शादी के लिए बाबू जी के पास आए। इससे पहले बाबू जी के पास कोई भी लड़की वाला नहीं आया था। सुभगसिंह हर जगह दौड़कर थक गए थे। उनकी लड़की की शादी कहीं तय नहीं हुई थी। लोग कहते हैं, बाबू जी के पास कोई लड़की वाला इसलिए नहीं आ रहा था कि बाबू जी की फटेहाल और बेढंगी स्थितियां अभी एकदम छिपी नहीं थी। सुभगसिंह की लड़की की शादी इसलिए नहीं हो रही थी कि उनकी कवांरी लड़की को लांछन लग चुका था। यह बात बहुत अच्छी तरह बाबू जी भी जानते थे। फिर भी उन्होंने विरोध नहीं किया। चुपचाप सुभगसिंह की लड़की से शादी कर ली, लेकिन शादी के तत्काल बाद ही सामाजिक स्तर पर मिला सम्मान उनसे छिन गया। फिर भी कोई अफसोस नहीं हुआ। आलेचना और फब्तियों ने उन्हें विचलित नहीं किया। पहले की तरह ही मुस्कराते हुए वे अपने ढंग की जिंदगी जीते रहे।

मुझे बाबू जी की शादी की वह घटना आज भी प्रभावित करती है। सचमुच बाबू जी का वह पहला क्रांतिकारी कदम था, पर गांव में तब उनके इस कदम का एक भी समर्थक नहीं था। फिर भी बाबू जी न तो कहीं से टूटे थे और न हताश ही हुए थे। उनके सही होने का आभास मुझे वहीं से मिलने लगा था।

शादी के बाद बाबू जी की ज़िंदगी में अनेक नए-नए मोड़ आए। उनके

अंदर की दबी-सोई ढेर सारी प्रवृतियां जाग गईं। उनकी जिंदगी बड़ी अजीब तरह से बीतने लगी। तबला और 'हरमुनिया' वे कहीं से खरीद लाए तथा अपने चंद संगीत-प्रेमियों के साथ बजाने लगे। वैसे नाच-गानों के शौकीन तो वे बचपन से ही थे। गांव में या इलाके में जहां कहीं भी कोई नाच-पार्टी आती, बाबू जी वहां जरूर मौजूद हो जाते। वे पहली पंक्ति में बैठकर नाच देखते तथा रात-भर बीड़ी भकभकाते रहते।

जिंदगी की डांवाडोल स्थितियों से मुक्ति मिलते ही नाच-गान की वह प्रवृति बाबू जी के ऊपर हावी हो गई। फिर देखते-ही-देखते तबले की थाप और हारमोनियम की आवाज से पूरा मुहल्ला झंकृत हो गया। मां, बाबूजी के इस कार्य से नाराज रहने लगी। किंतु उनकी नाराजगी का कोई प्रभाव बाबू जी पर नहीं पड़ा। नाच-गान के उनके इस माहौल में कहीं से भी कमी नहीं आई, बल्कि बढ़ोतरी ही होती गई। पहले तो मां को सिर्फ तबले की थाप और हारमोनियम की आवाज ही सुनाई पड़ती थी, बाद में घुंघरुओं की झमझम भी सुनाई पड़ने लगी। आगे चलकर दालान से आ रही शराब की बदबू भी मां को मिलने लगी। मां की नाराजगी गुस्से और आक्रोश के अंतिम छोर पर पहुंच चुकी थी। धीरे-धीरे जब उनके लिए स्थितियां असह्य हो गईं, तो वह एक रोज अपने बाल-बच्चों के साथ मायके चली गईं। तब बड़े भैया, बासंती दीदी और मेरा जन्म हो चुका था। हम भाई-बहन सभी एक-दूसरे से एक-दो साल के अंतर में पैदा हुए थे। हमारा लालन-पालन मामा के घर में होने लगा।

और बाबू जी। उन्हें कोई तकलीफ नहीं। हमारे चले जाने से उन्हें सुख और संतोष ही मिला। उस घुंघरुओं वाली को बराबर साथ रखने लगे। दालान तक सीमित संगीत के उस माहौल को पूरे घर में बिखेर दिया।

आज मैं सोचता हूं, तो मुझे लगता है, गलती मां की भी थी। आखिर जब मां की स्वतंत्रता का हनन बाबू जी ने नहीं किया था, तो फिर मां को क्या अधिकार था बाबू जी की स्वतंत्रता का हनन करने का? खैर जो भी हो, उस समय हमारे परिवार की कहानी दो भागों में बंट गई थी। हम मामा के यहां किसी तरह गुजर-बसर करने लगे थे और बाबू जी रार-रंग में मस्त अपने

सरीखे चंद लोगों के साथ जीने लगे थे। अब तक बाबू जी के बारे में जितनी बातें हुईं, वे सिर्फ उनके धुंधले चेहरे को साफ करने के लिए ही हैं। बाबू जी की असली और सही कहानी अब यहीं से शुरू हो रही है। मुझे अच्छी तरह याद है कि मई का महीना था। दिन शायद शुक्रवार। समय लगभग साढ़े बारह बजे। ठीक इसी समय मामा के गांव से हम अपने घर लौटे। तब हम काफी सयाने हो चुके थे। बड़े भैया और मझले भैया नौकरी पकड़ चुके थे। बड़े भैया की शादी भी हो चुकी थी। पास ही के एक स्कूल में मामा ने उन्हें मास्टर बनवा दिया था। मझले भैया भी कस्बे के पोस्ट आफिस में क्लर्क हो गए थे। बासंती दीदी एकदम सयानी, शादी करने लायक हो गई थीं। मैं भी मैट्रिक पास हो चुका था, लेकिन मां! वे असमय ही बुढ़ियों जैसी लगने लगी थीं। मां के इस असामयिक बुढ़ापे को देखकर ही मामा ने हमें अपने घर भेजा था – स्वतंत्र रूप से इज्जत के साथ अपने घर को आबाद करने।

लेकिन यह क्या? जब हम दरवाजे पर पहुंचे, आंगन से आने वाली झाल, ढोल, तबला, मंजीरा और हारमोनियम की आवाज के साथ घुंघुरूओं की झमझम ने हमें भयभीत कर दिया। एक क्षण के लिए दरवाजे के पास ही स्तब्ध हम खड़े रहे। फिर घर के अंदर घुसे। आंगन में पहुंच कुछ देर तक हम अवाक् फटी-फटी आंखों से आंगन का दृश्य देखते रहे। हमें अपनी आंखों पर विश्वास नहीं हो रहा था। एक उन्नीस बीस साल की लड़की, जो बन-ठन कर नाच गा रही थी, हमें देखते ही चुपचाप खड़ी हो गई। उसके इर्द-गिर्द बैठे हारमोनियम-मास्टर, तबलची, मंजीरा-वादक तथा अन्य समाजी भी साज बंद कर हमें देखने लगे। हम बाबू जी को जल्द ही पहचान गए। वे तबले के पास बैठे थे और दूर से ही पहचान में आ रहे थे। पूरे समाजियों में उनका शरीर तगड़ा था। वे लंबे थे, एक लाल रंग का अंगोछा माथे पर बांध एक ओर को उन्होंने लटका लिया था। उनकी मूंछें बड़ी-बड़ी थीं। हाथों में पंजाबियों जैसा कड़ा तथा गले में ताबीज जैसी कोई चीज साफ नजर आ रही थी। उनकी कमीज के बटन खुले थे तथा छाती में उगे काले भूरे बाल स्पष्ट दीख रहे थे।

मुड़कर हमने आंगन के ओसारे में देखा। वहां भी कुछ लोग बैठे थे।

वे सब शराब पी रहे थे। उनके बीच में खाने की कोई चीज रखी थी, जिसे वे बारी-बारी से चख रहे थे।

आंगन का माहौल हमें अजीब लगा। पूरी तरह जायजा ले चुकने के बाद हम खुद एक-दूसरे को देखने लगे। फिर बड़े भैया हममें से थोड़ा आगे बढ़ गंभीर आवाज में बोले, "अब आप लोग यहां से जाइए। इस घर को आप लोगों ने रंडीखाना और शराबखाना बना दिया है।"

"किस घर को?" तबले के पास से सिर ऊंचा उठाकर बाबू जी ने कड़ी आवाज में पूछा।

"इस मेरे घर को!" भैया ने पांव पटकते हुए आवाज में सख्ती लाकर कहा।

इस बार बाबू जी उठ खड़े हुए और चौंकते हुए पूछा, "कौन हो तुम? मैं तुम्हें नहीं पहचानता।"

भैया गुस्से में आगबबूला हो उठे। "आप" वाली भाषा छोड़ तत्काल 'तुम' पर आ गए, "तुम मुझे नहीं पहचानोगे, लेकिन इनको तो पहचानोगे?" और भैया ने मां को आगे खड़ा कर दिया।

जाने क्यों, बाबू जी हंस पड़े। फिर हंसते हुए ही कहा, "यह बूढ़ी औरत कौन है, तुम इसे मेरे सामने क्यों खड़ा कर रहे हो?"

"यह मेरी मां है और तुम मेरे पिता हो।"

इस बार बाबू जी पूनः हंसे। फिर बोले, "तुम्हें गलतफहमी हो गई है। न तो मेरा कोई लड़का है, न पत्नी।"

गुस्से के मारे भैया जलने लगे। उनकी आंखें लाल-लाल हो गईं। गरजकर उन्होंने कहा, "तो क्या तुमने इनके साथ शादी नहीं की थी,"

"शादी! कैसी शादी?"

"तुम नशे में हो। हम सब तुम्हारी संतान हैं। एक लंबे समय तक इनके साथ रहकर भी तुम इन्हें झुठला रहे हो?"

"नहीं मैं इन्हें झुठला नहीं रहा। इनको मैं जानता हूं। इनके साथ मैं कुछ दिनों तक रहा था।"

"तब फिर इनकी इज्जत बर्बाद कर तुमने इन्हें क्यों छोड़ा?"

"इज्जत! कैसी इज्जत? किसकी इज्जत? मैंने तो इनका कुछ भी नहीं बिगाड़ा है।"

भैया एक क्षण को चुप हो गए। फिर बोले, "क्या यह सच नहीं कि अपनी पत्नी और बाल-बच्चों को छोड़ तुम एक वेश्या के साथ रहने लगे हो?"

"यह सच है, लेकिन इस सचाई से तुम्हें आपत्ति क्यों?"

"मुझे आपत्ति इसीलिए है कि अपनी पत्नी और बाल-बच्चों की जिम्मेदारी तुमने क्यों छोड़ी।"

"जिम्मेदारी! कैसी जिम्मेदारी?" बाबू जी गुस्से से गरजे, "तुम बिल्कुल बेवकूफ हो। मैं बार-बार तुमसे कह रहा हूं कि न तो मेरी कोई पत्नी है और न बाल-बच्चे। हां, मैं एक मर्द हूं इसीलिए कभी-कभी किसी औरत के साथ रह लेता हूं"

भैया बाबू जी की इस बात से अवाक् रह गए। फिर फटी-फटी आंखों से बाबू जी को देखने लगे। बाबू जी पुनः बोले, "और पत्नी। तुम बार-बार जिस पत्नी की बात कर रहे हो, उसकी तरह ढेर सारी औरतों के साथ मै रहा हूं। संभव है, उन सबों के भी बच्चे पैदा हुए हों। तो क्या उन सबों का जंजाल अपने माथे लिए फिरूं?"

"हां, अगर उनके जंजाल को अपने माथे नहीं लिए फिरोगे, तो फिर उनकी इज्जत बर्बाद करने का तुम्हें क्या हक था,"

इस बार बाबू जी गुस्से में एकदम लाल हो गए, चिल्लाकर बोले, "ऐ लौंडे। कसकर एक झापड़ दूंगा, बस तेरी सारी हेंकड़ी दूर हो जाएगी। तू मेरी बात समझने की कोशिश क्यों नहीं करता, तू बार-बार किस इज्जत की बात कर रहा है? मैं कह रहा हूं कि मैं इज्जत-विज्जत कुछ नहीं जानता। मैं सिर्फ मर्द हूं और इसीलिए कभी-कभी किसी औरत के साथ रह लेता हूं। और जिस औरत के साथ रहता हूं। उसके साथ कभी जोर-जबरदस्ती नहीं करता। वह औरत जबरन मेरे साथ नहीं रहती। मुझे उसके शरीर की आवश्यकता रहती है, तो उसे भी मेरे मर्द शरीर की चाह रहती है। हम साथ-साथ रहते हैं। साथ-साथ आनंद उठाते हैं। फिर जंजाल मैं अपने माथे लिए क्यों फिरूं? भगवान ने मुझे हाथ-पांव दिए हैं, तो औरत को लूला-लंगड़ा तो नहीं बनाया?

अपना भरण-पोषण वह खुद कर सकती है। दूसरों पर आश्रित होने का सवाल ही नहीं है। मैं तो कभी किसी पर आश्रित नहीं रहता।

भैया, बाबू जी इस बात से निरुत्तर हो गए। कुछ भी कहने को नहीं रह गया उनके पास। चुपचाप टकटकी लगाए बाबू जी को देखते रहे। भैया की यह स्थिति मंझले भैया को अखरने लगी। उनसे रहा नहीं गया। वे चट भैया से बोल उठे, "शराबियों से बात नहीं की जाती। वे बात के नहीं लात की जात होते हैं।"

भैया को मंझले भैया की बात से काफी बल मिला। अपना तेवर एकदम बदलकर बाबू जी से बेलौस आवाज में बोले, "अपने सामाजियों को लेकर यहां से निकलते हो या नहीं?"

"साले, मुझे धमकी दे रहे हो?" और बाबू जी तपाक से मुड़कर एक कमरे में जा घुसे। फिर तत्काल ही अपने चमचमाते हुए गंडासे को लेकर आंगन में आ गए। डर के मारे आंगन से निकल हम दालान की ओर चल पड़े। बाबू जी दालान पर भी आ गए। कंधे पर गंडासा ले वे हमारे सामने खड़े हो गए। हम भयभीत कातर दृष्टि से उन्हें देखने लगे। उनका विशालकाय शरीर काफी खूंखार दिखने लगा। लगा, जैसे एक ही बार में वे हम सबों को अपनी चपेट में ले लेंगे।

इससे पहले कि भैया कुछ बोलते, बाबू जी गरजे, "साले, तुम सब चले जाओ यहां से, अन्यथा सबों को एक-एक कर काट फेंकूंगा।"

हम दालान से उतरकर गली में आ गए। टोला-पड़ोस और गांव के लोग वहां जुट गए। एक अच्छी खासी भीड़ इकट्ठी हो गई। हालांकि हमने सुना, पहली बार वहां इस तरह की भीड़ इकट्ठी हुई है, क्योंकि न तो वहां कोई आता था और न किसी ने बाबू जी से कभी बात ही की थी, लेकिन हमारे परिवार के लिए लोग चिंतित दीखे। मैंने अनुमान लगाया, वे इसीलिए चिंतित थे कि हमारे परिवार की तरह ही जिंदगी जीना उन्हें पसंद था। बाबू जी की जिंदगी से हमारे परिवार को भी नफरत थी और उन लोगों को भी। वे हमारे परिवार के हमदर्द हो गए।

अब काफी संख्या में लोग एकत्र हो हमारे दालान पर जा चढ़े और बाबू

जी को समझाने लगे कि अपने परिवार को इस तरह नहीं दुत्कारना चाहिए। कि इस घर में उनके परिवार का भी हिस्सा है। कि उनको उन्हें रहने देना पड़ेगा।

लेकिन बाबू जी ने किसी की एक न सुनी। गंडासा भांजते हुए वे गरजते रहे, "न तो मेरा कोई परिवार है, न पत्नी और न बाल-बच्चे। मैं स्वतंत्र हूं। हर आदमी स्वतंत्र है। मैं किसी का कुछ नहीं बिगाड़ता, फिर लोग मेरे बीच में क्यों आते है? मैं उसे जिंदा नहीं छोड़ूंगा, जो मेरी स्वतंत्रता भंग करेगा।"

इसके बाद गांव के कुछ लोग चुपके से थाने चले गए। हालांकि यह बात ने तो बाबू जी को मालूम हुई और न हमें। शाम को जब पुलिस और दारोगा आ धमके, तब गांव के लोग बाबू जी के सामने जा पहुंचे। दारोगा ने बाबू जी को काफी डांट-फटकार लगाई तथा मारने-पीटने की धमकी दे, घर से निकाल उन्हें दालान में पहुंचा दिया। हालांकि मैं सुन रहा था, दारोगा ने बाबू जी के किसी सवाल का जवाब नहीं दिया, बल्कि "शराबी" कहकर उनके हर सवाल को खारिज कर दिया। मैंने अनुमान लगाया, बाबू जी के प्रति दारोगा की यह सख्ती इसलिए थी कि दारोगा की जिंदगी भी हमारे परिवार और गांव वालों की तरह की ही जिंदगी थी। बाबू जी जैसी जिंदगी से उन्हें भी नफरत थी। बाबू जी घर छोड़ दालान में कभी नहीं आते, किंतु थाने से लेकर गांव तक किसी एक व्यक्ति द्वारा भी उन्हें समर्थन नहीं मिला। विवश-लाचार अपने समाजियों के साथ वे दालान में आ टिके।

उस रात हमारा परिवार सो नहीं सका। सबों को यही आशंका सताती रही कि बाबू जी कभी भी आकर कुछ कर सकते हैं, हालांकि बाबू जी ने कुछ भी नहीं किया। मेरा परिवार बाबू जी के कुकृत्यों को उछालते हुए आपस में रात-भर उनको गालियां देता रहा। उनका विरोध करने के लिए अनेक तरह की साजिशें और षडयंत्रों की रचना करता रहा, लेकिन मुझे बाबू जी की कहीं कोई गलती नजर नहीं आई

थी। विचार इतने पुष्ट और जिंदगी इतनी उन्मुक्त हो सकती है, मैंने स्वप्न में भी नहीं सोचा था। बाबू जी के सही होने का दूसरा अहसास उसी दिन मेरे मन में जगा था।

बाबू जी अपने समाजियों और सरो-सामान के साथ दालान में आ टिके और घर पर हमारे परिवार का कब्जा हो गया, लेकिन न तो हमारे परिवार को ही सुख संतोष था और न बाबू जी को ही। दालान की एक छोटी-सी कोठरी में बाबूजी को काफी कमी महसूस होती। अपने सभी समाजियों के साथ नाच-गान की महफिल वे लगा सकें, ऐसी व्यवस्था उस छोटी-सी कोठरी में नहीं हो पाती। बहुत मुश्किल से नाच-गान हो पाता। उस पर भी कुछ समाजियों को कोठरी से बाहर ही बैठना पड़ता। फिर सुबह-शाम खाना बनाने और रात में सोने की तकलीफ उठानी पड़ती।

से दिन हमारे परिवार के काफी अशांतिपूर्ण दिन थे। बड़े भैया और मंझले भैया बाबू जी को दालान से भी हटाने के लिए दिन-रात साजिशों में लगे रहते तथा मां और बासंती दीदी टोला-पड़ोस में घूम-घूमकर बाबू जी के विरुद्ध जनमत तैयार करने में जुटी रहतीं। और मैं। मुझे यह कहने में हिचक नहीं कि चेतना के स्तर पर मैं बाबू जी से ही जुड़ा था। हालांकि मेरे पूरे परिवार में घर-भर को यह मनाही थी कि न तो कोई बाबू जी से बोले और न उनकी कोठरी में जाए, लेकिन घरवालों से लुक-छिपकर मैं बराबर उनकी कोठरी में जाता और उनके समाजियों के बीच बैठा रहता। बाबू जी मुझे बराबर ही तबले के बोल और नटनियों के गीत सुनाया करते। मैं घूर-घूरकर उन्हें देखा करता। मुझे कभी भी यह नहीं लगता कि पिता की आंखों से वे मुझे देख रही हैं। अपने अन्य समाजियों के साथ जिस तरह का व्यवहार वे करते, हू-ब-हू वैसा ही मेरे साथ भी बरतते।

मुझे अच्छी तरह याद है, बाबू जी को जब काफी तंगी महसूस होने लगी, तो वे एक अलग घर बनाने की योजना तैयार करने लगे। वे जानते थे, अलग घर बनाने के लिए काफी पैसों की आवश्यकता पड़ेगी। इसलिए वे एक नौटंकी पार्टी कायम करने में जुट गए।

अपने नाम से खरीदी हुई ज़मीन तथा अपनी चारों भैंसा को उन्होंने एक ही साथ बेच डाला। फिर उनके पास पैसे हो गए। बस एक रोज अपने सभी सामान और समजियों के साथ वे दालान छोड़कर चले गए। सुनने में आया, वे सबसे पहले कानपुर गए। वहां से बहुत अच्छी-अच्छी सात नाचने

वालियां वे भाड़े पर ले आए। फिर बनारस जाकर नौंटकी पार्टी का सभी सामान खरीद लाए। साल का अंत आते-आते उनकी नौंटकी पार्टी तैयार हो गई और चंद रोज में ही उसकी धूम पूरे इलाके में फैल गई।

मुझे याद है, बाबू जी के दालान से चले जाने पर हमारा परिवार काफी खुश हुआ था। पर उनका अभाव मुझे बहुत खलने लगा था। दरअसल, उनसे मुझे काफी प्रेरणा मिलती थी। आज यह बात मैं छिपाना नहीं चाहता हूं कि समस्याओं के आगे माथा न झुकाने की बात मैंने बाबू जी से ही सीखी है।

मुझे यह बात तब भी अजीब लगती थी और आज भी लगती है कि बाबू जी की नौंटकी पार्टी की प्रशंसा से मेरा परिवार क्यों जलने लगता था? इलाके में जहां कहीं भी बाबू जी की नौंटकी पार्टी होती, उसकी खबर उड़-उड़कर हमारे घर तक आ ही जाती। फिर मां, बड़े भैया, बासंती दीदी, भाभी और मंझले भैया अंदर-ही-अंदर कुढ़ते और बाबू जी को गालियां बकने लगते। खैर...मुझे उनकी कोई परवाह नहीं। मैं तो उस अवसर की तलाश में था, जब बाबू जी की नौटंकी देखने का मौका हाथ लगे।

मुझे इस बात को लेकर आज भी अचरज है कि इतने कम दिनों में कोई नौटंकी पार्टी कैसे इतनी व्यापक सफलता प्राप्त कर सकती है। काश, बाबू जी को मारा नहीं गया होता, तो उनकी नौंटकी जरूर किसी बड़ी थियेटर कंपनी में तब्दील हो जाती।

मुझे उन लोगों के कथन आज भी याद हैं, जो बाबू जी की नौंटकी से प्रभावित हर जगह कहा करते कि उनकी नौंटकी पूरे भोजपुर जिले में एक नंबर की है। कि नौटंकी के मालिक बाबू ललन सिंह (मेरे बाबू जी) बड़े जीवट वाले मर्द हैं। कि एक बड़ा-सा मुरेठा बांध वे तबले के पास बैठे रहते हैं। कि हर दो घंटे के बीच शराब का गिलास उनके हाथ में आ जाता है। कि निश्चित समय से उनकी नौटंकी चलती है। कि बाबू ललनसिंह के एक इशारे पर नगाड़ची, हारमोनियम मास्टर तथा अन्य समाजी सुध-बुध खो लीन हो जाते हैं। कि नाचने वालियों की थिरकन और उनकी आवाज के साथ साज का सही मिलन हो पाता है। कि कहीं भी बाबू ललन सिंह की नौटंकी मार नहीं खाती है। कि क्या मजाल कि जितने में उनकी नौटंकी का साटा लिखा

जाता हो, उससे एक पाई भी कोई कम दे दे। कि क्या मजाल कि बाबू ललन सिंह के सामने उनकी नटनियों से कोई ठिठोली कर दे। आदि-आदि।

मैं तब भी सोचता था और अब भी सोचता हूं कि काश, परिवार का नियंत्रण मेरे ऊपर नहीं होता, तो मैं बाबू जी की नौटंकी में शामिल हो जाता। मुझे इस बात का पूरा विश्वास हो चला था कि बाबू जी के करीब रहकर मैं अपनी जिंदगी और अपने अंद्रर के मर्द को अच्छी तरह पहचान लूंगा। खैर...आज मुझे यह बहुत अफसोस के साथ लिखना पड़ रहा है कि बाबू जी के साथ रहने का बहुत कम समय मुझे मिला।

बाबू जी की कहानी का अंत आ रहा है। उनके जीवन की सबसे प्रमुख घटना आपको इसी अंत की कहानी में मिलेगी। दरअसल, उनकी कहानी का अभी इतनी जल्दी अंत नहीं आता, लेकिन उनकी मृत्यु आकस्मिक रूप से ही गई। फिर लंबी होने वाली उनकी कहानी रूक गई। पर मैं समझता हूं, आप पाठक उनकी इस रुकी हुई कहानी से ही उनकी लंबी कहानी की संभावना परिलक्षित कर लेंगे और शायद बाबू जी को इस कहानी की सार्थकता भी इसी में है।

हां, तो बात बासंती दीदी की शादी से शुरू हुई थी। बड़े भैया ने बासंती दीदी के लिए एक लड़का ढूंढ़ लिया था, मगर शादी से पहले लड़के के घरवालों ने दीदी की तस्वीर मांगी थी। अतः भैया को दीदी की तस्वीर उतरवाने उन्हें लेकर शहर जाना पड़ा था। शहर में अपने एक मित्र के यहां दीदी के साथ भैया को रुकना पड़ा। भैया के मित्र की रिश्तेदारी इलाके के सबसे धनी गृहस्थ रामभजन सिंह के यहां पड़ती थी। संयोग से रामभजन सिंह का लड़का भी उस रात भैया के मित्र के यहां ही आया था। दीदी के सौंदर्य और व्यवहार से वह लड़का प्रभावित हुआ। फिर सुबह दीदी से शादी की इच्छा भी उसने भैया के मित्र से व्यक्त की। भैया की खुशी की सीमा नहीं। वे रामभजन सिंह के परिवार से रिश्ता नहीं जोड़ सकते थे। उतनी सामर्थ्य ही नहीं थी उनके पास, लेकिन यह तो भाग्य की बात थी। रामभजन सिंह पहले के बड़े जमींदार थे। जमींदारी चली जाने के बाद भी उनके पास दो सौ बीघे खेत शेष थे।

फिर क्या था! भैया ने दीदी के लिए जिस लड़के को देखा था, उसे छोड़ दिया और दीदी की शादी रामभजन सिंह के लड़के से पक्की हो गई। फिर जल्द ही बारात की तथा अन्य रस्मों की तिथियां भी निश्चित हो गईं। लेकिन यह क्या? उतनी बड़ी खुशी मिलने के बाद भी अचानक मेरे परिवार की प्रसन्नता गुम हो गई। यह बात बड़े जोर-शोर के साथ मेरे घर से लेकर पूरे गांव तक फैल गई कि रामभजन सिंह के लड़के की बारात में ललनसिंह की नौटंकी आ रही है।

मैं सच कहता हूं, मुझे बहुत खुशी हुई। मैं तो काफी दिनों से इस प्रतीक्षा में था कि बाबू जी की नौटंकी देखने का मौका हाथ लगे। शायद इसीलिए बारात का इंतजार मैं काफी बेसब्री से करने लगा। पूरा गांव भी यह इंतजार कर रहा था। गांव को तो एक नया मसाला भी मिल गया था। वे खूब मखौल उड़ाने लगे कि बेटी की शादी में बाप की नौटंकी आ रही है। गावं के इस मखौल से मेरा परिवार अंदर-ही-अंदर घुटते हुए काफी चिंतित रहने लगा था। भैया की आंखों से तो कई बार टपकते हुए आंसू मैंने देखे थे। और फिर एक दिन वह समय भी आ गया। हालांकि वह समय आने से पहले भैया ने काफी तैयारी कर ली थी। भैया को विश्वास था कि गांव के आदमी बाबू जी के सामने जरूर कुछ बात उकसा देंगे। फिर बाबू जी अपने ढंग का लेक्चर झाड़ना शुरू कर देंगे। अतः वैसे समय बाबू जी का मुंह बंद किया जा सके, इसके लिए भैया ने चार-पांच लठैतों को रुपये-पैसे देकर तैयार किया था।

मुझे वह शाम आज भी याद है। उतनी भारी संख्या में लोगों की भीड़ मेरे गांव में कभी नहीं जुटी। बाबू ललनसिंह की नौटंकी के नाम पर पूरा इलाका ही उमड़कर आ गया था। भैया ने मुझे दो-तीन काम सौंपे थे। जल्दी-जल्दी उन कामों को निबटा मैं शामियाने के एक कोने में जा बैठा था। शामियाना एकदम खचाखच भरा था। शामियाने से बाहर भी काफी लोग खड़े थे। नगाड़े की आवाज पूरे परिवेश में गूंज रही थी। बाबू जी का रोबीला चेहरा अलग से ही चमक रहा था। उनकी अंगुलियां तबले पर एकदम बिजली की तरह नाच रही थीं। तबले की थाप पर नर्तकियों के जिस्म का हर हिस्सा

थिरक रहा था। अजीब आनंद आ रहा था और फिर मंच की सजावट और प्रस्तुतीकरण का ढंग भी निराला था। सचमुच बाबू जी की नौटंकी पूरे ज़िले में एक नंबर की थी।

मैं देर तक नौटंकी देखता रहा। नौटंकी की सबसे खूबसूरत और मशहूर नर्तकी जब स्टेज पर आई तो दर्शकों के बीच हंगामा मच गया। बाबू रामभजन सिंह भी अपने जमाने के बड़े रंगबाज थे। उनसे रुका नहीं गया। वे अपनी जेब से सौ का नोट निकाल नर्तकी को दिखाने लगे।

दरअसल, हमारे यहां आज भी ऐसा होता है। बारती, नाचने वालियों को रुपया दिखाते हैं, तो वे स्टेज से उतर उनके पास आती हैं। फिर करीब ही बैठकर कोई गीत सुनाती हैं। गीत से प्रभावित हो बाराती हाथ का रुपया उन्हें दे देते हैं और नाचने वालियां खुशी-खुशी स्टेज पर चली जाती हैं।

उस दिन भी ऐसा ही हुआ। वह नर्तकी स्टेज से उतरकर रामभजन सिंह के आगे बैठ गई। रामभजन सिंह अपने दो-तीन साथियों के साथ उससे गीत सुनने और भद्दे-भद्दे मजाक करने लगे। काफी देर तक वे लोग उससे गंदे-गंदे मजाक करते रहे, लेकिन वह उन लोगों के उस गंदे मजाक का प्रत्युत्तर नहीं दे रही थी, शायद इसीलिए उन लोगों ने उसे एक पैसा भी नहीं दिया। निराश होकर वह मुंह लटकाए स्टेज पर जा चढ़ी। और मैंने देखा, इसी समय बाबू जी के चेहरे की त्यौरियां एकदम बदल गईं। तबला छोड़ वे स्टेज पर खड़े हो गए। फिर कड़ी आवाज में बोले, "ए बाबू साहब! पास बुलाकर मुजरे वाली को बेइज्जत क्यों किया?"

बाबू जी की कड़ी आवाज पूरे वातावरण में फैल गई। दर्शकों के बीच चारों ओर सन्नाटा छा गया। फिर तत्काल ही रामभजन सिंह तमतमाकर उठे और गुस्से में बोले, "बेइज्जती, कैसी बेइज्जती? रंडी की इज्जत ही कहां होती है कि बेइज्जती का सवाल उठे?"

"आपको नहीं मालूम," बाबू जी गरजे, "आप अपने घर की जिन औरतों को इज्जतदार समझते हैं, उनसे ये रंडियां हर मायने में सही और अच्छी हैं।"

रामभजन सिंह, बाबू जी की इस बात से गुस्से के मारे फनफना गए। उनकी आंखों में जमींदारी का खून उतर आया। अंगारों जैसी आंखों से वे

बाबू जी को घूरने लगे। बाबू जी पुनः गरजे, "घूर-घूर कर क्या देख रहे हैं? आपके घर की औरतें पराश्रित हैं। वे कोई भी काम छिपाकर करती हैं। रोटी से लेकर अन्य चीजों तक के लिए आप पर आश्रित हैं, लेकिन ये औरतें पूरी तरह आजाद हैं। खुद कमाती और मजे से खाती हैं। अपनी किसी इच्छा के लिए किसी पर आश्रित नहीं रहतीं।"

"साले! तुम्हें मालूम है, तुम किससे बात कर रहे हो?" रामभजन सिंह कड़के।

"मुझे सब मालूम है। आप अपने घर के लाट हो सकते हैं, लेकिन लाट होने का मतलब यह नहीं कि आप दूसरों को अपमानित करते चलें।"

पता नहीं कैसे, ठीक इसी समय भैया अपने आदमियों के साथ आ धमके। शायद किसी ने तत्काल खबर दे डाली थी। फिर क्या था! भैया ने आते ही हल्ला मचाया, "शराबी है...शराबी है...मारो...मारो!"

और मैंने अपनी नंगी आंखों से देखा, भैया के चार-पांच आदमी लाठी लेकर एक ही साथ बाबू जी पर टूट पड़े। बाबू जी बीच में घिरे चारों ओर से लाठियों की मार सहते रहे। फिर एक आदमी के हाथ से लाठी छीन उन्होंने भी वार करना शुरू किया, लेकिन वे देर तक नहीं लड़ सके। जल्दी ही ढेर हो स्टेज पर गिर गए। उनका पूरा शरीर लाठियों की मार से धुन गया। उनके समाजी किसी तरह उन्हें टांग कर कस्बे के अस्पताल ले गए। हमारे परिवार को काफी खुशी हुई और रामभजन की भी शान रह गई। फिर शादी खूब धूमधाम से हुई और सुबह वासंती दीदी की विदाई भी।

लेकिन यह क्या? शादी के बाद तीसरे दिन ही बाबू जी के समाजी उन्हें अस्पताल से टांगकर सेवा-सुश्रूषा के लिए हमारे दालान में ले आए। मैं तो समझ रहा था, भैया इस बार उन्हें दालान में भी नहीं रहने देंगे, लेकिन बाबू जी की बड़ी-बड़ी आंखों से साक्षात्कार कर चुकने के बाद भैया ने सीधे मन से दालान की कुंजी समाजियों के हाथों सौंप दी।

अब बाबू जी पुनः हमारे करीब आ ठहरे, लेकिन उनकी हालत बहुत ही सोचनीय थी। वे चलने-फिरने लायक भी नहीं थे। एक खटिया पर चुपचाप पड़े रहते। उनके समाजी उनको दवा देते तथा सेवा सुश्रूषा करते। लेकिन वे गद्दार साबित हुए। देर तक बाबू जी के ठीक होने की प्रतीक्षा नहीं कर

सके। बाबू जी की दिनानुदिन बिगड़ती हालत देख वे उनसे कटते गए। फिर एक-एक कर सभी कट गए। बाबू जी की नौटंकी पार्टी टूट गई। जिसको जो हाथ लगा, लेकर चंपत हो गया।

मगर वह नाचने वाली कहीं नहीं गई। वह निरंतर बाबू जी की सेवा करती रही। वह उनकी नौटंकी की सबसे मशहूर नर्तकी थी। पर पता नहीं क्यों, वह बाबू जी को छोड़ चंपत नहीं हुई। आज मैं यह सोचता हूं, तो मुझे लगता है, उसके मन में भी बाबू जी के सही होने का अहसास जाग गया था। शायद इसीलिए वह अंत तक उनसे जुड़ी रही थी।

दालान में बाबू जी की सेवा करती वह मशहूर नाचने वाली कहीं से भी मशहूर नहीं लगती। बिलकुल साधारण औरतों की तरह ही दिखती। पता नहीं, बाबू जी की स्थितियों ने उसे इस कदर बना दिया था, या किसी अन्य समस्या ने, कुछ भी मालूम नहीं। वह हमारे परिवार के किसी भी सदस्य से बोलती नहीं थी।

फिर एक सुबह एकदम तड़के ही उसके रोने और सुबकने की आवाज हमारे कानों में आई। हम किवाड़ खोल दालान पर आ गए। टोला-पड़ोस के लोग भी वहां जुटने लगे। हम दालान के अंदर घुसे। हमने देखा, बाबू जी मर चुके थे। उनका लंबा-तगड़ा शरीर एक चादर से ढंका था। उनकी खटिया के पैताने माथा झुकाकर बैठी वह नाचने वाली फूट-फूटकर रो रही थी तथा उनके सिरहाने शराब की तीन बोतलें रखी थी। दो बोतलें तो खाली थीं, लेकिन एक बोतल में आधी शराब बची थी। मैंने अनुमान लगाया, मरने से पहले बाबू जी ने इसी आधी शराब को पिया होगा।

खैर...जो भी हो, अब हमारे बीच बाबू जी नहीं हैं। वे सही थे या गलत इसका अंदाजा भी आप लगा ही लेंगे। मुझे तो आपसे अब सिर्फ यही कहना है कि बाबू जी की आधी बोतल शराब अब भी मेरे पास बची हुई है। इसे लेकर मैं सोच में पड़ गया हूं। कभी सोचता हूं, गटागट गले के अंदर इसे उड़ेल दुं। फिर सोचता हूं, नहीं, इस बोतल को ले जाकर सीधे भैया के माथे पर पटक दूं। हालांकि अभी तक कुछ भी नहीं किया है मैंने, लेकिन कुछ-न-कुछ तो मुझे करना ही है।

लापता

सांझ हो चली थी। कार्य समेटने का समय हो गया था। खेत-बघार में काम करने वाले किसान और चरवाही में निकले चरवाह अपने मवेशियों को ले गांव लौट रहे थे। हाट-बाजार गए लोग आवश्यक खरीदारी कर लंबे-लंबे डग भरते हुए अपने घर वापस हो रहे थे। औरतें चूल्हा-चौका संभालने लगी थीं। बच्चियां दिया-बत्ती जला संझवत दिखाने की तैयारी में थीं। अभिभावकों के डर से घर के बच्चे न चाहते हुए भी दरवाजे पर लालटेन के समीप पढ़ने बैठ गए थे। बथान में मालगरुओं को सानी-पानी दिया जाने लगा था। लगहर गाय-भैंस दुहाने लगी थीं। जटाशंकर बाबा के दालान में, धनेसर की मड़ई में, पश्चिम टोली के पाकड़ के नीचे, पूरब टोली के बरगद के पास, ठाकुरबारी के बरामदे में, शिवाले के चबूतरे पर और हरिमोहन की छावनी में लगने वाली बैठकों के बैठकबाज जुटने लगे थे। शहर से कोसों दूर दूर्गापुर नामक यह गांव शाम के अंधेरे में डूबने लगा था। ठीक इसी समय सनसनी की तरह यह खबर पूरे गांव मे फैल गई कि दक्खिन के सिवान पर मिलिट्री का एक गबरू जवान मरा पड़ा है...! कि झगरू के अनुसार सबसे पहले उस पर भीखम की नजर गई, लेकिन तपेसर का कहना कि पहले उसने देखा। पर बाजार से लौटते मुनरिका महतो उसे शुरू में ही देख लेने और चिल्लाकर अन्य लोगों को जुटाने का दावा अलग कर रहे थे। खैर, जिसने भी देखा हो, सच्चाई यह थी कि एक सैनिक दक्खिन के सिवान पर पड़ा था।

दुर्गापुर के लिए यह बिल्कुल नई और अनपेक्षित घटना थी – पूरे गांव को चिंतित और भयभीत कर देने वाली। वैसे आपसी लड़ाई-झगड़े मे यहां

कई हत्याएं हो चुकी थीं तथा मुठभेड़ में बाहर से आए कुछ डाकू भी मारे जा चुके थे, लेकिन कोई सैनिक दुर्गापुर के सिवान पर आकर मरा हो, ऐसा पहले कभी नहीं हुआ था। इस इलाके में दुर्गापुर ही एक ऐसा गांव था जहां के अधिकांश घरों के नौजवान सैनिक थे। असल में दूसरी नौकरियों के लिए अच्छी पढ़ाई, गर्म जेब और ऊंची पहुंच के अभाव में सैनिक बनना उनकी विवशता थी। उस उपेक्षित गांव के युवकों के लिए नौकरी से जुड़ने का सीधा अर्थ सैनिक होना था। वैसे यह कार्य भी उतना सहज और आसान नहीं था। वह तो गांव का ही एक जमाई गोटी फिट करने में माहिर था। वह कुछ ले-देकर जुगाड़ भिड़ाता और सैनिक बनवा देता। हालांकि प्रारंभ में कुछ ही घरों के लोग सेना में गए थे। तब माएं या पत्नियां नहीं चाहती थीं कि उनका बेटा या पति सेना में जाए। पर खेती के छोटे-छोटे टुकड़ों पर वे निर्भर रहें भी तो कैसे? अब तो स्थिति यह है कि प्रायः हर घर के लोग सैनिक हैं। किसी-किसी घर के तो बाप और बेटे दोनों। इसलिए जिसने भी यह सूचना सुनी, बदहवास घटनास्थल की ओर दौड़ लगा दी। वे एक हाथ में टार्च या लालटेन लिए वहां पहुंचते तथा दूसरे हाथ में लाठी या भाला संभाले। देखते ही देखते जैसे सारा गांव वहां उमड़ आया।

वह सैनिक औंधे मुंह पड़ा था – बेतरतीब और ज़मीन से चिपका – किसी दमतोड़ मगरमच्छ की तरह। लोगों ने उसे उलटकर सीधा किया तथा धड़कते दिल से निहारना शुरू किया कि कहीं यह उनके घर का ही सैनिक न हो, जिसने जख़्मी होकर घर लौटते हुए सिवान पर दम तोड़ दिया हो...! लेकिन अनगिनत टार्च और लालटेन की तेज रोशनी में भी वह पहचाना नहीं जा रहा था। उसका चेहरा जगह-जगह से जख़्मी और बारूदी प्रभाव से इस तरह विकृत, बदरंग और क्षतिग्रस्त हो गया था कि उसे पहचान पाना मुश्किल था। उसकी पोशाक खून और धूल-मिट्टी में सनकर चिकट हुई थी तथा कई जगह जली और फटी थी। धुएं या कोलतार जैसे रंग में नहाई उसकी पोशाक का अपना रंग और अपनी पहचान बिल्कुल गायब थी। वह सर से पांव तक काला और भयावह लग रहा था – मानवीय आकृति में एक काली-कलूटी बदरंग और डरावनी सैनिक काया। उसका डील-डौल ऊंचा और कद-काठी

तगड़ी थी, लेकिन मात्र इसी आधार पर उसकी शिनाख्त कर पाना कठिन था। शायद उसकी तगड़ी कद-काठी देखकर की किसी ने रामकेश्वर का नाम ले लिया। पर भीड़ मे उपस्थित रामकेश्वर के दोनों बेटों ने इसकी पुष्टि नहीं की, लेकिन रामकेश्वर का नाम सुनते ही घर में बीमार उसकी पत्नी रोती-कलपती और गिरती पड़ती घटनास्थल की ओर दौड़ चली...।

रामकेश्वर दुर्गापुर का एक पुराना सैनिक था – मजबूत कद-काठी का गठीला मर्द। वर्षों पहले वह सेवानिवृत हो गांव आ गया था और खेती बारी करता था, लेकिन युद्ध शुरू होते ही उसे पुनः बुला लिया गया था। फिर काफी दिनों तक उसका कोई समाचार नहीं आया। यहां से कई जवाबी पत्र और तार भेजने के बाद उधर से उसकी पत्नी के नाम एक संक्षिप्त-सा सैनिक तार आया कि रामकेश्वर लापता है। उस तार का अर्थ दुर्गापुर में तरह-तरह से लगाया गया। संभव है, वह शत्रु देश के सैनिकों द्वारा बंदी बना लिया गया हो। संभव है, मार्ग भूलकर किसी जंगल या खड़ी में भटक रहा हो! संभव है, कहीं छिपा हो! संभव है, कहीं जख़्मी पड़ा हो! संभव है, मारा जा चुका हो...! लेकिन नहीं...नहीं! यह नहीं हो सकता। उसकी पत्नी उसके मारे जाने की कल्पना मात्र से ही तड़प उठती। एकदम अधीर और बेचैन हो जाती। वह कहकर गया है, युद्ध समाप्त होते ही आएगा। उसके लापता होने का तार जब से आया था, उसकी पत्नी ने खाट पकड़ ली थी। खाना-पीना छोड़ मन मारे वह असमय ही रोगिनी बन गई थी – कमजोर, उदास और भयभीत, अपने को तिल-तिल गला देने के लिए उद्यत। इस स्थिति में सिवान पर पड़े उस सैनिक के बारे में किसी के मुंह से रामकेश्वर नाम सुनते ही जैसे वह पागल हो उठी...!

घटनास्थल पर उसके दोनों बेटों ने उसे संभाला तथा बताया कि यह पिताजी की लाश नहीं। फिर भी उसे विश्वास नहीं हुआ। तब भीड़ के बीच रास्ता बनाकर उस सैनिक के समक्ष उसे पहुंचाया गया। वह कुछ क्षण तक आंखें फाड़-फाड़कर उसे देखती रही, पर कोई प्रतिक्रिया व्यक्त नही कर सकी। जिस तरह रोते हुए आई थी, उसी तरह रोते हुए गांव वापस लौट गई।

दुर्गापुर के लोग समझ नहीं पा रहे थे कि आखिर वह सैनिक कौन है?

उसको लेकर तरह-तरह की अटकलें लगाई जाने लगी थीं। यहां वह कैसे आया और क्यों आया? क्या स्वयं सिवान पर आकर मर गया या किसी ने उसे मारकर फेंक दिया? इस घटना का संकेत क्या हो सकता है? क्या इस गांव पर अनिष्ट होने वाला है? सिवान पर सैनिक के मरने का बहुत कुछ अर्थ हो सकता है। मगर किसी निष्कर्ष पर लोग पहुंच नहीं पाते। सीमा पर जहां युद्ध छिड़ा था वहां से यह गांव खासा दूर था। सीमा-युद्ध से इस गांव के लोग अवगत थे, लेकिन युद्ध का कोई सैनिक यहां आ पहुंचेगा, इसकी संभावना नहीं के बराबर थी। तो फिर यह कौन है, कैसे आया?

दुर्गापुर गांव के जटाशंकर बाबा गांव के वयोवृद्ध तो थे ही, आग-पाछ जानने वाले और समय-कुसमय की घटनाओं पर तीक्ष्ण बुद्धि से विचार करने वाले भी थे। उन्होंने कुछ ही क्षणों के सोच-विचार के बाद यह घोषणा-सी कर दी – "यह बाहर का सैनिक है...लड़ाई में घायल होकर जान बचाने के लिए इधर भागते हुए आ गया, किंतु समय पूरा हो जाने के चलते बच नहीं सका...।"

उस वक्त दुर्गापुर गांव के तीन सैनिक छुट्टियों में घर आए थे। जटाशंकर बाबा की बात को मद्देनजर रखते हुए उस सैनिक को पहचानने की उन्होंने भी भरपूर कोशिश की। गांव को विश्वास था कि शायद सैनिक होने के नाते उसके हुलिए को देख वे कुछ अंदाज लगा सकें, लेकिन वे कोई अंदाज नहीं लगा सके। उस सैनिक का हुलिया परिचय और पहचान से परे था। ले-देकर उन सैनिकों ने भी जटाशंकर बाबा की बात की ही पुष्टि की, 'यह बाहर का सैनिक ही लगता है... युद्ध के मोर्चे से आया हुआ...जंग में अपनी पहचान और शक्ल खोया हुआ...।'

इस बीच भीड़ में अचानक चिनगारी की तरह यह चर्चा उठी कि वह जीवित है। शायद उसके किसी अंग में हुई हरकत को कुछ लोगों ने भांप लिया था। अब लोग उत्सुकता से उसकी नाड़ी पकड़, उसकी नाक के निकट हाथ रख तथा उसकी छाती में कान सटा यह जांचने लगे कि वह जीवित है या मरा है?

दुर्गापुर की उस भीड़ में अब एक नई सरगर्मी आ गई। कुछ कहते, जीवित

है। कुछ कहते, मर गया है। भीड़ से बाहर खड़े सब कुछ चुपचाप देख-सुन रहे शांत प्रकृति के मुनेसर वैद्य से जब लोगों ने उस सैनिक का परीक्षण करवाया तो उन्होंने उसे जीवित घोषित किया। अब भीड़ उत्तेजित हो गई तथा उसमें एक हर्षोल्लास-सा छा गया। फिर मुनेसर वैद्य के निर्देशानुसार उसका उपचार शुरू हुआ। वैद्य जी ने मकरध्वज और न जाने क्या-क्या पीसकर उसके गले के भीतर पहुंचाया कि उसकी आंखें खुल गईं। यह देख लोगों के आश्चर्य की सीमा नहीं रही। यह तो गजब हो गया। फिर वैद्य जी के कुछ ही देर के उपचार के बाद वह उठकर बैठ गया। उसे जानने की जिज्ञासा लोगों के अंदर तीव्र हो गई। हर कोई उससे प्रश्न करना चाहता था, लेकिन लोगों को शांत करते हुए वैद्य जी ने अत्यंत आत्मीयता से उससे पूछा, "अब आपकी तबीयत कैसी है? आप कहां के रहने वाले हैं? यहां कैसे चले आए?"

एक क्षण के लिए तो वह सामने उपस्थित भीड़ और नए चेहरों को देखकर कुछ घबराया-सा जान पड़ा। फिर बोल उठा, लेकिन सबकी आंखें आश्चर्य से उसके चेहते पर टिकी रहीं। वह जिस भाषा में बोल रहा था। उसे कोई समझ नहीं पा रहा था। वह बहुत कुछ कहे जा रहा था। पर दुर्गापुर के लोगों के लिए उस भाषा की ध्वनि 'गिड़बिड़-सिड़बिड़' के अतिरिक्त कुछ भी हाथ नहीं लग रहा था।

संयोग से प्रोफेसर जगमोहन उस दिन गांव आए थे। वे उस गांव के जमाई थे। निकटवर्ती नगर में रहते थे। वहीं एक कॉलेज में प्रोफेसर थे। वे एक से अधिक भाषाओं के जानकार थे। दुर्गापुर में तड़का मिले खेत-बधार और घर-दुआर की देखभाल करने और खोज-खबर लेने अक्सर आ जाते थे। उस सैनिक के समक्ष पहुंच उन्होंने भी जब उसकी भाषा सुनी तो प्रारंभ में उन्हें कुछ समझ में नहीं आया। वे भी उस भाषा के जानकार नहीं थे। पर उसकी भाषा में मिश्रित अन्य भाषाओं के शब्दों को पकड़ उसकी परिचय जान गए और लोगों को बता दिया, यह शत्रु-देश का सैनिक है। सीमा पर चल रहे युद्ध से छिटककर भटकते हुए इधर आ गया है...।

प्रो. जगमोहन के रहस्योद्घाटन के बाद भीड़ अचानक गंभीर हो गई – गंभीर और निर्मम – कुछ-कुछ आक्रोश और तैश में। लोगों नें कहा, जटाशंकर

बाबान ने तो पहले ही जान लिया था। अब समस्या यह थी कि इस सैनिक का क्या किया जाए? जब से सीमा पर युद्ध छिड़ा था, शत्रु-देश के प्रति लोगों के मन में द्वेष बढ़ता जा रहा था। रामकेश्वर के लापता होने की सूचना के बाद तो अधिकांश दुर्गापुरवासी शुत्र-देश के खिलाफ खौल उठे थे। उनमें से कइयों का यह मानना था कि रामकेश्वर को पकड़ शत्रु-देश ने ही बंदी बना लिया है। कि वह वहीं है और शुत्र-देश की यातनाएं सह रहा है।

दुर्गापुर के लोग अब संयम और धैर्य ताक पर रख अपनी उग्र और तीखी प्रतिक्रिया व्यक्त करने लगे –

किसी के अनुसार उसे मार देना चाहिए.. हाथ आए शत्रु को छोड़ना ठीक नहीं...

किसी के अनुसार उसे अपनी सेना के हवाले कर देना चाहिए... हो सकता है, सेना उससे कोई आवश्यक सुराग पा सके...।

किसी के अनुसार उसे अपंग बना देना चाहिए... शत्रुता करने का मजा वह चख ले...।

कोई कहता, यह घुसपैठी है – शत्रुदेश का जासूस। इस गांव को खत्म करने के उद्देश्य से यहां आया होगा। पकड़ा गया नहीं तो गांव के कुंओं में विष घोलकर यहां के लोगों को मार देता। या गांव के किसी कोने में बम फिट कर गांव को उड़ा देता...। इसके बाद पिछले वर्ष हुए युद्ध में शत्रु-देश के सैनिकों ने सीमावर्ती गांवों में कैसे-कैसे उत्पात किए थे, लोग उसका जिक्र करने लगे – एक से एक हैरतअंगेज कारनामे और दिल दहला देने वाली करतूतें। भीड़ का माहौल एकदम गर्म हो उठा। संभव है, अपवादस्वरूप कुछ लोगों के मन में उस जख़्मी सैनिक के प्रति सहानुभूति भी हो, पर भीड़ के सामूहिक रोष के समक्ष किसी ने उसे व्यक्त नहीं किया।

अंत में जटाशंकर बाबा एवं प्रो. जगमोहन ने भीड़ को शांत कर यह निर्णायिक सुझाव दिया कि कायदे-कानून अपने हाथ में लेना उचित नहीं होगा। इस सैनिक को सरकार के हवाले कर दिया जाए। सरकार शत्रु देश के साथ अपनी शर्तों और उद्देश्यों के अनुसार चाहे जैसा सलूक इसके साथ करे...। अगर यह बात किसी और ने कही होती तो पता नहीं लोग मानते

भी यह नहीं? लेकिन जटाशंकर बाबा एवं प्रो. जगमोहन ने संयुक्त रूप से यह सुझाव पेश किया था, इसलिए पूरा गांव इस पर एकमत हो गया। यही तय हुआ कि रात-भर इस सैनिक को गांव में बंदी बनाकर रखा जाए और सुबह नगर के पुलिस थाने को सुपुर्द कर दिया जाए।

इस निर्णय के बाद उस सैनिक को लेकर लोग गांव पहुंचे। वैद्यजी के उपचार का अद्‌भुत असर उसके ऊपर हुआ था। वह कुछ लंगड़ा ज़रूर रहा था, पर स्वयं चलकर गांव आया। गांव में आने पर उसने हाथ के इशारे से खाने की मांग की। दुर्गापुर के लोगों में से यहां किसी ने भी विरोध नहीं किया। और जब खाना उसके सामने रखा गया तो वह ताबड़-तोड़ खाने लगा, जैसे वर्षों का भूखा हो। खाना खाने के बाद वह कुछ स्वस्थ हो गया – स्वस्थ और हरा-चंगा।

गांव में उसे जटाशंकर बाबा के दालान में रखा जा सकता था, पर जानबुझकर रामकेश्वर के दालान में रखा गया। रामकेश्वर का दालान भी गांव का एक बड़ा दालान था – पक्के का बना हुआ। गांव में आने वाली बारात बारिश के दिनों में उस दालान में ही टिकती थी। गांव के कुछ अन्य सामूहिक कार्य भी उस दालान में ही संपन्न होते थे। उस सैनिक को भी उसी दालान में रखा गया। शायद यह सोचकर भी कि रामकेश्वर के बेटों की सख्त और कड़ी निगरानी में वह वहां से भाग नहीं पाएगा।

गांव के अनेक नौजवान उस सैनिक की अगोरिया में रामकेश्वर के बेटों के साथ रात गुजारना चाहते थे, लेकिन रामकेश्वर के बेटों ने एक-दो मित्रों को साथ रख शेष को यह कहकर विदा कर दिया कि इस सैनिक के लिए तो वे स्वयं काफी हैं। असल में गांव के लोग यह जानते थे कि रामकेश्वर की पत्नी उसके लापता होने के बाद सारी-सारी रात जगी रहती है, इस स्थिति में वह सैनिक चाहकर भी कैसे भाग पाएगा? लेकिन दूसरी सुबह रामकेश्वर के बेटों एवं उसके मित्रों के साथ गांव के लोगों को यह जानकर घोर आश्चर्य हुआ कि वह सैनिक दालान के कमरे से लापता था। कब भागा? कैसे भागा? कहां भागा? दालान के उस कमरे के पल्ले तो पूर्वतः भिड़े थे, बाहर की कुंडी ज्यों की त्यों लगी थी, ताला यथावत झूल रहा था और चाबियों का

गुच्छा आंगन के दिराखे पर पहले की ही तरह रखा हुआ था। रामकेश्वर के बेटे और उसके मित्र एक-दूसरे का मुंह भौंचक होकर ताकते रहे। गांव के लोग फटी आंखों से उन्हें घूरते और सवाल करते रहे। रामकेश्वर के बेटे मां से पूछने के लिए दौड़ते हुए घर के अंदर पहुंचे। शायद मां कुछ बता सके, लेकिन उन्होंने पाया, मां पिताजी की तस्वीर के पास खड़ी रो रही थी। इस स्थिति में वे कुछ भी नहीं पूछ सके। उलटे पांव दरवाजे पर लौट आए और कहा, "पता नहीं, वह कैसे भाग गया?"

हरिहर काका

हरिहर काका के यहां से मैं अभी-अभी लौटा हूं। कल भी उनके यहां गया था, लेकिन न तो वह कल ही कुछ कह सके और न आज ही। दोनों दिन उनके पास मैं देर तक बैठा रहा, लेकिन उन्होंने कोई बातचीत नहीं की। जब उनकी तबीयत के बारे में पूछा तो माथा उठाकर एक बार मुझे देखा। फिर माथा झुकाया तो दुबारा मेरी ओर नहीं देखा। हालांकि उनकी एक ही नजर बहुत कुछ कह गई। जिन यंत्रनाओं के बीच वह घिरे थे और जिस मनःस्थिति में जी रहे थे, उसमें आंखें ही बहुत कुछ कह देती हैं। मुंह खोलने की ज़रूरत नहीं पड़ती।

हरिहर काका से मैं गहरे जुड़ा हूं। अपने गांव में जिन चंद लोगो को सम्मान देता हूं, उनमे हरिहर काका भी एक हैं। हरिहर काका के प्रति मेरे जुड़ाव के अनेक व्यावाहारिक और वैचारिक कारण हैं। उनमें प्रमुख कारण दो हैं। एक तो यह कि वे मेरे पड़ोस में रहते हैं और दूसरा यह कि मेरी मां बताती है, बचपन में वे मुझे बहुत दुलार करते थे। अपने कंधे पर बैठाकर घुमाते। एक पिता अपने बच्चे को जितना प्यार करता है, उससे कहीं ज़्यादा प्यार वे मुझे करते थे और जब मैं सयाना हुआ तब मेरी पहली दोस्ती उनके साथ ही हुई। हरिहर काका ने भी जैसे मुझसे दोस्ती के लिए ही इतनी उम्र तक प्रतीक्षा की थी। मां बताती है कि मुझसे पहले गांव में किसी अन्य से इतनी गहरी दोस्ती उनकी नहीं हुई थी। वह मुझसे कुछ भी नहीं छिपाते थे। खूब खुलकर बातें करते, लेकिन फिलहाल मुझसे भी कुछ कहना उन्होंने बंद कर दिया है। उनकी इस स्थिति ने मुझे चिंतित कर दिया है। जैसे कोई नाव

बीच मझधार में में फंसी हो और उस पर सवार चिल्लाकर भी अपनी रक्षा न कर सकते हों, उनकी स्थिति कुछ वैसी ही हो गई है।

हरिहर काका के बारे में मैं सोचता हूं तो मुझे लगता है, वह यह समझ नहीं पा रहे कि कहें तो क्या कहें? अब कोई ऐसी बात नहीं जिसे कहकर हल्का हो सकें। कोई ऐसी उक्ति नहीं जिसे सुनाकर मुक्ति पा सकें। हरिहर काका की स्थिति में मैं भी होता तो निश्चय ही इस गूंगेपन का शिकार हो जाता। मां कहती है, गूंगेपन का शिकार आदमी दो तरह से होता है। एक जन्मजात और दूसरा परिस्थिति प्रदत्त। यह दूसरा गूंगापन ज़्यादा भयावह और पीड़ादायक होता है। बहुत कुछ कहने के लिए आदमी भीतर से उबलता रहता है। अंतर में आंधी चलती रहती है। बवण्डर उठते रहते हैं, लेकिन मुंह से बोल नहीं फूटते। मुंह पर तो बाहर से ताला लगा दिया रहता है...।

हरिहर काका इस स्थिति में कैसे आ फंसे? यह कौन-सी स्थिति है? इसके लिए कौन जिम्मेवार है? यह सब बताने से पहले अपने गांव का और खासकर अपने गांव की ठाकुरबारी का संक्षिप्त परिचय मैं आपको दे देना उचित समझता हूं, क्योंकि उसके बिना यह कहानी अधूरी ही रह जाएगी।

मेरा गांव कस्बाई शहर आरा से चालीस किलोमीटर दूर है। हसन बाजार बस स्टैण्ड के पास। मेरे गांव में सभी जातियों के लोग नहीं रहते। जो हैं, उनमें बड़ी जाति के ब्राह्मण, भूमिहर, राजपूत और कायस्थ तथा छोटी जाति के डोम, चमार, रजवार, कहार, नाई, बढ़ई, मुसहर, लोहार आदि। हालांकि बहुलता मेरे गांव में बड़ी जाति के लोगों की है। उनकी तुलना में छोटी जाति के लोगों की संख्या एक-तिहाई से अधिक नहीं। मेरे गांव की कुल आबादी लगभग ढाई-तीन हजार होगी। मेरे गांव में तीन प्रमुख स्थान हैं। पहला, गांव के पश्चिम किनारे का बड़ा-सा तालाब। दूसरा, गांव के मध्य स्थित बरगद का पुराना वृक्ष और तीसरा गांव के पूरब में ठाकुरजी का विशाल मंदिर, जिसे गांव के लोग ठाकुरबारी कहते हैं।

मेरे गांव में इस ठाकुरबारी की स्थापना कब हुई, इसकी ठीक-ठीक जानकारी किसी को नहीं। इस संबध में गांव में जो पुरानी कहानी प्रचलित है, वह यह कि वर्षों पहले जब यह गांव पूरी तरह बसा भी नहीं था, कहीं

से एक संत आकर इस स्थान पर झोपड़ी बना रहने लगे थे। वह सुबह-शाम यहां ठाकुरजी की पूजा-पाठ की भावना जागृत करते। बाद में लोगों ने आपस में चंदा एकत्रित कर यहां ठाकुर जी का एक छोटा-सा मंदिर बनवा दिया। फिर जैसे-जैसे यह गांव बसता गया और इसकी आबादी बढ़ती गई, वैसे-वैसे इस मंदिर के कलेवर में भी विस्तार होता गया। लोग ठाकुरजी को मनौती मनाते कि पुत्र हो, मुकदमे में विजय हो, लड़की की शादी अच्छे घर में तय हो, लड़के को नौकरी मिल जाए। फिर इसमें जिसको सफलता मिलती, वह खुशी में ठाकुरजी के ऊपर रुपये, जेवर, अनाज चढ़ाता। अधिक खुशी होती तो ठाकुरजी के नाम अपने खेत का एक छोटा-सा टुकड़ा लिख देता। यह परंपरा तब से आज तक जारी है। गांव में अधिकांश लोगों को इस बात का पक्का विश्वास है कि उन्हें अच्छी फसल होती है तो ठाकुरजी जी कृपा से। मुकदमे में उनकी जीत हुई तो ठाकुरजी के चलते। लड़की की शादी इसीलिए जल्दी तय हो गई, क्योंकि ठाकुरजी को मनौती मनाई गई थी। लोगों के इस विश्वास का ही यह परिणाम है कि गांव की अन्य चीजों की तुलना में ठाकुरबारी का विकास हजार गुना अधिक हुआ। अब तो यह गांव ठाकुरबारी से ही पहचाना जाता है। यह ठाकुरबारी न सिर्फ मेरे गांव की एक बड़ी और विशाल ठाकुरबारी है, बल्कि पूरे इलाके में इसकी जोड़ की दूसरी ठाकुरबारी नहीं।

ठाकुरबारी के नाम पर बीस बीघे खेत हैं। मेरे गांव के और आसपास के धार्मिक लोगों की एक समिति बनी है, जो ठाकुरबारी की देख-रेख और संचालन के लिए प्रत्येक तीन साल पर एक महंत और एक पुजारी की नियुक्ति करती है।

ठाकुरबारी का काम लोगों के अंदर ठाकुरजी के प्रति भक्तिभावना पैदा करना तथा धर्म से विमुख हो रहे लोगों को रास्ते पर लाना है। ठाकुरबारी में भजन-कीर्तन की आवाज़ बराबर गूंजती रहती है। मेरा गांव जब भी बाढ़ या सूखे की चपेट में आता है, ठाकुरबारी के अहाते में तंबू टंग जाता है। फिर गांव के लोग और ठाकुरबारी के साधु-संत सम्मिलित रूप से अखंड हरिकीर्तन शुरू कर देते हैं। इसके अतिरिक्त गांव में किसी भी पर्व-त्यौहार

की शुरुआत ठाकुरबारी से ही होती है। होली में सबसे पहले गुलाल ठाकुरजी को ही चढ़ाया जाता है। दीवाली का पहला दीप ठाकुरबारी में ही जलता है। जन्म, शादी और जनेऊ के अवसर पर अन्नवस्त्र की पहली भेंट ठाकुरजी के नाम की जाती है। ठाकुरबारी के ब्राह्मण-साधु व्रत-कथाओं के दिन घर-घर घूमकर कथावाचन करते हैं। लोगों के खलिहान में जब फसल की दवनी होकर अनाज की 'ढेरी' तैयार हो जाती है, तब ठाकुरजी के नाम 'अगउम' निकालकर ही लोग अनाज अपने घर ले जाते हैं।

ठाकुरबारी के साथ मेरे गांव के अधिकांश लोगों का संबंध बहुत ही घनिष्ठ है – मन और तन दोनों स्तर पर। कृषि-कार्य से अपना बचा हुआ समय वे ठाकुरबारी में ही बिताते हैं। ठाकुरबारी में साधु-संतों का प्रवचन सुन और ठाकुरजी का दर्शन कर वे अपना यह जीवन सार्थक मानने लगते हैं। उन्हें यह महसूस होता है, ठाकुरबारी में प्रवेश करते ही वे पवित्र हो जाते हैं, उनके पिछले सारे पाप खत्म हो जाते हैं।

परिस्थितिवश इधर हरिहर काका ने ठाकुरबारी जाना भी बंद कर दिया है। हालांकि पहले वह अक्सर ही ठाकुरबारी जाते थे। मन बहलाने के लिए कभी-कभी मैं भी ठाकुरबारी जाता हूं, लेकिन वहां के साधु-संत मुझे फूटी आंखों नहीं सुहाते। काम करने में उनकी कोई रुचि नहीं। ठाकुरजी को भोग लगाने के नाम पर दोनों जून हलवा-पूड़ी खाते और आराम से पड़े रहते हैं। उन्हें अगर कुछ आता है, तो सिर्फ बात बनाना। भोले-भाले ग्रामीणों को अपनी बातों में उलझाए रहना और अपनी इन्हीं फालतू बातों को 'प्रवचन' की संज्ञा देना। ऐसे कामचोर लोगों का महत्व मेरी नजर में दो कौड़ी का नहीं। मैंने देखा है, जिन लोगों की शादी नहीं हुई और जो काम करना नहीं चाहते वैसे ही लोग बाल-दाढ़ी बढ़ाकर साधु हो जाते हैं। फिर आराम से किसी मठ या मंदिर में बैठकर तरह-तरह के व्यंजनों का भोग लगाते हैं। साथ ही सामाजिक दृष्टि से सम्मान के पात्र भी बने रहते हैं। मैं घोर आस्तिक हूं। ईश्वर की सत्ता में मेरा पक्का विश्वास है, लेकिन ईश्वर के नाम पर अपना पेट पालने वाले ऐसे पाखंडी साधु कभी मेरे विश्वासपात्र नहीं बन सकते।

इस विषय पर हरिहर काका के साथ भी मैं कई बार बातें कर चुका हूं,

लेकिन उन्होंने हर बार यह कहकर मुझे चुप करा दिय है, ऐसा नहीं कहना चाहिए। साधु-संतों को ऐसा कहने से दोष लगता है। हालांकि मैंने महसूस किया है हरिहर काका के मन के किसी कोने में मेरी बात जंचती अवश्य है, लेकिन आधुनिक शिक्षा से वंचित परंपरा और संस्कार में आकंठ डूबे वे इतनी जल्दी मेरी बात मानते भी तो कैसे? उसके लिए तो पर्याप्त समय की ज़रूरत थी।

हरिहर काका चार भाई हैं। सबकी शादी हो चुकी है। हरिहर काका को छोड़कर सबके बाल-बच्चे हैं। बड़े और छोटे भाई के लड़के काफी सयाने हो गए हैं। दो की शादियां हो गई हैं। उनमें से एक पढ़-लिखकर शहर के किसी दफ्तर में क्लर्की करने लगा है, लेकिन हरिहर काका की अपनी देह से कोई औलाद नहीं। भाइयों में हरिहर काका का नंबर दूसरा है। औलाद के लिए उन्होंने दो शादियां कीं। लंबे समय तक प्रतीक्षारत रहे, लेकिन बिना बच्चा जने उनकी दोनों पत्नियां स्वर्ग सिधार गईं। लोगों ने तीसरी शादी करने की सलाह दी, लेकिन अपनी गिरती हुई उम्र और धार्मिक संस्कारों की वजह से हरिहर काका ने इनकार कर दिया। भाई के बच्चे हैं, फिर उन्हें निरबंसिया कहने की किसकी मजाल? वह इत्मीनान और प्रेम से अपने भाइयों के परिवार के साथ रहने लगे।

हरिहर काका के परिवार के नाम पर कुल साठ बीघे खेत हैं। प्रत्येक भाई के हिस्से पंद्रह बीघे पड़ेंगे। कृषि-कार्य पर वे लोग निर्भर हैं। शायद इसीलिए अब तक संयुक्त परिवार के रूप में रहते आ रहे हैं।

हरिहर काका की दोनों पत्नियों की मृत्यु के बाद उनके तीनों भाइयों ने अपनी-अपनी पत्नियों को यह सीख दी थी कि वह हरिहर काका की अच्छी तरह सेवा करें। समय पर उन्हें नाश्ता-खाना दें। किसी बात की उन्हें तकलीफ न होने दें, लेकिन औरतों को तो फकत अपने मर्दों के सिवाय और कोई नजर ही नहीं आता। प्रारंभ में तो कुछ दिनों तक वे हरिहर काका की खोज-खबर लेती रहीं। फिर उन्हें कौन पूछने वाला? 'ठहर-चौका' लगाकर पंखा झलते हुए अपने मर्दों को अच्छे-अच्छे व्यंजन खिलातीं। हरिहर काका के आगे तो बची-खुची चीजें आतीं। कभी-कभी तो रूखा-सूखा खाकर ही हरिहर काका को

संतोष करना पड़ता। इस पर भी औरतें पीठ-पीछे भुनभुनातीं-फुसफुसातीं, जैसे हरिहर काका को वे दोनों जून खाना क्या खिलाती हैं, उपकार करती हैं।

हरिहर काका की तबीयत अगर कभी खराब हो जाती तो वह मुसीबत में पड़ जाते। इतने बड़े परिवार में रहते हुए भी कोई उन्हें पानी देने वाला तक नहीं। सभी अपने कामों में मशगूल। बच्चे या तो पढ़-लिख रहे होते या धमाचौकड़ी मचाते। मर्द खेतों पर गए रहते। वह तो औरतों पर निर्भर थे। उनकी औरतें हरिहर काका की सेवा-टहल करती होंगी, लेकिन औरतें तो हरिहर काका का हाल पूछने भी नहीं आतीं। दालान के कमरे में अकेले पड़े उन्हें स्वयं उठकर अपनी ज़रूरतों की पूर्ति करनी पड़ती। ऐसे वक्त अपनी पत्नियों को याद कर हरिहर काका की आंखें भर आतीं। उनकी पत्नियां थीं तो इस घर में उनकी कितनी इज्जत थी। कभी अपने से लेकर एक गिलास पानी भी उन्होंने नहीं पिया था। उन्हें लगता था कि इतना बड़ा परिवार है। अपनी जोरू के अतिरिक्त कोई अपना नहीं। भाइयों के परिवार से हरिहर काका के मोहभंग की शुरुआत इन्हीं क्षणों में हुई। और फिर, एक दिन विस्फोट हो ही गया। बर्दाशत करते-करते उस दिन हरिहर काका की सहनशक्ति जवाब दे गई। उस दिन शहर में क्लर्की करने वाले हरिहर काका के भतीजे का एक दोस्त उनके गांव आया था। उसी के आगमन के उपलक्ष्य में हरिहर काका के यहां दो-तीन तरह की सब्जी, चटनी, रायता आदि बने थे। बीमारी से उठे हरिहर काका का मन स्वादिष्ट भोजन के लिए बैचेन था। मन-ही-मन उन्होंने अपने भतीजे के दोस्त की सराहना की जिसके बहाने उन्हें अच्छी चीजें खाने को मिलने वाली थीं, लेकिन बातें बिल्कुल विपरीत हुईं। सबों ने खाना खा लिया। हरिहर काका को कोई पूछने तक नहीं आया। उनके तीनों भाई खाकर खलिहान में चले गए। दवनी हो रही थी। वे इस बात के प्रति निश्चिंत थे कि उनकी पत्नियों ने हरिहर काका को पहले ही खिला दिया होगा।

अंत में हरिहर काका ने स्वयं दालान के कमरे से हवेली में प्रवेश किया। तब उनके छोटे भाई की पत्नी ने रूखा-सूखा खाना लाकर उनके सामने परोस दिया – भात, मट्ठा और अचार। बस, हरिहर काका के बदन में तो जैसे आग लग गई। थाली उठाकर उन्होंने बीच आंगन में फेंक दी। झन्न की तेज आवाज़ के साथ आंगन में थाली गिरी। भात बिखर गया।

विभिन्न घरों में बैठी हरिहर काका के भाई की पत्नियां, लड़कियां, बहुएं सब एक ही साथ बाहर निकल आईं। इधर हरिहर काका गरजते हुए हवेली से दालान की ओर चल पड़े, 'तुम सब समझ रही हो कि मुफ्त में खिलाती हो, तो अपने मन से यह बात निकाल देना। मेरे हिस्से के खेत की पैदावार इसी घर में आती है। उससे तो मैं दो-चार नौकर रख लूं, आराम से खाऊं, तब भी कमी नहीं होगी। मैं अनाथ और बेसहारा नहीं हूं। मेरे धन पर तुम सब मौज कर रही हो, लेकिन अब मैं तुम सबों को बताऊंगा...आदि।

हरिहर काका जिस वक्त यह बोल रहे थे, उस वक्त ठाकुरबारी के पुजारीजी उनके दालान पर ही विराजमान थे। वार्षिक हुमाध के लिए घी और शकील लेने आए थे। लौटकर उन्होंने महंतजी को विस्तार से सारी बात बताई। महंतजी के कान तो जैसे वर्षों से ऐसे संवाद की प्रतीक्षा में थे। उनके कान खड़े हो गए। वह दिन उन्हें शुभ महसूस हुआ। उस दिन को उन्होंने ऐसे ही गुजर जाने देना उचित नहीं समझा। तत्क्षण टीका-तिलक लगा, कंधे पर रामनामी लिखी चादर डाल ठाकुरबारी से चल पड़े। संयोग अच्छा था। हरिहर काका के दालान तक उन्हें नहीं आना पड़ा। रास्ते में ही मिल गए। गुस्से में घर से निकल खलिहान की ओर जा रहे थे। लेकिन महंतजी ने उन्हें खलिहान नहीं जाने दिया। वापस अपने साथ ठाकुरबारी पर लेते आए। फिर एकान्त कमरे में उन्हें बैठा, खूब प्रेम से समझाने लगे – "हरिहर यहां कोई किसी का नहीं है। सब माया का बंधन है। तू तो धार्मिक प्रवृत्ति का आदमी है। मैं समझ नहीं पा रहा हूं कि तुम इस बंधन में कैसे फंस गए हो? ईश्वर में भक्ति लगाओ। उसके सिवाय कोई तुम्हारा अपना नहीं। पत्नी, बेटे, भाई-बुंध सब स्वार्थ के साथी हैं। जिस दिन उन्हें लगेगा कि तुमसे उनका स्वार्थ सधने वाला नहीं, उस दिन वे तुम्हें पूछेंगे तक नहीं। इसीलिए ज्ञानी, संत, महात्मा ईश्वर के सिवाय किसी और से प्रेम नहीं लगाते। ...तुम्हारे हिस्से में पंद्रह बीघे खेत हैं। उसी के चलते तुम्हारे भाई के परिवार तुम्हें पकड़े हुए हैं। तुम एक दिन कहकर तो देख लो कि अपना खेत उन्हें न देकर दूसरे को दोगे, तब वे तुमसे बोलना बंद कर देंगे। खून का रिश्ता खत्म हो जाएगा। तुम्हारे भले के लिए मैं बहुत दिनों से सोच रहा

था, लेकिन संकोचवश नहीं कह रहा था। आज कह देता हूं, तुम अपने हिस्से का खेत ठाकुरजी के नाम पर लिख दो। सीधे बैकुण्ठ को प्राप्त करोगे। तीनों लोक में तुम्हारी कीर्ति जगमगा उठेगी। जब तक चांद-सूरज रहेंगे, तब तक लोग तुम्हें याद करेंगे। ठाकुरजी के नाम पर ज़मीन लिख देना, तुम्हारे जीवन का महादान होगा। साधु-संत तुम्हारें पांव पखारेंगे। सभी तुम्हारा यशोगान करेंगे। तुम्हारा यह जीवन सार्थक हो जाएगा। अपनी शेष ज़िंदगी तुम इसी ठाकुरबारी में गुजारना, तुम्हें किसी चीज की कमी नहीं होगी। एक मांगोगे तो चार हाजिर की जाएगी। हम तुम्हें सिर-आंखों पर उठाकर रखेंगे। ठाकुरजी के साथ तुम्हारी भी आरती लगाएंगे। भाई का परिवार तुम्हारें लिए कुछ नहीं करेगा। पता नहीं पूर्व जन्म में तुमने कौन-सा पाप किया था कि तुम्हारी दोनों पत्नियां अकाल मृत्यु को प्राप्त हुईं। तुमने औलाद का मुंह तक नहीं देखा। अपना यह जन्म तुम अकारथ न जाने दो। ईश्वर को एक भर दोगे तो दस भर पाओगे। मैं अपने लिए तुमसे कुछ नहीं मांग रहा। तुम्हारा यह लोक और परलोक दोनों बन जाए, इसकी राह बता रहा हूं।''

हरिहर काका देर तक महंतजी की बातें सुनते रहे। महंतजी की बातें उनके मन में बैठती जा रही थीं। ठीक ही तो कह रहे हैं महंतजी। कौन किसका है, पंद्रह बीघे खेत की फसल भाइयों के परिवार को देते हैं तब तो कोई पूछता नहीं, अगर न दें तब क्या हालत होगी? उनके जीवन में तो यह स्थिति है? मरने के बाद कौन उन्हें याद करेगा? सीधे-सीधे हड़प जाएंगे। ठाकुरजी के नाम पर लिख देंगे तो पुश्तों तक लोग उन्हें याद करेंगें। अब तक के जीवन में ईश्वर के लिए कुछ नहीं किया। अंतिम समय में तो यह बड़ा पुण्य कमा लें, लेकिन यह सोचते हुए भी हरिहर काका का मुंह खुल नहीं रहा था। भाई का परिवार तो अपना ही होता है। उनको न देकर ठाकुरबारी में दे देना उनके साथ धोखा और विश्वासघात होगा।

अपनी बात समाप्त कर महंतजी प्रतिक्रिया जानने के लिए हरिहर काका की ओर देखने लगे। हरिहर काका ने मुंह से तो कुछ नहीं कहा, लेकिन उनके चेहरे के परिवर्तित भाव महंतजी की अनुभवी आंखों से छिपे न रह सके। अपनी सफलता पर महंतजी को बहुत खुशी हुई। उन्होंने सही जगह

वार किया है। इसके बाद उसी वक्त ठाकुरबारी के दो सेवकों को बुलाकर महंतजी ने यह आदेश दिया कि एक साफ-सुथरे कमरे में पलंग पर बिस्तर लगाकर हरिहर के आराम करने को इंतजाम करें। फिर तो महंतजी के कहने में जितना समय लगा था, उससे कम समय में ही, सेवकों ने हरिहर काका के मना करने के बावजूद उन्हें एक सुंदर कमरे में पलंग पर जा लिटाया। और महंतजी! उन्होंने पुजारीजी को यह समझा दिया कि हरिहर काका के लिए विशेष रूप से भोजन की व्यवस्था करें। फिर तो ठाकुरबारी में चहल-पहल शुरू हो गई।

इधर शाम को हरिहर काका के भाई जब खलिहान से लौटे तो उन्हें इस दुर्घटना का पता चला। पहले तो अपनी पत्नियों पर वह खूब बरसे। फिर एक जगह बैठकर चिंतामग्न हो गए। हालांकि गांव के किसी व्यक्ति ने भी उनसे कुछ नहीं कहा था। महंतजी ने हरिहर काका को क्या-क्या समझाया है, इसकी भी जानकारी उन्हें नहीं थी, लेकिन इसके बावजूद उनका मन शंकालु और बैचेन हो गया। दरअसल, बहुत सारी बातें ऐसी होती हैं जिनकी जानकारी बिना बताए ही मिल जाती है।

शाम गहराते-गहराते हरिहर काका के तीनों भाई ठाकुरबारी पहुंचे। उन्होंने हरिहर काका को वापस घर चलने के लिए कहा। इससे पहले कि हरिहर काका कुछ कहते, महंतजी बीच में आ गए, "आज हरिहर को तुम लोग यहीं रहने दो...बीमारी से उठा है। इसका मन अशांत है। ईश्वर के दरबार में रहेगा तो शांति मिलेगी...।"

लेकिन हरिहर काका के भाई उन्हें घर ले चलने के लिए जिद करने लगे। इस पर ठाकुरबारी के साधु-संत उन्हें समझाने लगे। वहां उपस्थित गांव के लोगों ने भी कहा कि एक रात ठाकुरबारी में रह जाएंगे तो क्या हो जाएगा? अंततः हरिहर काका के भाइयों को निराश हो वहां से लौटना पड़ा।

रात में हरिहर काका को भोग लगाने के लिए जो मिष्ठान और व्यंजन मिले, वैसा पहले उन्होंने कभी नहीं खाया था। घी चूते मालपूए, रस बुनिया, लड्डू, छेने की तरकारी, दही, खीर...। पुजारीजी ने स्वयं अपने हाथों से खाना परोसा। पास में बैठे महंतजी धर्म-चर्चा से हरिहर काका के मन में शांति

पहुंचाते रहे। एक ही रात में ठाकुरबारी में हरिहर काका ने जो सुख-शांति और संतोष पाया, वह अपने अब तक के जीवन में नहीं पाया था।

इधर दूसरी तरफ हरिहर काका के तीनों भाई रात-भर सो नहीं सके। भावी आशंका उनके मन को मथती रही। पंद्रह बीघे खेत! इस गांव की उपजाऊ ज़मीन। अगर हाथ से निकल गई तो फिर वह कहीं के न रहेंगे।

सुबह तड़के ही तीनों भाई पुनः ठाकुरबारी पहुंचे। हरिहर काका के पांव पकड़ रोने लगे। अपनी पत्नियों की गलती के लिए माफी मांगी, तथा उन्हें दंड देने की बात कही। साथ ही खून के रिश्ते की माया फैलाई। हरिहर काका का दिल पसीज गया। वह पुनः वापस घर लौट आए।

लेकिन यह क्या? इस बार अपने घर पर जो बदलाव उन्होंने लक्ष्य किया, उसने उन्हें सुखद आश्चर्य में डाल दिया। घर के छोटे-बड़े सब उन्हें सिर-आंखों पर उठाने को तैयार। भाइयों की पत्नियों ने उनके पैर पर माथा पटक गलती के लिए क्षमा-याचना की। फिर उनकी आवभगत और जो खातिर शुरू हुई, वैसी खातिर किसी के यहां मेहमान आने पर भी नहीं होती। उनकी रुचि और इच्छा के मुताबिक दोनों जून खाना-नाश्ता तैयार। पांच महिलाएं – उनकी सेवा में मुस्तैद तीन भाइयों की पत्नियां और दो उनकी बहुएं। हरिहर काका आराम से दालान में पड़े रहते। जिस किसी चीज की इच्छा होती, आवाज लगाते ही हाजिर! हालांकि हरिहर काका अब तक यह समझ गए थे कि यह सब महंतजी के चलते ही हो रहा है, इसीलिए महंतजी के प्रति उनके मन में आदर और श्रद्धा के भाव निरंतर बढ़ते जा रहे थे।

बहुत बार ऐसा होता है कि बिना किसी के कुछ बताए गांव के लोग असलियत से वाकिफ हो जाते हैं। हरिहर काका की इस घटना के साथ ऐसा ही हुआ। दरअसल, लोगों की जुबान से घटनाओं की जुबान ज्यादा पैनी और असरदार होती है। घटनाएं स्वयं ही बहुत कुछ कह देती हैं, लोगों के कहने की जरूरत नहीं रहती। न तो गांव के लोगों से महंतजी ने कुछ कहा और न ही हरिहर काका के भाइयों ने ही। इसके बावजूद गांव के लोग सच्चाई से अवगत हो गए। फिर तो गांव की बैठकों में बातों का जो सिलसिला चल निकला उसका कोई अंत नहीं। हर जगह हरिहर काका का

प्रसंग शुरू! कुछ लोग कहते, हरिहर को अपनी ज़मीन ठाकुरजी के नाम लिख देनी चाहिए। इससे उत्तम और कुछ नहीं। जब अपनी देह से कोई औलाद नहीं तो अपनी जायदाद ईश्वर को ही सौंप देनी चाहिए। इससे कीर्ति भी अचल बनी रहती है।, लेकिन इसके विपरित कुछ लोगों की मान्यता यह कि भाई का परिवार तो अपना ही होता है। सारे परिवार की आशा टिकी रहती है। अपनी जायदाद उन्हें न देना उनके साथ अन्याय होगा। खून के रिश्ते के बीच दीवार बनानी होगी।

जितने मुंह, उतनी बातें। ऐसा जबर्दस्त मसाला पहले कभी गांव को नहीं मिला था, इसीलिए गांव के लोग मौन होना नहीं चाहते थे। अपने-अपने तरीक से समाधान ढूंढ रहे थे। और प्रतीक्षा कर रहे थे कि कुछ घटित हो। हालांकि इसी क्रम में बातें गर्माहट भरी भी होने लगी थीं। लोग प्रत्यक्ष और परोक्ष रूप से दो वर्गों में बंटने लगे थे। कई बैठकों में दोनों वर्गों के बीच तू-तू और मैं-मैं भी होने लगी थी। एक वर्ग के लोग चाहते कि हरिहर काका अपने हिस्से की जमीन ठाकुरजी के नाम लिख दें। तब यह ठाकुरबारी न सिर्फ इलाके की सबसे बड़ी ठाकुरबारी होगी, बल्कि पूरे राज्य में इसका मुकाबला कोई दूसरी ठाकुरबारी नहीं कर सकेगी। इस वर्ग के लोग धार्मिक संस्कारों के थे। साथ ही किसी-न-किसी रूप में ठाकुरबारी से जुड़े थे। असल में सुबह-शाम जब ठाकुरजी को भोग लगाया जाता तब साधु-संतों के साथ गांव के कुछ पेटू और चटोर प्रसाद पाने के लिए वहां जुट जाते। ये लोग इसी वर्ग के हिमायती थे। दूसरे वर्ग में गांव के प्रगतिशील विचारों वाले लोग तथा वैसे किसान जिनके यहां हरिहर काका जैसे औरत-मर्द पल रहे होते। पूरे गांव का वातावरण तनावपूर्ण हो गया था और लोग कुछ घटित होने की प्रतीक्षा करने लगे थे।

इधर भावी आशंकाओं के मद्देनजर हरिहर काका के भाई उनसे यह निवेदन करने लगे थे कि अपनी ज़मीन वे उन्हें लिख दें। इस गांव में उनके सिवाय उनका और अपना है ही कौन? इस विषय पर हरिहर काका ने एकांत में मुझसे काफी देर तक बात की। अंततः हम इस निष्कर्ष पर पहुंचे कि जीते जी अपनी जायदाद का स्वामी किसी और को बनाना ठीक नहीं होगा।

चाहे वह अपना भाई या मंदिर का महंत ही क्यों न हो? उदाहरण के रूप में हमारे सामने अपने गांव और इलाके में कुछ ऐसे लोग नजर आएं, जिन्होंने अपनी जिंदगीं मे ही अपनी जायदाद अपने उत्तराधिकारियों या किसी अन्य को लिख दी थी, लेकिन इसके बाद उनका जीवन कुत्ते का जीवन हो गया। कोई उन्हें पूछने वाला नहीं। हरिहर काका बिल्कुल अनपढ़ व्यक्ति थे फिर भी इस बदलाव को उन्होंने समझ लिया और यह निश्चय किया कि जीते जी किसी को ज़मीन नहीं लिखेंगे। अपने भाइयों को समझा दिया, मर जाऊंगा तो अपने आप मेरी ज़मीन तुम्हें मिल जाएगी। ज़मीन लेकर तो जाऊंगा नहीं। इसीलिए लिखवाने की क्या ज़रूरत?

उधर महंतजी भी हरिहर काका की टोह में रहने लगे। जहां कहीं उन्हें एकांत में पाते, कह उठते, “विलंब न करो हरिहर। शुभ काम में देर नहीं करते। चलकर ठाकुरजी के नाम ज़मीन बय कर दो। फिर पूरी ज़िंदगी ठाकुरबारी में राज करो। मरोगे तो तुम्हारी आत्मा को ले जाने के लिए स्वर्ग से विमान आएगा। देवलोक को प्राप्त करोगे...।”

लेकिन हरिहर काका न ‘हां’ कहते और न ‘ना’। ‘ना’ कहकर वे महंतजी को दुःखी करना नहीं चाहते थे, क्योंकि भाई के परिवार से जो सुख-सुविधाएं उन्हें मिल रही थीं वह महंतजी की कृपा से ही। और ‘हां’ तो उन्हें कहना है नहीं। अपनी ज़िंदगी में अपनी ज़मीन किसी को नहीं लिखनी।

पर बीतते समय के अनुसार महंतजी की चिंताएं बढ़ती जा रही थीं। जाल में फंसी चिड़िया पकड़ से बाहर हो गई थी। महंतजी को लग रहा था, हरिहर धर्म-संकट में पड़ गया है। एक ओर वह चाहता है, ठाकुरजी को लिख दूं किंतु दूसरी ओर भाई के परिवार के माया-मोह में बंध जाता है। इस स्थिति में उसका अपहरण कर ज़बरदस्ती उससे लिखवाने के अतिरिक्त दूसरा कोई विकल्प नहीं। बाद में हरिहर स्वयं राजी हो जाएगा।

महंतजी लड़ाकू और दबंग प्रकृति के आदमी थे। दो खून करके दस साल की सजा काट चुके थे। जेल से छूटने के बाद साधु हो गए। अपनी योजना को कार्यरूप में परिणत करने के लिए वह जी-जान से जुट गए। हालांकि यह सब गोपनीयता का निर्वाह करते हुए ही वह कर रहे थे। हरिहर काका के भाइयों को इसकी भनक तक नहीं थी।

बात अभी हाल की ही है। आधी रात के आसपास ठाकुरबाी के साधु-संत ओर उनके पक्षधर भाला, गंडासा और बंदूक से लैस एकाएक हरिहर काका के दालान पर आ धमके। हरिहर काका के भाई इस अप्रत्याशित हमले के लिए तैयार नहीं थे। इससे पहले कि वे जवाबी कार्रवाई करें और गुहार लगाकर अपने लोगों को जुटाएं, तब तक आक्रमणकारी हरिहर काका को लेकर चंपत हो गए।

मेरे गांव में किसी ने ऐसी घटना नहीं देखी थी। न गांव के इतिहास में सुनी ही थी। सारा गांव जाग गया। हरिहर काका के भाई के शुभचिंतक तो उनके यहां जुटने लगे, लेकिन अन्य लोग अपने दालान और मकान की छतों पर एकत्रित हो आहट लेने और बातचीत करने लगे।

हरिहर काका के भाई तैयार होकर अपने लोगों के साथ उन्हें ढूंढने निकल पड़े। अपने प्रति उत्पन्न मतित्व से उन्हें लगा, यह काम महंत का है। वह मय दलबल सहित ठाकुरबारी जा पहुंचे, लेकिन वहां उन्हें बिल्कुल खामोशी और शांति नजर आई। रोज की भांति ठाकुरबारी का मुख्य फाटक बंद था। वहां के वातावरण में उन्हें रात का सन्नाटा और सूनापन व्याप्त मिला। उन्हें लगा यह काम महंत का नहीं, बाहर के डाकुओं का है। अब हरजाने की मोटी रकम लेकर वह हरिहर को मुक्त करेंगे।

हरिहर काका की खोज में उनके लोग अब किसी दूसरी दिशा की ओर प्रस्थान करते कि इसी समय ठाकुरबारी के अंदर से बातचीत करने की सम्मिलित, किंतु धीमी आवाज सुनाई पड़ी। अचानक सबके कान खड़े हो गए। फिर एक क्षण में ही उन्हें यह लग गया कि हरिहर काका इसी में है। अब क्या सोचना? ठाकुरबारी का फाटक वह पीटने और चिल्लाने लगे। बस, इसी समय ठाकुरबारी के छत से रोड़े और पत्थर उनके ऊपर गिरने लगे। वे तितर-बितर होने लगे। जवाब के लिए उन्होंने अपने हथियार संभाले, लेकिन उनके हथियार संभालने से पहले ही ठाकुरबारी के कमरों की खिड़कियों से फायरिंग शुरू हो गई। हरिहर काका के भाइयों की जमात के एक मजबूत नौजवान के पैर में गोली लग गई। वह गिर गया। उसके गिरते ही हरिहर काका के भाइयों के पक्षधार भाग चले। अब सिर्फ हरिहर काका के तीनों

भाई बच गए। अपने तीनों के बूते इस युद्ध को जीतना उन्हें संभव नहीं जान पड़ा। इसीलिए वह कस्बे के पुलिस थाना की ओर दौड़ पड़े।

इधर ठाकुरबारी के भीतर महंत और उनके कुछ चंद विश्वासी साधु सादे और लिखे कागजों पर हरिहर काका के अंगूठे के निशान जबरन ले रहे थे। हरिहर काका पढ़े-लिखे नहीं थे, इसीलिए अंगूठे के निशान के माध्यम से ही उनकी मिल्कियत ली जा रही थी। हरिहर काका तो महंत के इस व्यवहार से जैसे आसमान से ज़मीन पर आ गए थे। उन्होंने तो सपने में भी नहीं सोचा था कि महंतजी इस रूप में भी आएंगे। जिस महंत को वह आदरणीय एवं श्रद्धेय समझते थे, अब उन्हें घृणित, दुराचारी और पापी नजर आने लगा था। अब वह उस महंत की सूरत भी देखना नहीं चाहते थे। अब अपने भाइयों का परिवार महंत की तुलना में उन्हें ज्यादा पवित्र, नेक और अच्छा लगने लगा था। अपना खून अपना ही होता है। गैर खून कभी अपना नहीं हो सकता। हरिहर काका ठाकुरबारी से अपने घर पहुंचने के लिए बैचेन थे, लेकिन लोग उन्हें पकड़े हुए थे। और महंतजी उन्हें समझा रहे थे, "तुम्हारे भले के लिए ही यह सब किया गया हरिहर। अभी तुम्हें लगेगा कि हम लोगों ने तुम्हारे साथ जोर-ज़बरदस्ती की, लेकिन बाद में तुम समझ जाओगे कि जिस धर्म-संकट में तुम पड़े थे, उससे उबारने के लिए यही एकमात्र रास्ता था... ।"

एक ओर ठाकुरबारी के भीतर जबरन अगूंठे का निशान लेने और समझाने का कार्य चल रहा था, दूसरी ओर हरिहर काका के तीनों भाई सुबह होने से पहले ही पुलिस की जीप के साथ ठाकुरबारी आ पहुंचे। पुलिस इंचार्ज ने ठाकुरबारी के फाटक पर आवाज़ लगाई। दस्तक दी, लेकिन अंदर से कोई जवाब नहीं। अब पुलिस के जवानों ने ठाकुरबारी के चारों तरफ घेरा डालना शुरू किया। ठाकुरबारी अगर छोटी रहती तो पुलिस के जवान उसे आसानी से घेर लेते, लेकिन विशालकाया ठाकुरबारी को पुलिस के सीमित जवान घेर सकने में असमर्थ थे। फिर भी जितना संभव हो सका, उस रूप में उन्होंनें घेरा डाल दिया और अपना-अपना मोर्चा संभाल सुबह की प्रतीक्षा करने लगे।

हरिहर काका के भाइयों ने सोचा था, जब वह पुलिस के साथ ठाकुरबारी पहुंचेगे तो ठाकुरबारी के भीतर से हमले होंगे ओर डाकू रूपी साधु-संत रंगे

हाथों पकड़ लिए जाएंगे, लेकिन ऐसा कुछ भी नहीं हुआ। ठाकुरबारी के अंदर से एक रोड़ा भी बाहर नहीं आया। शायद पुलिस को आते हुए उन्होंने देख लिया था।

सुबह होने में अभी कुछ देर थी, इसलिए पुलिस-इंचार्ज रह-रहकर ठाकुरबारी का फाटक खोलने तथा साधु-संतों को आत्मसमर्पण करने के लिए आवाज़ लगा रहे थे। साथ ही पुलिस वर्ग की ओर से हवाई फायर भी किए जा रहे थे, लेकिन ठाकुरबारी की ओर से कोई जवाब नहीं आ रहा था।

फिर अचानक सुबह के एकदम तड़के एक वृद्ध साधु ने ठाकुरबारी का फाटक खोल दिया। उस साधु की उम्र अस्सी वर्ष से अधिक की होगी। वह लाठी के सहारे कांपते हुए खड़ा था। पुलिस-इंचार्ज ने उस वृद्ध साधु से हरिहर काका तथा ठाकुरबारी के महंत, पुजारी एवं अन्य साधुओं के बारे में पूछा, लेकिन उसने कुछ भी बताने से इनकार कर दिया। पुलिस इंचार्ज ने कई बार उनसे पूछा। डांट लगाई। धमकियां दीं, लेकिन हर बार वह एक ही वाक्य कहता, "मुझे कुछ मालूम नहीं।" ऐसे वक्त पुलिस के लोग मार-पीट का सहारा लेकर भी उगलवाते हैं, लेकिन उस साधु की अवस्था देखकर पुलिस इंचार्ज को महटिया जाना पड़ा।

पुलिस इंचार्ज के नेतृत्व में पुलिस के जवान ठाकुरबारी की तलाशी लेने लगे, लेकिन न तो ठाकुरबारी के नीचे के कमरों में ही कोई पाया गया और न छत के कमरों में ही। पुलिस के जवानों ने खूब छानबीन की, लेकिन उस वृद्ध साधु के अलावा कोई दूसरा ठाकुरबारी में नहीं मिला।

हरिहर काका के भाई अब एक ही साथ चिंतित, परेशान और दुःखद आश्चर्य से घिर गए। ठाकुरबारी के महंत और साधु-संत हरिहर को लेकर कहां भाग गए? अब क्या होगा? काफी पैसे खर्च कर हरिहर के भाई पुलिस ले आए थे। पुलिस आने के बाद वह अंदर ही अंदर गर्व महसूस कर रहे थे। उन्हें लग रहा था कि अब हरिहर को वे आसानी से अपने घर ले जाएंगे तथा साधु-संतों को गिरफ्तार करवा जेल भिजवा देंगें, लेकिन दोनों में से एक भी नहीं हुआ।

ठाकुरबारी के जो कमरे खुले थे उनकी तलाशी सबसे पहले की गई। बाद

में जिन कमरों की चिटकिनी बंद थी, उन्हें भी खोलकर देखा गया, लेकिन एक कमरे के बाहर बड़ा-सा ताला लटक रहा था। पुलिस के जवान और हरिहर काका के भाई सब वहीं एकत्र हो गए। उस कमरे की कुंजी की मांग वृद्ध साधु से की गई तो उसने साफ कह दिया, "मेरे पास नहीं।"

जब उससे पूछा गया, "इस कमरे में क्या है?" तब उसने जवाब दिया, 'अनाज है।'

पुलिस इंचार्ज अभी यह सोच ही रहे थे कि इस कमरे का ताला तोड़कर देखा जाए या छोड़ दिया जाए कि अचानक उस कमरे के दरवाजे को भीतर से किसी ने धक्का देना शुरू किया।

पुलिस के जवान सावधान हो गए। साथ ही उस कमरे का ताला तोड़ना भी उन्होंने प्रारंभ कर दिया। कमरे की भीतर से धक्का लगाया जा रहा है, जरूर अंदर कोई है। रहस्योद्‌घाटन के लिए सब बैचेन हो गए।

ताला तोड़कर कमरे का दरवाजा जब खोला गया, तब कमरे के भीतर हरिहर काका को जिस स्थिति में उनके भाइयों ने पाया, उसे देखकर उनका खून खौल उठा। उस वक्त अगर महंत, पुजारी या अन्य नौजवान साधु उन्हें नजर आ जाते तो वे उन्हें नहीं छोड़ते।

हरिहर काका के हाथ और पांव तो बांध ही दिए गए थे, उनके मुंह में भी कपड़ा ठूंस दिया गया था। पुलिस के आने की आहट पा हरिहर काका ज़मीन पर लुढ़कते हुए दरवाजे तक आए थे और पैर से दरवाजे पर धक्का लगाया था।

हरिहर काका को बंधन-मुक्त किया गया और उनके मुंह से कपड़े निकाले गए। अब हरिहर काका ने ठाकुरबारी के महंत, पुजारी और साधुओं की काली करतूतों का पर्दाफाश करना शुरू किया कि वह साधु नहीं, डाकू, हत्यारे और कसाई हैं। कि उन्हें इस कमरे में बंद कर गुप्त दरवाजे से भाग गए। कि उन्होंने कई सादे और लिखे हुए कागजों पर जबरन उनके अंगूठे के निशान लिए...आदि।

हरिहर काका ने देर तक अपने बयान दर्ज कराए। उनके शब्द-शब्द से साधुओं के प्रति नफरत और घृणा व्यक्त हो रही थी। जीवन में कभी किसी

के खिलाफ उन्होंने इतना नहीं कहा होगा, जितना ठाकुरबारी के महंत, पुजारी और साधुओं के बारे में उन्होंने कहा। पुलिस ने विधिवत् अपना कोरम पूरा किया...!

अब हरिहर काका पुनः अपने भाइयों के साथ रहने लगे। इस बार उन्हें दालान पर नहीं, घर के अंदर रखा गया...किसी बहुमूल्य वस्तु की तरह संजोकर, छिपाकर। हरिहर काका की सुरक्षा की पूरी व्यवस्था उनके भाइयों ने कर डाली। रिश्ते-नाते में जितने 'सुरमा' थे, सबको बुला लिया गया। जायज और नाजायज तरीके से प्राप्त हथियार जुटा लिए गए। हरिहर काका के ऊपर चौबीसों घंटे पहरे दिए जाने लगे। अगर किसी आवश्यक कार्यवश हरिहर काका घेर से गांव में निकलते तो चार-पांच की संख्या में हथियारों से लैस लोग उनके आगे-पीछे चलते। रात में उनको चारों तरफ से घेरकर लोग सोते। उनके भाइयों ने ड्यूटी बांट ली थी। आधे लोग सोते तो आधे लोग जागकर पहरा देते रहते।

इधर ठाकुरबारी का दृश्य भी बदल गया था। एक से एक खूंखार साधु ठाकुरबारी में आ गए थे। किसी के हाथ में त्रिशूल नजर आता तो किसी के कंधे पर फरसा। उन्हें देखकर ही डर लगता। गांव के बच्चों ने तो ठाकुरबारी जाना ही बंद कर दिया। महंत ने विभिन्न मठों, मंदिरों और ठाकुरबारियों के कुख्यात साधुओं को बुला लिया था।

मैं आपको बता चुका हूं, हरिहर काका को लेकर मेरा गांव प्रारंभ से ही दो वर्गों में बंट गया था। इस नई घटना को लेकर दोनों ओर से प्रतिक्रियाएं व्यक्त की जाने लगीं। एक ओर के लोगों का कहना कि अब साधुओं और डाकुओं में कोई अंतर नहीं। छिः-छिः साधु होकर यह कर्म! महंत ने साधु-संतों का नाम डुबो दिया। अब लोगों की नजर में न तो ठाकुरबारी की पवित्रता रह गई और न महत्व ही...।

लेकिन दूसरी तरफ के लोग कहते, बहुत अच्छा हुआ। धर्म के विकास और परमार्थ के लिए कभी-कभी चोर-डाकू का रूप भी धारण करना पड़ता है। इसमें दोष नहीं लगता। महंतजी ने तो अपने निजी स्वार्थ के लिए यह सब किया नहीं। एक पवित्र उद्देश्य को लेकर किया है। इसके लिए हरिहर

का संकेत भी तो उन्हें मिला था। हरिहर की आंतरिक इच्छा उन्होंने लक्ष्य कर ली थी...।

और इधर तीसरी तरफ हरिहर काका एक सीधे-साधे और भोले किसान की अपेक्षा अब चतुर और ज्ञानी हो चले थे। इतनी लंबी उम्र गुजारने के बाद भी जो ज्ञान उन्हें प्राप्त नहीं हुआ था वह इधर की घटनाओं से प्राप्त हो गया था। वे महसूस करने लगे थे, उनके भाई अचानक उनको जो आदर-सम्मान और सुरक्षा प्रदान करने लगे हैं उसकी वजह सगे भाई का संबंध नहीं, उनकी जायदाद है। इसी गांव में जायदादहीन भाई को कौन पूछता है? हरिहर काका को अब सब नजर आने लगा था। महंत की चिकनी-चुपड़ी बातों के भीतर की सच्चाई भी अब वह जान गए थे। ठाकुरजी के नाम पर वह अपना और अपने जैसे साधुओं का पेट पालता है। उसे धर्म और परमार्थ से कोई मतलब नहीं। निजी स्वार्थ के लिए साधु होने और पूजा-पाठ का ढोंग रचाया है। साधु के बाने में महंत, पुजारी और उनके सहयोगी लोभी-लालची और कुकर्मी हैं। छल, बल, कल, किसी भी तरह धन अर्जित कर बिना परिश्रम किए आराम से रहना चाहते हैं। हरिहर काका ने मन ही मन तय कर लिया है, अब महंत को वे अपने पास फटकने तक नहीं देंगे। साथ ही अपनी जायदाद भाइयों को भी नहीं लिखेंगे, अन्यथा वह दूध की मक्खी हो जाएंगे। कोई उन्हें पूछेगा तक नहीं। बुढ़ापे का दुःख बिताए नहीं बीतेगा।

लेकिन हरिहर काका सोच कुछ और रहे थे और वातावरण कुछ दूसरा ही तैयार हो रहा था। ठाकुरबारी से जिस दिन उन्हें वापस लाया गया, उसी दिन से उनके भाई और रिश्ते-नाते के लोग समझाने लगे कि अपनी जायदाद अब वे अपने भतीजों के नाम लिख दें। वह जब तक ऐसा नहीं करेंगे महंत की गिद्ध दृष्टि उन पर लगी रहेगी। सिर पर मंडरा रहे तूफान से मुक्ति पाने के लिए उनके समक्ष अब यही एक रास्ता है...।

हरिहर काका को वैसे लोग घंटों समझाते। सुबह, दोपहर, शाम, रात-गए तक यही चर्चा, लेकिन हरिहर काका साफ नकार जाते। कहते, "मेरे बाद तो मेरी जायदाद इस परिवार को स्वतः मिल जाएगी, इसीलिए लिखने का कोई अर्थ नहीं। महंत ने अंगूठे के जो जबरन निशान लिए हैं, उसके खिलाफ मुकदमा हमने किया ही है...।"

हरिहर काका के भाई जब समझाते-समझाते हार गए तब उन्होंने डांटना और दबाव देना शुरू किया, लेकिन वे इस रास्ते भी राजी नहीं हुए। स्पष्ट कह दिया, अपनी ज़िंदगी में नहीं लिखेंगे। बस, एक रात उनके भाइयों ने वही रूप धारण कर लिया, जो महंत और उनके सहयोगियों ने किया था। हरिहर काका को अपनी आंखों पर विश्वास नहीं हुआ। उनके वही अपने सगे भाई जो उनकी सेवा और सुरक्षा में तैयार थे, जो उन्हें अपना अभिन्न समझते थे, जो उनकी नींद सोते और जागते थे, हथियार लेकर उनके सामने खड़े कह रहे थे, "सीधे मन से कागजों पर जहां-जहां भी ज़रूरत है, अंगूठे के निशान बनाते चलो अन्यथा मारकर यहीं घर के अंदर गाड़ देंगे। गांव को कोई सूचना तक नहीं मिल पाएगी।"

अगर पहले वाली बात होती तो हरिहर काका डर जाते। अज्ञानता की स्थिति में ही मनुष्य मृत्यु से से डरते हैं। ज्ञान होने के बाद तो आवश्यकता पड़ने पर मृत्यु को वरण करने के लिए भी तैयार हो जाते हैं। हरिहर काका ने सोच लिया, ये सब एक ही बार उन्हें मार दें, वह ठीक होगा, लेकिन अपनी ज़मीन लिखकर रमेसर की विधवा की तरह शेष ज़िंदगी घुट-घुटकर मरें यह ठीक नहीं। रमेसर की विधवा को बहला-फुसलाकर उसके हिस्से की ज़मीन रमेसर के भाइयों ने लिखवा ली। शुरू में तो उसका खूब आदर-मान किया, लेकिन बुढ़ापें में उसे दोनों जून खाना देते उन्हें अखरने लगा। अंत में उसकी वह दुर्गति हुई कि गांव के लोग देखकर सिहर जाते। हरिहर काका को लगता अगर रमेसर की विधवा ने अपनी ज़मीन नहीं लिखी होती तो अंत समय तक लोग उसके पांव पखारते होते।

हरिहर काका गुस्से में खड़े हो गए और गरजते हुए कहा, "मैं अकेला हूं...तुम सब इतने हो! ठीक है, मुझे मार दो...मर जाऊंगा, लेकिन जीते-जी एक घूर ज़मीन भी तुम्हें नहीं लिखूंगा...तुम सब ठाकुरबारी के महंत पुजारी से तनिक भी कम नहीं...।"

"देखते हैं, कैसे नहीं लिखोगे? लिखना तो तुम्हें है ही, चाहे हंस के लिखो या रो के...।"

हरिहर काका के साथ उनके भाइयों की हाथापाई शुरू हो गई। हरिहर

काका उनसे छूट गांव में भाग जाने के लिए बैचेन थे, लेकिन उनके भाइयों ने उन्हें मजबूती से पकड़ रखा था। प्रतिकार करने पर अब वे उन पर प्रहार भी करने लगे थे। अकेले वे कई लोगों से जूझ सकने में असमर्थ थे, फलस्वरूप अपनी रक्षा के लिए खूब जोर-जोर से चिल्लाना शुरू कर दिया। अब हरिहर काका के भाइयों को चेत आया कि मुंह तो उन्हें पहले ही बंद कर देना चाहिए था। उन्होंने अब हरिहर काका को पटक उनके मुंह में कपड़ा ठूंस दिया, लेकिन ऐसा करने से पहले ही उनकी आवाज़ गांव में पहुंच गई थी। टोला-पड़ोस के लोग उनके दालान में जुटने लगे थे। ठाकुरबारी के पक्षधरों के माध्यम से तत्काल यह खबर महंतजी तक भी चली गई, लेकिन हरिहर काका के परिवार और रिश्ते नाते के लोग सबों को समझा देते कि परिवार का निजी मामला है, इससे दूसरों को क्या मतलब? लेकिन महंतजी कब मानने वाले थे। उन्होंने तो वह तत्परता और फुर्ती दिखाई कि हरिहर काका के भाइयों ने भी नहीं दिखाई थी। रातों रात वह पुलिस की जीप के साथ आ धमके।

पुलिस आने के बाद निजी मामले का सवाल खत्म हो गया। घर तलाशी शुरू हुई। फिर हरिहर काका को उससे भी बदतर हालत में बरामद किया गया, जिस हालत में ठाकुरबारी से बरामद किया गया था।

बंधनमुक्त होने और पुलिस की सुरक्षा पाने के बाद हरिहर काका ने बताया कि उनके भाइयों ने उनके साथ बहुत जुल्म किया है, कि जबरन अनेक कागजों पर उनके अंगूठे के निशान लिए हैं, कि उन्हें खूब मारा-पीटा है, कि उनकी कोई भी दुर्गति बाकी नहीं छोड़ी है, कि अगर और थोड़ी देर तक पुलिस नहीं आती तो वह उन्हें जान से मार देते...।

हरिहर काका के पीठ, माथे और पांवों पर कई जगह जख्म के निशान थे। वह बहुत घबराए हुए से लग रहे थे। कांप रहे थे। अचानक गिरकर बेहोश हो गए। फिर उनके मुंह पर पानी छींटकर उन्हें होश में लाया गया। हरिहर काका के भाई और भतीजे तो पुलिस आते ही चंपत हो गए। पुलिस की पकड़ में रिश्ते के दो व्यक्ति आए। रिश्ते के शेष लोग भी फरार थे...।

हरिहर काका के साथ घटी घटनाओं में यह अब तक की सबसे अंतिम

घटना है। इस घटना के बाद हरिहर काका अपने परिवार से अलग रहने लगे हैं। उनकी सुरक्षा के लिए राइफलधारी पुलिस के चार जवान मिले हैं। हालांकि इसके लिए उनके भाइयों और महंत की ओर से काफी प्रयास किए गए हैं। असल में हरिहर काका के भाइयों को इस बात की चिंता है कि वे जब उन लोगों से अलग अकेले रहने लगेंगे, तब ठाकुरबारी के महंत पुनः उन्हें ले भागेंगे। और यही चिंता महंतजी को भी है। जब हरिहर काका ने अपनी सुरक्षा के लिए पुलिस की मांग की तब नेपथ्य में रहकर ही उनके भाइयों ओर महंतजी ने उन्हें पूरी सहायता पहुंचाई। यह उनकी सहायता का ही परिणाम है कि एक व्यक्ति की सुरक्षा के लिए गांव में पुलिस के चार जवान तैनात हैं। अपने बूते हरिहर काका से यह संभव न हो पाता।

जहां तक मैं समझता हूं, हरिहर काका पुलिस की सुरक्षा में रह ज़रूर रहे हैं, लेकिन वास्तविक सुरक्षा ठाकुरबारी और अपने भाइयों की ओर से ही उन्हें मिल रही है। ठाकुरबारी के साधु-संत और हरिहर काका के भाई इस बात के प्रति पूरी तरह तैनात हैं कि उनमें से कोई या गांव का कोई अन्य हरिहर के साथ जोर-ज़बरदस्ती न करने पाए। साथ ही हरिहर काका के प्रति अपना सद्भाव और मधुर व्यवहार प्रकट कर पुनः उनका ध्यान अपनी ओर खींच लेने के लिए दोनों दल के लोग प्रयत्नशील हैं, लेकिन हरिहर काका ने तो जैसे उनकी ओर पलटकर देखने की भी कसम खा ली है।

हरिहर काका के ससुराल के लोग उनकी पत्नी की मृत्यु के बाद बहुत कम आते थे। नहीं के बराबर, लेकिन यह सुनकर कि हरिहर काका अपने परिवार से अलग रहने लगे हैं, आते हैं और उन्हें अपने साथ ले चलने का प्रस्ताव रखते हैं। पर हरिहर काका से उनकी नीयत भी छिप नहीं पाती। वे भी धन हड़पने के ही चक्कर में हैं। वे उन्हें भी बैरंग वापस कर देते हैं।

मेरे गांव में एक नेताजी हैं। वह न तो कोई नौकरी करते हैं और न खेती-गृहस्थी। फिर भी मौज उड़ाते रहते हैं। राजनीति की जादुई छड़ी उनके पास है। उनका ध्यान हरिहर काका की ओर जाता है। वह तत्काल गांव के कुछ विशिष्ट लोगों के साथ उनके पास पहुंचते हैं और यह प्रस्ताव रखते हैं कि उनकी ज़मीन में 'हरिहर उच्च विद्यालय' नाम से एक हाई स्कूल खोला

जाए। इससे हरिहर काका का नाम अमर हो जाएगा। उनकी ज़मीन का सही उपयोग होगा और गांव के विकास के लिए एक स्कूल मिल जाएगा, लेकिन हरिहर काका के ऊपर तो अब कोई भी दूसरा रंग चढ़ने वाला नहीं था। नेताजी भी निराश होकर लौट गए।

उन दिनों मेरे गांव की चर्चाओं के केंद्र रहे हरिहर काका। घर, आंगन, खेत, खलिहान, अलाव, बगीचे, बरगद हर जगह उनकी ही चर्चा। उनकी घटना की तरह विचारनीय ओर कोई दूसरी घटना नहीं। गांव में आए दिन छोटी-बड़ी घटनाएं घटती रहती हैं, लेकिन हरिहर काका के प्रसंग के समक्ष उनका कोई अस्तित्व नहीं। गांव में जहां कहीं और जिन लोगों के बीच हरिहर काका की चर्चा छिड़ती फिर उसका कोई अंत नहीं। लोग तरह-तरह की संभावनाएं व्यक्त करते – 'राम जाने क्या होगा? दोनों ओर के लोगों ने अंगूठे के निशान ले लिए हैं, लेकिन हरिहर ने अपना बयान दर्ज कराया है कि वे दोनों में से किसी को अपनी ज़मीन का उत्तराधिकारी नहीं मानते। दोनों ओर के लोगों ने जबरन अंगूठे के निशान लिए हैं। इस स्थिति में उनके बाद उनकी जायदाद का हकदार कौन होगा?

लोगों के बीच बहस छिड़ जाती है। उत्तराधिकारी के कानून पर जो जितना जानता होता उससे दस गुना अधिक उगल देता। फिर भी कोई समाधान नहीं निकलता। रहस्य खत्म नही होता। आशंकाएं बनी ही रहतीं, लेकिन लोग आशंकाओं को नजरअंदाज कर अपनी पक्षधरता शुरू कर देते कि उत्तराधिकार ठाकुरबारी को मिलता तो ठीक रहता। दूसरी ओर के लोग कहते, हरिहर के भाइयों को मिलता तो ज्यादा अच्छा रहता।

ठाकुरबारी के साधु-संत और हरिहर काका के भाइयों ने कब क्या कहा, यह खबर बिजली की तरह समूचे गांव में फैल जाती। खबर झूठी है या सच्ची, इस पर कोई ध्यान नहीं देता। जिसे खबर हाथ लगती वह नमक-मिर्च मिला उसे आगे बढ़ा देता।

एक खबर आई कि महंतजी और हरिहर काका के भाई इस बात के लिए अफसोस कर रहे हैं कि अंगूठे के निशान लेने के बाद उन्होंने हरिहर को खत्म क्यों नहीं कर दिया। बात आगे बढ़ती ही नहीं।

एक दूसरी खबर आई कि हरिहर काका मरेंगे तो उन्हें अग्नि प्रदान करने के लिए ठाकुरबारी के साधु-संतों और उनकी भाइयों के बीच काफी लड़ाई होगी। दोनों ओर से अग्नि प्रदान करने का निश्चय हो चुका है। इस संदर्भ में उनकी लाश हस्तगत करने के लिए खून की नदी बहेगी।

एक तीसरी खबर आई कि हरिहर काका की मृत्यु के बाद उनकी ज़मीन पर कब्जा करने के लिए उनके भाई अभी से तैयारी कर रहे हैं। इलाके के मशहूर डाकू बुटन सिंह से उन लोंगों ने बातचीत पक्की कर ली है। हरिहर काका के पंद्रह बीघे खेत में से पांच बीघे बुटन लेगा और दखल करा देगा। इससे पहले भी इस तरह के दो-तीन मामले बुटन ने निपटाए हैं। पूरे इलाके में उसके नाम की तूती बोलती है। डकैती तो वह करता ही है। भाड़े पर खेत दखल और हत्या करना उसका मुख्य धंधा है।

एक चौथी खबर आई कि महंतजी ने भी निर्णय ले लिया है, हरिहर की मृत्यु के बाद देश के कोने-कोने से साधुओं और नागाओं को वह बुलांएगे। धर्म के नाम पर जितनी सहायता उन्हें मिलेगी, उसका दसांश भी हरिहर के भाई नहीं पा सकेंगे। वह क्या खाकर लड़ेंगे? हाथी पर चढ़कर अयोध्या, प्रयाग, हरिद्वार से जब हजारों की संख्या में नागा यहां पहुंचगे, तब किसकी मजाल जो सामने आए? वह इस पूरे गांव को धूल में मिला देंगे। हरिहर ने ठाकुरजी के नाम पर अपनी ज़मीन लिख दी है। अब तो वह ठाकुरजी की संपत्ति है।

रहस्यात्मक और भयावनी खबरों से मेरे गांव का आकाश आच्छादित हो गया है। दिन-प्रतिदिन आतंक का माहौल गहराता जा रहा है। सबके मन में यह बात है कि हरिहर कोई अमृत पीकर तो आए हैं नहीं। एक-न-एक दिन उन्हें मरना ही है। फिर एक भयंकर तूफान की चपेट में यह गांव आ जाएगा। उस वक्त क्या होगा, कुछ कहा नहीं जा सकता। यह कोई छोटी लड़ाई नहीं, एक बड़ी लड़ाई है। जाने-अनजाने पूरा गांव इसकी चपेट में आएगा ही...। इसीलिए लोगों के अंदर भय भी है और प्रतीक्षा भी! एक ऐसी प्रतीक्षा जिसे झुठलाकर भी उसके आगमन को टाला नहीं जा सकता।

और हरिहर काका! वह तो बिल्कुल मौन हो अपनी जिंदगी के शेष दिन

काट रहे हैं। एक नौकर रख लिया है। वही उन्हें बनाता-खिलाता है। उनके हिस्से की ज़मीन में जितनी फसल होती है, उससे अगर वह चाहते तो मौज की ज़िंदगी बिता सकते थे, लेकिन वह तो गूंगेपन का शिकारर हो गए हैं। कोई बात कहो, कुछ पूछो, कोई जवाब नहीं। खुली आंखों से बराबर आकाश को निहारा करते हैं। सारे गांव के लोग उनके बारे में बहुत कुछ कहते-सुनते हैं, लेकिन उनके पास अब कहने के लिए कोई बात नहीं।

पुलिस के जवान हरिहर काका के खर्चे पर ही खूब मौज-मस्ती से रह रहे हैं। जिसका धन वह रहे उपास, खाने वाले करें विलास। अब तक जो नहीं खाया था, दोनों जून उसका भोग लगाते हैं। हरिहर काका की खटिया के पास ही चौकी पर पसर दिन-भर ताश खेलते हैं तथा सामने की गली से गुजरने वाली गांव की लड़कियों को घूरा करते हैं।

सीमाएं

चंद्रमोहन बाबू भोजन के लिए अभी बैठे ही थे कि उनके बनिहार जिआवन ने आकर सूचना दी कि ददुआ के यहां आज फिर महाभारत छिड़ा है। जिआवन के अनुसार ददुआ के भाई उसकी पत्नी को गांव से निकाल देने पर तुले हैं। ददुआ को मारकर उन्होंने पार दिया है। (अधमरा कर दिया है) और अब उसकी पत्नी पर पिल पड़े हैं...

चंद्रमोहन बाबू के मन में इस बात की आशंका थी कि दादू के यहां कुछ-न-कुछ ज़रूर होगा। उसकी पत्नी को लेकर उसके परिवार में आए दिन मचने वाली किच-किच (कलह) से वे परिचित थे, लेकिन दादू का परिवार गांव में जिस रूप में रह रहा था, उनके यहां के लिए कोई नई बात नहीं थी। वैसे परिवारों में यह सब होता ही रहता था। इस स्थिति में वे दादू और उसकी पत्नी को उनके परिवार से अलग कर सकते थे और यह चंद्रमोहन बाबू भी चाहते थे, लेकिन वे तो गांव से ही ददुआ बो को खदेड़ने पर तुल गए।

एक अनाम बेचैनी और व्यग्रता के बीच आ घिरे चंद्रमोहन बाबू। ददुआ बो गांव से चली जाएगी, इस कल्पना से उनका रसिक मन आहत हो उठा। उनकी इच्छा हुई कि भोजन से उठकर दनदनाते हुए दादू के यहां पहुंचे और जैसे भी हो सके, गांव से न भागने दें उसे। अपनी खंड़ी में दोनों पति-पत्नी को ला बसाएं। फिर मजा मारते रहें सालों भर। तब काम के वक्त उसके आने की प्रतीक्षा और एकांत में उसकी धर-पकड़ के लिए 'ढुका लगने' से भी बच जाएंगे। एक ही तीर से सब मुश्किल आसान..., लेकिन सोच लेना उनके लिए कुछ और है और कर पाना कुछ और। गांव के इज्ज़तदार गृहस्थों

में से हैं। – अच्छी खेती और कुलीन खानदान! पूरी बिरादरी और गांव में उनके परिवार की अलग प्रतिष्ठा। उनकी बिरादरी के लड़के बी.ए., एम.ए. करके मारे-मारे फिरते कोई उन्हें पूछने वाला नहीं। पर उनका लड़का अभी आई.ए. में ही था कि उसकी शादी के लिए अगुओं की भरमार लगी रहती। मुंह मांगा दहेज देने को तैयार लोग। यह सब उनकी खानदानी इज्ज़त का ही प्रताप था। उस इज्ज़त को मन की किसी रसिक कामना और तन के क्षणिक इंद्रिय सुख के लिए वे नहीं गंवा सकते। शायद इसीलिए खाना छोड़कर नहीं उठे। मन की बेचैनी और बेकरारी को चेहरे पर आने से भी भरसक रोकते रहे, ताकि पत्नी उनका आंतरिक भाव ने लख सके। पर चाहकर भी रोज की भांति चटखारे ले-लेकर नहीं खा सके। 'ओड़ावन' भी नहीं लिया। पहले परोसे में ही जूठन छोड़ उठ गए।

चंद्रमोहन बाबू, खाना खाने के बाद भी तत्काल घर से नहीं निकल सके। दिन का खाना खा वे प्रतिदिन एक घंटा आराम करते हैं। अगर बिना आराम किए आज निकल गए तो घर के लोग क्या सोचेंगे, पत्नी शंका कर उठेगी। उन्हें विचलित नहीं होना चाहिए। आखिर ददुआ बो उनकी है ही कौन? उसकी पछदारी में वे जाएंगे तो गांव के लोग क्या कहेंगे? और अपने अंतर में मची हलचल को दबाते हुए बिस्तरे पर पड़े रहे।

अभी सिर्फ डेढ़ साल ही तो हुए ददुआ बो को आए। सात भाइयों के बीच चौथा नंबर ददुआ का। सभी भाइयों में कमजोर और नाटा। एक पांव का लंगड़ा, ढकच-ढकचकर चलने वाला। दिमागी हालत भी अच्छी नहीं। थेथराकर बोलता और कोई बात देर से समझता। उसके बड़े भाइयों की शादियां तो वर्षों पहले हो चुकी थीं। उसके छोटे भाइयों की शादियां भी उससे पहले ही हुईं। उसकी शादी के लिए कोई आता ही नहीं था और न उसके भाई ही तत्पर थे। उनकी नजर में उसकी कोई अहमियत नहीं। उसकी विकलांग स्थिति से लाभ उठाते हुए वे चाहते कि वह दोनों जून के खाने के लिए उन पर निर्भर बना रहे और बदले में वे उसे अपनी मर्जी से खटाते रहें। लेकिन जवानी आते ही उसके मन में भी कोयल कूकने लगी। रिश्ते-नाते के लोगों से अपनी इच्छा जाहिर करने लगा। शायद यह उसी का परिणाम था कि

उसकी शादी हुई। उस जैसे लंगड़े और मंदबुद्धि से जिस बाप ने अपनी बेटी ब्याही, उसके बारे में भी गांव में तरह-तरह की चर्चाएं थीं कि वह लड़की ठीक नहीं...कि कुंवारे में ही दो-दो बार उसके गर्भ गिराए जा चुके हैं... कि उसका बाप असल नहीं, कमसल है। कि इस लंगड़े को छोड़ उसकी लड़की से शादी के लिए बिरादरी में कोई तैयार ही नहीं था...कि उसकी यह लड़की खूब खेली-खाई नार है...आदि। पर इसमें सच क्या था कुछ कहा नहीं जा सकता...? जो सच सबके सामने था वह यह कि सचमुच दादू की पत्नी देखने ही लायक थी, अपने ढंग की अव्वल नार – सांवली-सलोनी, नागिन की तरह लचकदार, बत्तीसी चमकाती और चंचल आंखें मटकाती हुई। वैसे तो दादू के सभी भाइयों की पत्नियां देखने-सुनने लायक थीं – अपनी जवानी पर इठलाना-इतराना और नाज़-नखरे कर लोगों को रिझाना भी जानती थीं। लेकिन दादू की पत्नी के सामने तो जैसे वे सब भुकभुकाती हुई ढिबरी बन गईं। उसकी तेज रोशनी में वे सब खोती चली गईं।

दादू का परिवार गांव की जिस निम्न जाति से आता है, उस जाति की औरतें गांव में चौका-बर्तन करने, पानी भरने, गोबर काढ़ने तथा घरुआरी के अन्य कार्य करने के लिए सदियों से जानी जाती रही हैं। उनके मर्द पालकी ढोने, गांव के लोगों की हितइयों में पाहुर-तीज पहुंचाने, बरातों में पानी पिलाने तथा सुचिताह खेतिहरों के यहां बनिहार-चरवाह रहने को काम करते हैं।

ददुआ बो के आने से पहले उसकी गोतिनियां गांव में कमाती थीं। इस बहाने गांव के मनचलों से कुछ ऊपरवार भी खींच लेतीं। वैसे सच यह था कि उनकी इस स्थिति का लाभ उठाकर मनचले मालिक ही उन्हें ऐसा बन जाने के लिए बाध्य कर देते। खैर...जो हो! ददुआ बो के आ जाने के बाद सब फीकी पड़ गईं। सब लोग उसे ही चाहने लगे। एक काम के लिए वह आगे बढ़ती कि दस काम का न्योता मिलता। लोग अपने यहां उसे काम कराने के लिए उसकी चिरौरी करने से भी नहीं चूकते...

उन्हीं दिनों जब पहली बार चंद्रमोहन बाबू ने उसे देखा तो देखते ही रह गए। सिर्फ नन्हटोली में ही नहीं, बड़टोली में भी उस रूप और यौवन की कोई स्त्री नहीं देख सके थे। 'मलिकार' कहकर ददुआ बो ने जब भर नजर

देखा तो जैसे ऊपर से नीचे तक रस से भीग गए वे। रातों की नींद हराम हो गई उनकी। मन मतंग हो गया। सारी सुख-शांति जाती रही। बस, पुराने चरवाह पर चोरी का झूठा इलजाम लगा उसे हटा दिया और ददुआ को नया चरवाह रख लिया। हालांकि वे जानते थे, ददुआ पूरा काम नहीं करता। उसे रखना घाटे का सौदा है, लेकिन उसकी पत्नी को अपने निकट लाने के लिए यह घाटे का सौदा उन्हें नागवार नहीं लगा। इसी सौदे की वजह से ददुआ बो उनके यहां आने लगी। ददुआ से छूटे कार्य आकर स्वयं कर जाती। गोबर काढ़ देना, पानी भरना, गोंइठा पाथना, इसके अलावा किसी-किसी दिन ददुआ की तबीयत खराब रहती तो माल-गरुओं को वह दाना-भूसा भी दे देती। चंद्रमोहन बाबू के अतिरिक्त और तीन घरों में काम करती वह। किसी के यहां सिर्फ पानी भर देना। किसी के यहां सिर्फ गोबर काढ़ देना तो किसी के यहां सिर्फ बर्तन मल देना। ज़्यादा काम तो वह चंद्रमोहन बाबू के यहां ही करती। उन्हीं के यहां उसका अधिक समय बीतता और अधिक आना-जाना भी होता। लोगों के लिए यह शंका का भी विषय नहीं था। जिस घर में उसका पति चरवाह है, उस घर में उसकी उपस्थिति और आवाजाही अधिक नहीं होगी तो और कहां होगी?

दूरदर्शी चंद्रमोहन बाबू ने प्रारंभ में ही लक्ष्य कर लिया कि ददुआ बो के आ जाने के बाद उसकी गोतिनियां खेसारी के भाव सस्ती हो गई हैं। शायद इसीलिए आए दिन उस पर झूठा अछरंग लगा सब हाय-तौबा करतीं और कुहराम मचातीं, जबकि सारा गांव जानता है, कोई दूध की धोई नहीं। लेकिन दूसरों के पारिवारिक मामलों में कोई दखल क्यों दे? और वह भी अब गांव पहले वाला तो रहा नहीं? जहां तक ददुआ का प्रश्न था, अगर वही सही-सलामत और ताकतवार होता तो उसकी भौजाइयां और भवहें उसकी पत्नी का कुछ नहीं बिगाड़ पातीं। सब ददुआ की कमजोरी का ही नाजायज फायदा उठातीं। ददुआ के मां-बाप तो अब रहे नहीं। भाई उसे जब चाहते दबा देते। अपनी पत्नी की पछदारी में अपने भाइयों की तुलना में वह कहां टिक पाता...?

चंद्रमोहन बाबू एक घंटा विश्राम न कर आधे घंटे में ही उठ गए। अंदर

से कुलबुलाते मन को अब और देर तक लगाम नहीं दे सके। लोगों को जताने कि लिए अपनी दिनचर्या पूरी कर ली। अब घर से निकलने का समय हो गया। इस वक्त वे अपने खेतों की ओर जाते या बोरिंग के पास या बगीचे में या खलिहान में, लेकिन आज सीधे पहुंच गए ददुआ के दरवाजे। इस रास्ते भी तो अपने खेतों और बगीचों की ओर वे जा सकते हैं...

चंद्रमोहन बाबू ने देखा, सचमुच आज मामला अन्य दिनों की अपेक्षा गंभीर है। अब तक टोला-पड़ोस के लोग भी जुट आए थे वहां, साथ ही उनकी तरह के कुछ खास लोग भी, जिनके यहां काम करती थी ददुआ बो...। इस बीच शायद खूब लड़-झगड़ चुके थे वे। ददुआ बो की साड़ी-कुरती नोच-खसोटकर फाड़ दी थी उसकी गोतिनियों ने। उसके बाल बिखरे थे। संभवतः झोंटा-झोंटी हुई थी गोतिनियों के साथ। उसका चेहरा रुआंसा और कुछ सूजा हुआ था। उसकी गोतिनियों के कपड़े और बाल भी नोच-खसोट और धर-पकड़ की वजह से अस्तव्यस्त थे। वे सब हांफ रही थीं और हाथ चमका-चमकाकर गंदी-गंदी गालियां दे रही थीं ददुआ बो को तथा उनके मर्द धोती खूंटकर आंखें लाल किए तरंग रहे थे ददुआ बो पर और घटना की अंतिम परिणति के रूप में घर के अंदर से ददुआ बो के कपड़े और उसके नैहर के छोटे-मोटे सामान उसके सामने फेंक रहे थे – "अपनी गठरी-मुठरी लेकर यहां से भाग जा छिनाल। अब एक डंड भी हम तुम्हें यहां नही ठहरने देंगे।...हमारी खानदानी इज्ज़त चौपट कर दी तुमने। जल्दी भागो यहां से नहीं तो अब एक करम भी बाकी नहीं छोड़ेंगे – मार-मारकर हड्डी पसली एक कर देंगे..."

कई हाथों के बीच अकेली, लड़ाई-झगड़े में हारी-थकी और रोती-बिलखती ददुआ बो की नजर जब चंद्रमोहन बाबू पर पड़ी तो दौड़ती हुई वह गिर पड़ी उनके पैरों पर, "मुझे बचा लीजिए मलिकार! सब मिलकर मारे रहे हैं और गांव से निकाल रहे हैं। मेरे ऊपर झूठा अछरंग लगा रहे हैं...मैं इन मुदइयों से कुछ मांगती तो हूं नहीं...फिर मेरे ऊपर पानी पीटकर क्यों पड़े हैं...?"

इस पर पूछा चंद्रमोहन बाबू ने, "ददुआ कहां है?"

उसने बिफरते हुए ही जवाब दिया, "उसे मारकर कमरे में पार दिया है इन दुश्मनों ने। वह उठने लायक भी नहीं...।"

अब चंद्रमोहन बाबू आगे बढ़े। समझौता करके हार गए टोला-पड़ोस वाले और उनकी तरह के कुछ खास लोग भी उनके साथ हो गए। चंद्रमोहन बाबू ने अनजान बनते हुए दादू के भाइयों से पूछा, "क्या बात है? क्यों इस तरह मार-पीट कर रहे हो तुम लोग?"

इस पर दादू के बड़े भाई ने सीधे-सीधे झिड़क दिया उन्हें, "यह हम लोगों का पारिवारिक मामला है...इसमें आपके पड़ने की ज़रूरत नहीं...। आप जहां जा रहे हैं, वहां जाएं।"

पहले उत्तर में ही निरुत्तर हो गए चंद्रमोहन बाबू। अगर गांव पहले वाला रहता तो इन सबों को बांधकर कोड़े से पीटते, लेकिन अब उनके निजी मामलों में दखल देना आफत मोल लेना था। अपने निजी मामलों में वे चाहे जो करें, बड़टोली के लोग बीच में पड़ेंगे कि सारी नन्हटोली एक हो जाएगी। फिर बीते दिनों की तरह मारपीट, खून-खराबा, केस-मुकदमा और काम का अकाज अलग। यही सोचकर थम गए चंद्रमोहन बाबू। फिर भी अंदर की उबाल व्यक्त करने का एक रास्ता मिल ही गया उन्हें। वे गर्माते हुए बोले, "ददुआ को मारकर पार दिया है तुम लोगों ने। अब मेरा काम कैसे होगा? मेरे कर्ज की भरपाई कौन करेगा?"

इस पर फिर करारा जवाब दिया ददुआ के बड़े भाई ने, "इसकी फिकर मत कीजिए...आपका काम अकाज नहीं होने देंगे हम। हममे से कोई जाकर आपके माल-गुरुओं को सानी-पानी दे देगा। आपके कर्ज की जानकारी है हमें..."

इस बार फिर पुट्ठे पर से उनका हाथ झटक दिया ददुआ के भाई ने। फिर निरुत्तर हो गए वे। इस बार काफी साहस बटोरकर कहा उन्होंने, "अगर ददुआ बो से नहीं पटती है तो उन दोनो बेकत को अपने परिवार से अलग कर दो। गांव में कहीं रह लेंगे वे। इस तरह मारपीट और गांव से भगाना अच्छा नहीं...।"

चंद्रमोहन बाबू की इस बात का समर्थन आंतरिक साम्य की वजह से उनके जैसे कुछ खास लोगों ने भी किया, "ठीक कह रहे हैं चंद्रमोहन भाई। दोनों बेकत ददुआ को अलग कर दो...भाई तो जन्मजात पाटीदार होता है। उसे बांधकर क्या रखना। और जोरू को गांव से क्या भगाना...?"

इस पर गर्म हो गए ददुआ के भाई, "गांव में इसे रंडीपाना के लिए छोड़ दें। लोगों के मजा मारने के लिए। माथा तो हमारा गड़वा चुकी है...अब रही-सही इज्ज़त भी मिट्टी में मिला देगी। दूसरे गांव में जाकर दस भतार कर ले, हमें कोई परवाह नहीं। ददुआ की शादी हम फिर कर देंगे। जिसकी छाती बहुत फट रही हो वह इसे ले जाकर अपने घर रख ले...।"

चंद्रमोहन बाबू और उनके साथ के लोग फक् रह गए। उन पर भी कीचड़ उछालना शुरू कर दिया ददुआ के भाइयों ने। कतराते हुए वे इधर-उधर खिसकने लगे। न जाने अब और क्या कह दें वे?

एक क्षण के लिए चंद्रमोहन बाबू हतप्रभ-से रह गए – हतप्रभ और किंकर्तव्यविमूढ़। अब और देर तक यहां ठहरना अपनी इज्ज़त गंवाना था, लेकिन उनका प्रेमी मन अंदर से उन्हें रोकता रहा – ददुआ बो को हासिल करने के लिए हुमाचा मारता रहा। भूसे वाले कमरे में उनके आग्रह पर हंसते हुए धकियाकर निकल भागी थी ददुआ बो। अभी तो सिर्फ ताक-झांक और धरपकड़ तक ही सीमित थे वे। उनके मन में आया कि ददुआ बो को ले चलें अपने साथ। ददुआ के भाइयों की गर्मी झाड़ दें। एक अलग कमरे में रख लेंगे उसे। बड़ी प्यारी औरत है यह।

कहां मिलती हैं ऐसी बांकी औरतें। इसे पाकर आनंद में डूबे रहेंगे। बड़े जमींदारों और रईसों के यहां तो रखैलों की परंपरा रही ही है। लेकिन वे वैसे बड़े जमींदार और रईस भी तो नहीं। गांव में नाक कट जाएगी उनकी। बेटे-बेटियों के शादी-ब्याह बंद हो जाएंगे। सब थू-थू, छी-छी करेंगे। खानदानी इज्ज़त मिनटों में राख हो जाएगी। बस, अपने बढ़े हुए मन को वापस लौटा लिया उन्होंने। फिर न चाहते हुए भी हृदय पर पत्थर रख वहां से चल पड़े। रास्ते में गुजरते हुए इतनी पूछताछ काफी है। इससे अधिक बात बढ़ाना और वहां रुकना पकड़ में आना है। उनकी तरह के और खास लोग भी तो यही सोचकर हट गए। वे जानते हैं, उनकी तरह ही वे ददुआ बो के चहेते हैं। नहीं चाहते कि उसे गांव से भगाया जाए, लेकिन सामने आना नहीं चाहते। यह ठीक भी है। गांव में वे जिस ऊंची बिरादरी और हैसियत के हैं, उसमें बेपर्द होना, दो कौड़ी का आदमी बन जाना है।

चंद्रमोहन बाबू, ददुआ बो को यथावत् स्थिति में छोड़ जाने लगे तो अजीब नेत्रों से उन्हें निहारने लगी वह, लेकिन चाहकर भी वे आंखें नहीं मिला सके। शायद उसकी आंखों की कातरता नहीं सह सकते...। शायद उसकी आंखों की हिकारत बर्दाश्त नहीं होती उनसे...।

चंद्रमोहन बाबू वहां से आगे तो बढ़ गए, गांव की उस गली को पार कर गांव से बाहर भी निकल गए, लेकिन उनका मन वहीं अटका रहा...अपने खेतों की ओर जाएं या बगीचे में या खलिहान में या बोरिंग के पास, कुछ भी नहीं समझ सके? चुपचाप आगे बढ़ते गए। काश! ऐसा हो जाता कि ददुआ के भाई उसकी पत्नी को गांव से नहीं भगाते। बड़टोली के न सही, उनकी टोली और उनकी जाति के लोग ही बीच-बचाव के लिए उठ खड़े होते, लेकिन शहर की तरह गांवों में भी अब कोई किसी के बीच पड़ना नहीं चाहता। उन्हें लगता, अगर ददुआ बो चली जाएगी तो उनका हृदय निकाल लेती जाएगी। तड़पते रहेंगे वे। पानी भरते, घर-दुआर बुहारते, गोबर पाथते, घरुआरी के कामों में इधर-उधर आते-जाते उसकी लचकती देह और मटकती आंखें नजर आती रही उन्हें। रात-बिरात और सांझ-दुपहरिया एकांत पा धर दबोचते तो कोई बहाना बनाकर छिटक निकलती और मुस्कराती कनखियों से उन पर मीठा वार करती। बस, वे बर्फ की तरह गलते चले जाते...। उसकी आंखों की बांकी मुस्कान ने कहीं गहरे में उद्धेलित कर दिया था उन्हें, इसीलिए चाहकर भी उसे भूल नहीं पाते थे...।

बेचैन और खोए चंद्रमोहन बाबू कब अपने पड़ोसी गांव जितनडिहरा के नज़दीक पहुंच गए, उन्हें पता तक नहीं चला। अचानक जब भगलुआ ने उन्हें टोका, "पालागी गउंआ...किस काम से यहां आ गए?" तो जैसे सकते में पड़ गए वे। यहां कैसे चले आए? कहीं भगलुआ जान न जाए, इसीलिए तत्क्षण संभाल लिया अपने को – "डाकघर जा रहा हूं..."

चंद्रमोहन बाबू के गांव का डाकखाना जितनाडिहरा ही था। वहीं से उनके गांव की चिट्ठियां आती थीं और पोस्टकार्ड, लिफाफा, टिकट आदि वे वहीं से ले आते थे। इस पर भगलुआ ने कहा, "ददुआ से मुझे खबर कर दी होती...। इसी के लिए इस दुपहरिया में यहां आना पड़ा आपको..."

इस पर चंद्रमोहन बाबू ने आगे बढ़ते हुए कहा, "तो क्या हुआ?"

वे तो जल्द से जल्द भगलुआ से अपना पिंड छुड़ाना चाहते थे। मेंही मार करता है यह। ऊपर से मीठा बनता है और अंदर ही अंदर धार काटता रहता है। इसे अच्छी तरह पहचानते हैं वे, इसीलिए जल्द ही उसे दरकिनार कर आगे बढ़ गए। यह भगलुआ उन्हें फूटी आंखों नहीं सुहाता। बराबर उनके पीछे पड़ा रहता है। जितनाडिहरा का मजदूर है। अपने गांव से अधिक उनके गांव में कमाने आता है। तीन साल की एक छोरी छोड़कर मर गई उसकी पत्नी। बाद में वह छोरी भी नहीं बची। तब से अकेला है यह – मस्त और अकेला। बिरहा और लोरिकायन गाता है। अपनी चेट की खैनी और बीड़ी मजदूरों को खिलाता-पिलाता है। सब मानते हैं इसे, लेकिन उनके रास्ते का एक बरिआर रोड़ा है यह। उनकी आंखों में चुभने वाला कांटा। ददुआ बो को देखते ही घुरियाना शुरू कर देता है। रोपनी, कटनी और दबनी के लिए वह जैसे ही खेत-खलिहान में निकलती है, भगलुआ उसके आसपास मंडराने लगता है। वे जैसे ही ददुआ बो के निकट पहुंचना चाहते हैं, कहीं से देख रहा यह तत्क्षण आ धमकता है – "मलिकार पानी पीजिएगा। मलिकार वहां छांह में जाकर बैठ रहिए...।" और उन्हें हटा स्वयं ददुआ बो से हंसी-ठिठोली करने लगता है। उनके तन-बदन में आग लग जाती है। शेर के भाग को यह सियार हड़पना चाहता है। खून खौल उठता है उनका, लेकिन ऐसे मामलों में सीधे-सीधे उसे कैसे डांटे? दूसरे बहाने से डांटते रहते हैं, लेकिन अपनी हरकत से बाज नहीं आता यह चालबाज। ऐसे लगाए रहता है, जैसे कुछ जानता ही न हो..., लेकिन वे उड़ती चिड़िया को हल्दी लगाने वाले हैं। इसकी नस-नस पहचानते हैं। एक नंबर का घाघ है यह। गांव से बाहर उनके और ददुआ बो के बीच कड़ी पहरेदारी में रहता है। उनको हटाकर ददुआ बो पर स्वयं अधिकार जमाना चाहता है। मूर्ख है साला। अपनी हैसियत नहीं समझता। उनसे तुलना करता है। उनकी छोड़ ददुआ बो इस भिखमंगे के पास क्या देखकर जाएगी? छिपे-चोरी क्या कुछ नहीं देते हैं वे ददुआ बो को। यह फटेहाल क्या देगा? इसके पास है ही क्या? एक बार उन्होंने कहा भी था ददुआ बो से, "इस लंफगे और मुंहफट को डांट क्यों नही भगाती? क्यों सटने देती हो?"

इस पर हंसते हुए कहा था ददुआ बो ने, "क्या करूं मलिकार। यह मानता ही नहीं। लगा रहता है। उनको कहता है कि नाते में भैया लगते हैं इससे तुम भौजी हो...।"

बोरिंग की कोठरी वाली बात याद आते ही चंद्रमोहन बाबू का मन गुस्से में उफनने लगता है। उस दिन वह सब कुछ हो जाता, जिसकी प्रतीक्षा में बावला बना था उनका मन। खेतों में काम हो रहा था। घर से नाश्ता आया था उनके लिए। बोरिंग की अपनी कोठरी में नाश्ते के लिए पहुंचे थे और पानी देने के बहाने बुला लिया था ददुआ बो को। फिर जैसे ही वह कोठरी में घुसी थी कि उसे दबोच लिया था। हर बार की तरह कोई बहाना बना भाग जाना चाहती थी वह। पर वे कुछ भी सुनने की तैयार नहीं थे, लेकिन न जाने किस खेत में काम कर रहा भगलुआ देख रहा था। फिर तत्क्षण वहां आ धमका, "क्या कर रहे हैं मलिकार। जोरों से प्यास लगी है। अच्छा भौजी तुम भी हो। मलिकार नास्ता कर रहें हैं। एक परांठा मुझे भी दीजिएगा। आज सतुआ नहीं लाया...।"

और फिर जब तक ददुआ बो वहां से चली नहीं गई, यह कमबख्त नहीं हटा। फिर ददुआ बो के जाते ही उसके पीछे लग गया। उस दिन उनकी इच्छा हुई कि इस हरामी का गला टीप दें। उन्हें साफ लग गया, उनके रास्ते का रोड़ा यही है। तब से वे उसे नफरत और हिकारत की निगाहों से देखते रहे हैं और सदैव उसे यह जता देना चाहते हैं कि उनके सामने उसकी कोई औकात नहीं। अपने खेतों में उसे काम देना भी बंद कर दिया है। दूसरे कारणों से उस पर अकसर अपना गुस्सा प्रकट करते हुए उसे बता देना चाहते हैं कि जिस चीज पर मन आ गया उनका, उस पर पलटकर देखने की हिम्मत भी कैसे कर रहा है वह? कि ऐसा करके वह अपनी शामत बुला रहा है। कि उसे चुटकियों में मसल देने की सामर्थ्य रखते हैं। सीधे-सीधे न सही, किसी ऐसे तिकड़म में फंसा देंगे या अवसर हाथ आते ही ऐसा धोबिया पाट चला देंगे कि इश्क फरमाने का सब मजा निकल जाएगा...।

हालांकि इस बार जब भगलुआ उन्हें नजर आया तो हठात् उनके मन में यह बात उठी कि भगलुआ से बता दें कि ददुआ बो को उसके देवर-भसुर सब मिलकर गांव से निकाल रहे हैं। शायद उनकी बिरादरी और उनके स्तर

का होने के चलते वह कुछ कर सके, लेकिन फिर यह सोचकर कि ऐसा कहने पर तो उसका मन और बढ़ जाएगा। सोचेगा कि हार मानकर उसका हिस्सा उसे देने के लिए तैयार हो गए...। नहीं पार पा सके उससे। इसलिए चाहते हुए भी कुछ नहीं कह सके।

जितनाडिहरा से मुड़कर चंद्रमोहन बाबू अपने खेतों की ओर चले गए। फिर वहां से अपने खलिहान में। फिर अपनी बोरिंग की कोठरी में, लेकिन कहीं भी मन न लगा उनका। किसी काम की निगरानी और निरिक्षण में उनकी रुचि सन्नद्ध नहीं हुई। अंदर से पीड़ित और व्यग्र बने वे इधर से उधर भटकते रहे। अंततः अपने बगीचे में एक पाकड़ के घने वृक्ष के नीचे बैठ गए। फिर पाकड़ के तने से पीठ टिकाकर उठंग गए। उनका ध्यान तो ददुआ बो के दरवाजे घट रही उस घटना की ओर ही लगा रहा। क्या हो रहा होगा वहां? क्या उन सबों ने निकाल दिया होगा उसे? उनकी इच्छा होती कि वहां पहुंच जाए, लेकिन वहां पहुंच अपनी मरजाद खोने के सिवाय और कर ही क्या सकेंगे? उनकी नजरें गांव से बाहर आने वाले लोगों को टटोलती रहीं। हालांकि गांव से काफी दूर आ गए हैं वे। गांव की सीमा पर उनका यह बगीचा है। यहां से सब कुछ दिखता भी तो नहीं, लेकिन यह सोचकर अपने मन को ढाढ़स देते रहे कि अच्छा है, गांव से दूर आ गए। वहां होते तो इस स्थिति में अपने मन की पीड़ा शायद लोगों से छिपा नहीं पाते। पकड़ में आ जाते। फिर भद्द हो उठती उनकी।

चंद्रमोहन बाबू सोचने लगे कि आखिर ऐसा क्यों होता है कि कोई छैल-छबीली, बांकी नार किसी पखेरू के गले मढ़ दी जाती है? उन्होंने इस तरह की असंख्य जोड़ियां देखी हैं कि मर्द भोदा, गउदा, बदरूप, बेढंगा ओर नार सुघड़, सुकुमार, चंचल और छरहरी। आज अगर ददुआ के घर पर उसकी पत्नी का जोड़ीदार उसके अनुकूल कोई दूसरा सजाह मर्द होता तो क्या मजाल कि उसके घर वाले उसकी पत्नी की ओर आंख उठाकर भी देख सकें?

चंद्रमोहन बाबू जब भी यह सोचने की कोशिश करते कि एकांत क्षणों में ददुआ की बाहों में वह कैसा महसूस करती होगी, तो उनका मन और पिचपिचा हो उठता? पास से गुजरते ददुआ की बसाती देह उबकाई पैदा कर देती उन्हें। कैसे झेलती होगी उन एकांत क्षणों को? इस स्थिति में वह

उन्हें बदबूदार कीचड़ में धंसती जान पड़ती। कांटों की धंधोर में फंसी और लहूलुहान। अपने मन के धरातल पर अनुमानित दृश्य उन्हें अत्यंत तीखा प्रतीत होता – तीखा और असह्य कड़वाहट...। इसके विपरीत जब अपने साथ उसके एकांत का भावी दृश्य संजोते, तो जैसे स्वर्गीय सुख में डूब जाते...। संपूर्ण जोड़ी। पूर्ण मिलन। असीम आनंद, जिसका कोई ओर-छोर नहीं।

चंद्रमोहन बाबू देर तक बैठे रहे। उन्हें समय को चेत ही नहीं रहा। अचानक गांव के रास्ते से आती हुई आवाज़ों ने जैसे उन्हें सोते से जगा दिया। उन्होंने पलटकर देखा, फिर देखते ही रह गए, जैसे उनके सामने आठवां आश्चर्य घटित हो गया हो। गांव के रास्ते से भगलुआ, ददुआ बो के साथ चला आ रहा था। उन दोनों को घेरे हुए कई औरतें और बच्चे भी आ रहे थे। भगलुआ का चेहरा खिला और सीना तना था। उसके साथ की औरतें और बच्चे भी प्रसन्न और किलकते नजर आ रहे थे। चंद्रमोहन बाबू अच्छी तरह पहचानते थे, उसके साथ की औरतें और बच्चे जितनडिहरा के ही थे, उनके गावं के नहीं तो यह क्या हो गया? वे कहां खोए रहे? भगलुआ कहां ले जा रहा है ददुआ बो को? उसके गांव की औरतें और बच्चे कहां से आ धमके उसके साथ? ददुआ बो के बदन पर नई साड़ी। लड़ाई-झगड़े में उसकी मुचड़ी और फटी-पुरानी साड़ी कहां गई? यह सब क्या देख रहे हैं वे? कहीं यह सपना तो नहीं। वे और निकट आ गए थे। उनके बगीचे के किनारे से गुजरते हुए वे जितनडिहरा के रास्ते की ओर मुड़ने लगे...।

चंद्रमोहन बाबू उठकर खड़े हो गए और बगीचे से निकल सामने आ गए। उन्हें देखते ही ठठाकर हंस पड़ा भगलुआ, "मलिकार, भौजी अब मेरी हो गई। आर्शीवाद दीजिए। मेरा उजड़ा हुआ घर फिर बस गया।"

यह सुन एक क्षण के लिए अवाक् रह गए चंद्रमोहन बाबू। उनका मुंह आश्चर्य से खुला का खुला रह गया, "क्या"?

इस पर भगलुआ के गांव की एक बूढ़ी औरत ने संक्षेप में उन्हें बताया कि ददुआ बो गांव से बाहर एक पेड़ के नीचे बैठी रो रही थी। कि भगलुआ ने वहां पहुंचकर उसे संभाला। कि घर से एक नई साड़ी मंगाकर उसे दुल्हन का जोड़ा पहनाया और अब घर ले जा रहा है...।

इस जानकारी के बाद चंद्रमोहन बाबू यह समझ नहीं पाए कि यह ठीक

हुआ या गलत? शायद ठीक हुआ। शायद गलत। उन्होंने देखा, भगुलआ विजेता की भांति उनकी ओर ताकते हुए गर्व से मुस्कर रहा था, “ददुआ के घर वाले क्या जानें ऐसी नार को रखना। छछुंदर के माथे चमेली का तेल। भेड़ क्या जाने पुआर का मरम...? अब मैंने बांह थाम ली है। जो अपने को मरद समझता है वह आंख उठाकर भी तो देख ले इसकी ओर। सारी मर्दानगी हवा न कर दी तो मेरा नाम भगलू नहीं...।”

चंद्रमोहन बाबू को लगा कि भगलुआ, ददुआ के भाइयों के बहाने उनको भी धमका रहा है। उसके कथन का आशय समझते-देर नहीं लगी उन्हें, लेकिन अन्य दिनों की अपेक्षा चाहकर भी वे उसे कुछ नहीं कह सके। अचानक जैसे उसके सामने पस्त हो गए थे – हारे हुए खिलाड़ी की तरह विजेता के सामने सहमे, सिकुड़े और स्याह पड़े। भगलुआ ने उसी अंदाज में फिर कहा – “अच्छा, अब हम चलते हैं मलिकार। पा लागी...।”

चंद्रमोहन बाबू को लगा जैसे भगलुआ कह रहा है, “अब हम इसको लेकर चले चंद्रमोहन। यह खेल तुम्हारे वश का नहीं। आखिर तुम मैदान छोड़कर भाग ही गए...।”

वे देख रहे थे, इस बीच ददुआ बो ने कनखियों से भी नहीं ताका था उनकी ओर। उनके सामने पड़ते ही माथा घुमा लिया था उनकी ओर से। वे कटकर रह गए। अंदर से जैसे खोखले से हो गए। चुपचाप उन दोनों का जाना देखते रहे। उनके गांव की सीमा को लांघ रहे थे वे। उन्हें ऐसा लग रहा था, उनका सब कुछ छीन लिया हो किसी ने। जैसे उन्हें रौंदकर कोई बढ़ा जा रहा हो। वे अपने को बहुत कमजोर महसूस करने लगे – कमजोर और असहाय।

शाम ढल रही थी। काफी देर कर दी आज उन्होंने। वे अपने घर की ओर लौट चले, लेकिन उनके कदम उत्साहीन, बुझे हुए और डगमगाते-से जान पड़े – जुए में अपना सब कुछ हार चुके व्यक्ति की तरह। चाहकर भी वे तेजी से नहीं चल सके। हर बार उन्हें लगता कि भगलुआ गर्व से हंसते और सीना ताने हुए उनके सामने खड़ा है – “अच्छा, अब हम चलते हैं मलिकार, पा लागी...।”

हत्यारों की वापसी

रात के बारह बज रहे हैं। तेगा, सिगू और गनपत दबे पांव आगे बढ़े जा रहे हैं। वे शहर की उस मुख्य सड़क को पार कर चुके हैं जो रात-भर चलती रहती है। वे शहर के उन स्थानों और मुहल्लों को भी लांघ चुके हैं, जहां रात होती ही नहीं – बिजली की दूधिया रोशनी और लोगों की सरगर्मी बनी रहती है। अब वे शहर के पश्चिमी हिस्से की तरफ उस मुहल्ले में आ गए हैं जो शहर का सबसे उपेक्षित मुहल्ला है। वहां की गलियों में रोशनी का कोई प्रबंध नहीं। रास्ते ऊबड़-खाबड़। कच्चे-पक्के मकान। बीच-बीच में कुछ झोपड़ियां। सीलन-भरी गलियां। किनारे की नालियों से आती तीखी दुर्गंध। इस मुहल्ले में शहर के मजदूर, मेहतर, रिक्शाचालक तथा छोटी-छोटी नौकरियां करने वाले रहते हैं, जो शहर के दूसरे मुहल्ले में ऊंचे किराए नहीं दे सकते।

गनपत कल दिन में ही यहां आया था। उसके साथ हाजी सेठ का एक आदमी भी था। वह गनपत को एक निश्चित जगह दिखाकर एक निश्चित व्यक्ति को पहचनवा चुका है। अब गनपत को क्या करना है यह हाजी सेठ से उसे मालूम है। अक्सर इस तरह के कामों में गनपत तेगा और सिगू को जरूर लेता है। सच्चाई तो यह है कि गनपत मोलभाव करके कामों को तय करता है। योजना बनाता है, लेकिन उसे अंजाम तक तेगा और सिगू ही पहुंचाते हैं।

गनपत को उस पहचनवाए व्यक्ति के बारे में कोई जानकारी नहीं। देखने में गनपत को वह एक साधारण व्यक्ति मालूम पड़ा है। हाजी सेठ के यहां की बातों से वह यह जान पाया है कि वह व्यक्ति हाजी सेठ के परिवार के लिए

चिंता का कारण बना हुआ है। शायद कहीं हाजी सेठ की कोई नई फैक्टरी बन रही है, जहां वह व्यक्ति अड़ंगा डाल रहा है। बात क्या है, स्थिति क्या है, क्यों वह व्यक्ति हाजी सेठ से टकरा रहा है, इन सब बातों की विस्तृत जानकारी गनपत को नहीं। उसने इन बातों की जानकारी के लिए कोशिश भी नहीं की। हाजी सेठ के कामों में वह अधिक छानबीन और पूछताछ नहीं करता। हाजी सेठ जब भी काम कराता है, ऊंची रकम देता है। इसीलिए गनपत आंख मूंदकर हाजी सेठ का काम करता है।

अपने साथियों के साथ गनपत तेजी से आगे बढ़ा जा रहा है। लोग से चुके है। घर के दरवाजे और खिड़कियां बंद हैं। रात के सन्नाटे में पूरे मुहल्ले का सूनापन गनपत को अच्छा लगता है। ऐसे में काम बड़ी आसानी से हो जाता है।

गनपत को जब कभी रोशनी और सरगर्मी वाले मुहल्लों में काम करना होता है, तो बड़ी फजीहत होती है। एक काम में कभी-कभी पूर महीना लग जाता है। कितनी साजिशें और कितने षडयंत्र रचने पड़ते हैं, लेकिन इन मुहल्लों में तो वह चुटकी बजाकर काम कर लेता है। गनपत को ये मुहल्ले शहर के गांव जान पड़ते हैं। बिलकुल गांवों की तरह ही बेरौशन, असुरक्षित और सामर्थ्यहीन।

गनपत अपने साथियों के साथ निश्चित जगह पहुंच जाता है। यहां से लगभग दस-बारह कदम के फासले पर ही वह कोठरी है जिसमें वह व्यक्ति रहता है। अभी वह अकेला है। परिवार साथ में नहीं रखा है। पता नहीं, कुंआरा है या बाल-बच्चे वाला? कहां का मूल निवासी है? गनपत को कुछ मालूम नहीं। कहीं का हो, इससे क्या मतलब? काम करेगा। पैसे बनाएगा। दारू पिएगा। मांस खाएगा। हीराबाई के साथ मौज करेगा। और क्या।

गनपत और उसके साथियों को यह देखकर भारी आश्चर्य होता है कि उस कमरे का दरवाजा खुला है। लालटेन जल रही है। मेज-कुर्सी लगी है और वह व्यक्ति कुछ लिखने में तन्मय है। ठीक सामने मेज पर रखी लालटेन की रोशनी सीधे-सीधे उस व्यकित के चेहरे पर पड़ रही है, जिससे उसका चेहरा साफ-साफ नजर आ रहा है।

इस पूरे मुहल्ले में जहां सभी के दरवाजे और खिड़कियां बंद हैं, वह व्यक्ति किवाड़ खोलकर लिख रहा है। हाजी सेठ से तकरार मोल लेकर भी उसे तनिक भय नहीं। एक क्षण के लिए गणपत और उसके साथियों का उत्साह ठंडा पड़ जाता है। वे किंकर्तव्यविमूढ़ गली के एक कोने में खड़े चुपचाप उसे देखने लगते हैं। फिर गणपत अपने साथियों को इशारा कर आगे बढ़ाता है और उस गली की बगल में ही एक ढहे हुए पुराने मकान के मलबे के पास छिपकर बैठने की सलाह देता है।

अब गनपत और उसके साथी मलबे के ढेर के पीछे छिपकर उकडूं बैठ जाते हैं और उस व्यक्ति को घूरने लगते हैं। वहां से भी वह व्यक्ति साफ-साफ दिखाई पड़ता है। तेगा को लगता है, उस व्यक्ति को उसने कहीं देखा है। शराब के नशे में उसे ठीक-ठाक याद नहीं आ रहा, फिर भी वह याद करने की कोशिश करने लगता है। तेगा जब भी इस तरह के कामों में जाता है, शराब खूब पी लेता है। गनपत ओर सिगू भी पीते हैं, लेकिन उसकी तरह नहीं। तेगा जानता है, अगर वह छककर नहीं पिएगा, तो उससे काम नहीं होगा। ऐसे काम होश-हवाश में रहते नहीं होते।

गनपत फुसफुसाता है, "एक ही साथ हम तीनों आगे बढ़कर तेजी से कोठरी में घुस चलें। सिगू उस व्यक्ति के दोनों हाथ पकड़ लेगा। मैं उसका मुंह बंद कर दूंगा। तेगा काम तमाम कर देगा, लेकिन देखना तेगा, वार सही स्थान पर हो। मामला सफाए का है।"

तेगा कहता है, "अभी ठहरो..."

तेगा उस व्यक्ति को याद कर रहा है।

सिगू भी उस व्यक्ति को देर तक घूरने के बाद फुसफुसाता है, "देखने में यह भला लग रहा है। पढ़ने-लिखने वाला व्यक्ति है। आखिर हाजी क्यों इसका सफाया कराना चाहता है? मुझे तो यह गलत आदमी नहीं जान पड़ रहा।"

गनपत जवाब देता है, "अपन को इससे क्या मतलब – यह सही हो या गलत? हाजी ने पूरे तीन लाख दिए हैं। तीनों को एक-एक लाख...। कम पैसे नहीं हैं।"

सिगू चुप हो जाता है। गनपत भी चुप है। तेगा कुछ सोच रहा है। नशे के भीतर उसके स्मृति-पटल पर अब वह व्यक्ति उभरने लगा है। पिछले साल तेगा के गांव में हैजे की बीमारी फैली थी। तेगा का गांव इस शहर के बिलकुल पास ही है – सिर्फ पांच किलोमीटर के फासले पर, लेकिन शहर की ओर से उसके गांव को बचाने की कोई कोशिश नहीं की गई। फिर उसके गांव की खबर सुन यह कोठरी वाला व्यक्ति पता नहीं कहां से आ गया था। इसके साथ नई उम्र के कुछ लड़के भी थे। उन सबने दौड़कर गांव और शहर एक कर दिया था। लड़-झगड़कर, शोरगुल मचाकर वे शहर से ढेर सारी दवाइयां और कई डाक्टरों को गांव तक खींच लाए थे...। तेगा का भतीजा मर जाता, अगर यह व्यक्ति समय पर न पहुंचता।

तेगा आंखें फाड़-फाड़कर उस व्यक्ति को निहारने लगता है। यह वही व्यक्ति है। तेगा उसे पूरी तरह पहचान लेता है। कोई कोर-कसर बाकी नहीं छोड़ता। पता नहीं, इसका क्या नाम है? गांव के लड़के इसे 'भैया' कहते थे।

अब तेगा फुसफुसाता है, "गनपत, मैं इसे पहचानता हूं। मेरे गांव में हैजा फैला था, तो इसने लोगों की जान बचाई थी। यह बहुत भला आदमी है। हाजी से कहो, बातचीत करके इससे निबटारा कर ले।"

गनपत तेगा को समझाता है, "हाजी ने तीन लाख दिए हैं...आधे से अधिक तो हम खर्च कर चुके। उसे क्या लौटाएंगे? कम रुपये नहीं हैं।"

तेगा कहता है, "हाजी से बोल दो, उसका कोई और काम कर देंगे।"

इससे पहले कि गनपत कुछ और कहता, अचानक नई उम्र के पांच-सात लड़के गली को लांघते हुए तेजी से आते हैं और उस व्यक्ति की कोठरी में घुस जाते हैं।

गनपत और उसके साथियों को उनकी आवाज़ें साफ-साफ सुनाई देती हैं। वे हांफ रहे हैं, चेहरे तैशपूर्ण हैं, "भैया! रात दस बजे के आसपास हाजी सेठ का ट्रक ईंटों से लदा आया था। हमने उस ज़मीन में ईंटा नहीं गिरने दिया। हाजी सेठ के आदमियों के साथ हमारी काफ़ी तकरार हुई। वे बगल वाले थाने में पुलिस की सहायता के लिए पहुंचे। हम भी वहां गए, हमने थानेदार से साफ

कहा, "आप तो जानते हैं, इस ज़मीन में वर्षों से इस मुहल्ले के लड़के पढ़ते आ रहे हैं। अब हमने चंदा कर इस ज़मीन में बच्चों की पाठशाला की नींव रखी है। यह ज़मीन हाजी सेठ की नहीं। म्युनिसिपैलिटी की है। इससे पहले के चेयरमैन ने इस ज़मीन में पाठशाला बनाने की अनुमति दी थी। इस नए चेयरमैन से मिलकर हाजी सेठ इस ज़मीन को दखल करना चाहते हैं। आपको मालूम होगा, भैया ने नए चेयरमैन के खिलाफ़ शहर में जुलूस निकाला था। जब तक कोई निर्णय नहीं हो जाता, आप हाजी सेठ की मदद न करें, नहीं तो भैया थाने के खिलाफ़ भी जुलूस निकालेंगें।' और भैया, जब हमने आप द्वारा जुलूस निकालने की बात कही तो थानेदार ने अपने सिपाहियों को रोक लिया...। बस, हमने हाजी सेठ के ट्रक को आगे बढ़वा दिया।"

सारी बात सुनकर वह व्यक्ति खड़ा होते हुए बोला, "बहुत ठीक किया तुम लोगों ने। बराबर उस ज़मीन पर तैनात रहना। कल हम सब नगर के कलेक्टर, एस.पी. और म्युनिसिपैलिटी के चेयरमैन से मिलेंगे। इस घटना पर शहर के लोगों में जनमत जगाएंगे। उस ज़मीन में वर्षों से हमारे बच्चे पढ़ते आ रहे हैं। वह ज़मीन हाजी सेठ के बाप की नहीं है।"

वे आपस में यही सब बातें कर रहे थे। गनपत और उसके साथियों के ऊपर उनकी बातों की गंभीर प्रतिक्रिया हुई। जिस पुलिस के डर से गनपत और उसके साथी कई-कई महीनों तक लापता हो जाते हैं, वह पुलिस उस व्यक्ति के नाम से डरती है। वे एक दूसरे के कानों में फुस-फुसाते हैं, "साले हाजी ने हमें गलत जगह भेजा है...यहां से लौट चलना चाहिए..."

और वे दबे पांव वहां से लौट जाते हैं। जिस रफ्तार से आए थे, उससे तिगुनी रफ्तार से वापस जाते हैं। उनसे एक क्षण के लिए भी अब वहां रुका नहीं जाता।

सुबह हो गई है। गनपत और उनके साथी हाजी सेठ के कमरे में मौजूद हैं। यह जानकर हाजी सेठ का मन खीज से भर गया कि काम नहीं हुआ। हाजी सेठ गनपत को डांटना चाहता है, लेकिन उसके साथियों की उपस्थिति में वह ऐसा नहीं कर पाता। अकसर काम होने से पहले या काम होने के बाद गनपत अकेले ही आकर हाजी सेठ से बातचीत करता था, लेकिन आज उसके

साथी भी आए हैं...। हाजी सेठ को लगता है, ज़रूर कोई खास बात है। वह पूछता है, "कौन-सा विघ्न उपस्थित हो गया? काम क्यों नही हुआ?"

इससे पहले कि गनपत कुछ कहता, तेगा बोल उठा, "सेठजी, वह आदमी गलत नहीं...हम उसे नहीं मारेंगे...आप बातचीत करके निबटारा कर लीजिए, उसका सफाया मत करवाइए।"

तेगा की बात से एक क्षण के लिए हाजी सेठ के होश गुम हो जाते हैं। लगता है, जैसे पर्वत की ऊंची चोटी से एकाएक लुढ़कर वह नीचे आ गिरा हो। उसने स्वप्न में भी नहीं सोचा था कि गनपत और उसके साथी किसी आदमी के सही या गलत होने की बात भी कर सकते हैं। वह समझ नहीं पाता, उस दुबले-पतले आदमी ने इन लोगों पर कौन-सा जादू चला दिया कि ये इस तरह बात करने लगे।

हाजी सेठ कुछ क्षणों तक सोचता है। फिर उन तीनों को ले अंदर चल देता है। एक भव्य कमरे में उन तीनों को बैठाता है। फिर सामने की अलमारी खोल देता है। रंग-बिरंगी बोतलें निकल आती हैं। नौकर काजू और कबाब की प्लेटें सजा देते हैं।

गनपत और उसके साथियों को जीवन मं इतनी अच्छी शराब कभी नहीं मिली थी। काजू और कबाब भी नहीं। डनलप के गद्दे पर ऊपर-नीचे लहराते हुए गनपत और उनके दोस्त खाने-पीने लगते हैं। अब हाजी सेठ बताना शुरू करता है, "वह व्यक्ति बहुत बदमाश है। गंदी बस्तियों के लोगों को बहला-फुसलाकर आंदोलन करवाता है। उन्हें मार खिलवाता है। जेल भिजवात है। खुद नेता बना हुआ है। नई उम्र के लड़कों को शागिर्दी में रखता है। मैंने उससे कहा, कहो तो तुम्हें कोई नौकरी लगवा दें, यह धंधा छोड़ दो। नहीं माना। मैंने उसे रुपयों का भी लालच दिया। दो लाख ले लो, चार लाख, पांच लाख, लेकिन वह तो महात्मा बनता है। सीधे-सीधे रुपया कैसे लेगा?"

सेठ अभी अपनी बात पूरी तरह कह भी नहीं पाता कि तेगा बीच में ही बोल उठता है, "बाकी सेठजी, वह आदमी खुद गंदी बस्तियों में ही रहता है। लोगों को ठगता तो ज़रूर अच्छी जगह रहता। मेरे गांव में हैजा फैला था तो उसने लोगों की जान बचाई थी। किसी से कुछ मांगा भी नहीं था।"

"तुम नहीं समझोगे तेगा...वैसे लोगों को समझने में तुम्हें देर लगेगी। आखिर मैं तुमसे ही पूछता हूं, वह ऐसा क्यों करता है? मैं कुछ करता हूं, धन-दौलत के लिए। तुम लोग कुछ कर रहे हो, धन-दौलत के लिए। दुनिया का हर आदमी धन-दौलत के लिए ही कुछ करता है। फिर वह ऐसे ही क्यों कुछ करेगा? बहुत बड़ा राज है। तुम नहीं समझोगे।"

तेगा चुप हो जाता है। सेठ उसे निरुत्तरित कर देता है। उसे कुछ भी समझ में नहीं आता। फिर भी वह कहता है, "ठीक है सेठजी, लेकिन उस आदमी का सफाया मत करवाइए...समझा-बुझाकर रास्ते से हटा दीजिए।"

"मैं सब कुछ करके देख चुका हूं तेगा। अंत में यह निर्णय किया है। तुम समझाकर देख लो। तुम्हारी सब बात वह मान जाएगा, लेकिन जब असल बात पर आओगे, तुम्हारी एक नहीं सुनेगा।" हाजी सेठ देर तक उस व्यक्ति को बदमाश, गलत और ओछा साबित करता रहा। धीरे-धीरे तेगा और उसके साथियों पर शराब की खुमारी छाने लगी। उनके अंदर की हिंसक प्रवृतियां जागने लगीं। उनके चेहरे के बदलते भावों को पढ़कर हाजी खुश हो उठा। उसकी बात उन पर असर करने लगी है। अब वह अपनी दूसरी अलमारी खोलता है। हरे, पीले नोटों की गड्डियां सामने आ जाती हैं। कहता है, "गनपत, पिछली दफा तीन लाख रुपये दिए थे न?"

"हां।"

"लो, ये और तीन लाख रुपये। आज रात काम हो जाना चाहिए..."

गनपत और उसके साथियों को एकमुश्त इतनी बड़ी रकम कभी नहीं मिली थी। वे नोटों को छिपाकर रखने लगते हैं। फिर चल देते हैं। शराब का नशा अपने पूरे रंग में खिल चुका है। शराब भी इतनी उम्दा हो सकती है, उन्होंने पहले कभी नहीं जाना था।

दूसरी रात गनपत और उसके साथी पुनः उस जगह पहुंच आते हैं। मलबे के ढेर के पीछे छिपकर वे कल की ही भांति देखते हैं, लेकिन आज दरवाजा बंद है। गौर करने पर पाते हैं, दरवाजा भीतर से नहीं, बाहर से बंद है। ताला लटक रहा है। उन्हें लगता है, वह व्यक्ति कहीं चला गया है। सिगू

कहता है, "आज 'जतरा' ठीक नहीं। वह आदमी कहीं चला गया। शायद उसे मालूम हो गया।"

गनपत कहता है, "नहीं...मालूम कैसे होगा? हम तीनों के सिवाय और कोई जानता ही नहीं। हाजी सेठ की बात किसी को मालूम नहीं होती। वह आदमी आता ही होगा। कल भी तो इतनी रात गए तक पढ़ रहा था।"

तेगा नशे में जम्हाइयां लेता रहता है। कुछ क्षण बीत जाने के बाद तेगा कहता है, "गनपत, उस आदमी पर शुरू में वार नहीं किया जाएगा। उसे समझाया जाएगा। रुपयों का लालच दिया जाएगा। वह हत्या करने लायक आदमी नहीं है।"

गनपत और सिगू, तेगा को समझाते हैं, चाहे जैसे भी हो, आज काम निबटाना ही होगा। हाजी ने जितने रुपये दिए हैं, उतने कोई नहीं दे सकता।

तेगा कहता है, "ठीक है, लेकिन मैं उस आदमी को धोखे से नहीं मारूंगा। उसे समझाऊंगा। नहीं मानेगा, लड़ाई-झगड़ा करने पर उतारू हो जाएगा, तब उसे मारूंगा।"

गनपत को तेगा की यह योजना बिलकुल नई लगती है। इस तरह से तो उन्होंने कभी कोई काम नहीं किया, लेकिन सिगू तेगा की बात से सहमत है। गनपत चाहकर भी कुछ बोल नहीं पाता। जानता है, बिना तेगा के वह कुछ भी नहीं कर सकता।

रात लगभग एक बजे के आसपास वह व्यक्ति आता है। ताला खोलकर अंदर घुसता है। लालटेन जलाता है। कपड़े बदलता है। फिर एक लोटे में पानी लेकर बाहर निकलता है। हाथ-मुंह धोता है। फिर अंदर चला जाता है।

अब तेगा, सिगू और गनपत मलबे के ढेर के पीछे से उठकर चल देते हैं। ऐसे कामों में तेगा हमेशा चुपके से जाता और शंकित दृष्टि से अगल-बगल ताकता रहता था, लेकिन इस बार वह बिलकुल निर्भीक होकर जा रहा है। लग ही नहीं रहा कि किसी का सफाया करने जा रहा है।

दरवाजे पर पहुंच अंदर बैठे उस व्यक्ति को संबोधित करते हुए तेगा कहता है, "भाई साहब, हम लोग आपसे कुछ बात करने आए हैं।"

तेगा और उसके साथियों को लगता है, यह सुनकर वह डर जाएगा, क्योंकि इतनी रात गए बिलकुल अपरिचित लोगों का आना ठीक तो नहीं, लेकिन वह तनिक भी डरता नहीं है। कहता है, "आप लोग अंदर आ जाइए।"

तेगा और उसके साथी अंदर घुस आते हैं। कमरा बहुत छोटा है। एक मेज और एक कुर्सी के अतिरिक्त बैठने-सोने के लिए और कुछ नहीं है। उस कमरे के आधे हिस्से में किताबें रखी हैं। तेगा और उसके साथियों ने किसी एक व्यक्ति के पास इतनी किताबें पहले कभी नहीं देखी थीं। वे हैरत से पहाड़ की तरह लगी किताबों के ढेर देखते हैं। किताबों के पास ही कमरे के शेष भाग में ज़मीन पर एक चटाई बिछी है। शायद वह व्यक्ति इसी पर सोता है।

तेगा और उसके साथियों को वह व्यक्ति चटाई पर बैठने का संकेत करता है। वे तीनों बैठ जाते हैं। वह व्यक्ति भी कुर्सी से उतर उन के पास ही आ जाता है। तेगा कहता है, "क्यों, आप कुर्सी पर बैठिए।"

वह जवाब देता है, "आप लोग उम्र में मुझसे बड़े हैं। मेरे बड़े भाई के बराबर। आप लोगों के सामने मैं कुर्सी पर नहीं बैठूंगा। हम यहीं ज़मीन पर साथ-साथ बैठेंगे।"

उस व्यक्ति की पहली बात ही तेगा के अंदर गहरे तक उतर जाती है। वह उस व्यक्ति के चेहरे को टकटकी लगाए देखने लगता है। गनपत और सिगू भी देखने लगते हैं। अचानक सिगू भी उस व्यक्ति को पहचान जाता है। एक डकैती के मामले में सिगू जेल गया था। वहां पहुंचने पर सिगू को वह व्यक्ति दिखा था। शायद पहले से ही वह जेल में था, लेकिन उसे अलग वार्ड मिला था। जेल में भी लोग उसकी इज़्ज़त करते थे। कैदियों पर होने वाले जुल्म के खिलाफ वह जेल में भी आंदोलन करता था। उस व्यक्ति को पहचान लेने के बाद सिगू का मन उसके प्रति श्रद्धा से भर जाता है। सिगू को याद है, जेल में वह उस व्यक्ति को देवता समझता था। सिगू मन ही मन तय कर लेता है, चाहे जो हो, इस व्यक्ति पर वह किसी को हाथ नहीं उठाने देगा।

वह व्यक्ति पूछता है, "कहिए, आप लोगों का कैसे आगमन हुआ?"

सिगू गनपत की ओर ताकता है, गनपत तेगा की ओर। एक क्षण तक उनमें से कोई बोल नहीं पाता। फिर तेगा कहता है, "हम लोगों को हाजी सेठ ने भेजा है। भीमपट्टी मुहल्ले में हाजी सेठ कोई कारखाना बनाना चाह रहा है, लेकिन आप उसे बनने नहीं दे रहे। "

इससे पहले कि तेगा कुछ और कहता, वह व्यक्ति बीच में ही बोल उठता है, "नहीं...गलत बात है। यह आरोप सिर्फ मेरे अकेले पर नहीं होना चाहिए। मैं कहता हूं, आप लोगों ने रोक रखा है। मैं उस ज़मीन में अपना घर बनाने के लिए हाजी से नहीं लड़ रहा। उस ज़मीन में आपके, मेरे बच्चे पढ़ेंगे। आप जानते हैं, वह मुहल्ला इस मुहल्ले से भी गया गुजरा है। उस मुहल्ले में शहर की कोई सुविधा नहीं। अगर वह ज़मीन हाजी सेठ दखल कर लेंगे तो उस मुहल्ले में बच्चों के पढ़ने की कोई जगह नहीं रहेगी। शहर से दूर पड़ने वाले और महंगे स्कूलों में उस मुहल्ले के बच्चे कैसे पढ़ने जाएंगे? मैं जानता हूं, आप लोग वैसे ही मुहल्लों के वासी हैं। हाजी सेठ के मुहल्ले में आप लोगों के घर नहीं। हाजी सेठ आपके अपने हाथों आपके घर को उजड़वाना चाहता है। सोचिए, उस मुहल्ले के बच्चे आखिर कहां पढ़ेंगे? हाजी सेठ का लड़का विदेश में पढ़ता है। उनके जैसे लोगों के लिए शहर में रोज नए-नए स्कूल खुल रहे हैं। हम पर और आप पर कौन ध्यान दे रहा है, गरीबी, भूखमरी और बीमारी से हम मर रहे हैं। हमारे मुहल्ले के लोग पशुओं की ज़िंदगी जी रहे हैं। हाजी सेठ जैसे लोग कभी हमें इंसान की तरह नहीं जीने देंगे। हाजी सेठ आज उस स्कूल वाली ज़मीन को हड़प रहे हैं। कल हमारे और आपके घरों को उजड़वाएंगे। वहां अपने बंगले बनवाएंगे। तब हम भिखारी बन जाएंगे। सड़क के किनारे हमारा जीना-मरना होगा। आप लोगों ने स्टेशन के पास कराहते-तड़पते भिखमंगों को ज़रूर देखा होगा। वे हाजी सेठ जैसे परिवारों के नहीं, हमारे और आप जैसे परिवारों के हैं। मैं शपथ खाकर कहता हूं, अगर आप लोग उस ज़मीन में स्कूल बनने देना नहीं चाह रहे तो नहीं बनेगा। मैं कौन होता हूं उस बीच में बोलने वाला। आप लोग उस मुहल्ले में जाकर पूछ लीजिए, उस मुहल्ले का बच्चा-बच्चा तैयार है कि यह ज़मीन हाजी सेठ को नहीं हड़पने देंगे। मैं अभी वहीं से आ रहा

हूं। कल सुबह फिर वहां एक आम सभा है। आप लोग जाकर देख लीजिए, आपके अपने बच्चे हैं, जो वहां सीना तानकर खड़े हैं। क्या मजाल कि हाजी सेठ उस ज़मीन पर पहुंच जाएं।"

वह व्यक्ति खड़ा हो जाता है। बोलते-बोलते उसका चेहरा लाल हो गया है। कमरे में धीरे-धीरे टहलते हुए वह बोलता जाता है, "हाजी सेठ मूर्ख हैं। मुझे पता चला है कि वह मेरा सफाया कराना चाहते हैं। वे जानते हैं, मेरे बाद उन्हें कोई नहीं रोकेगा, लेकिन उन्हें नहीं मालूम सारा मुहल्ला जाग उठा है। वे कितने लोगों का सफाया कराएंगे? मैं तो चाहता हूं, हाजी सेठ मुझे मरवा दें। आखिर हमको, आपको, सबको एक दिन मरना ही है।"

वह व्यक्ति देर तक बोलता रहता है। तेगा, सिगू और गनपत माथा झुकाए सुनते रहते हैं। उस व्यक्ति की बातों से वे एक अजीब दुनिया में पहुंच आए हैं। आदमी ऐसे भी होते हैं, उन्हें पता नहीं था। उनके पास तो हाजी सेठ वाली व्याख्या थी कि हर आदमी धन-दौलत के लिए ही कुछ करता है, लेकिन उस व्यक्ति की व्याख्या कुछ और ही थी। तेगा को मन ही मन बहुत अफसोस हो रहा था कि वह क्यों आया? साला हाजी उनसे उनके अपने आदमी को मरवा रहा है। सिगू की आंखें छलछला आईं। काश, वह पहले जानता होता। गनपत को लग रहा था, अब काम नहीं होगा। हाजी को रुपये लौटाने होंगे, इतने सारे रुपये।

वह व्यक्ति पूछता है, "आप लोग चुप क्यों हैं? कुछ बोलिए। जब तक आप कुछ कहेंगें नहीं, मैं कल से उस ज़मीन पर नहीं जाऊंगा।"

तेगा माथा उठाता है। जीवन में पहले कभी उसकी आंखों में आंसू नहीं आए थे, लेकिन आज ये आंसू अचानक कहां से आ गए? तेगा भर्राई हुई आवाज़ में कहता है, "हमें माफ कर दीजिए। हमें कुछ मालूम नहीं था। अज्ञानवश हम यहां चले आए।"

सिगू भी अब अपने को रोक नहीं पाता है। अपनी आंखें पोंछने लगता है। पहली दफा गनपत भी आर्द्र हो उठता है। वह व्यक्ति बारी-बारी से उन सबको गले लगाता है।

अब तक रात के लगभग तीन बज चुके हैं। वह व्यक्ति कहता है, "मैंने

अभी तक कुछ खाया नहीं। आप लोगों ने भी तो नहीं खाया होगा। मेरा खाना रखा है। बांट-बांटकर हम सभी खाएंगे।"

और तेगा तथा उसके साथियों के लाख मना करने के बावजूद वह कमरे के एक कोने में ढके अपने खाने को सामने लाता है। दिन की बनाई हुई छः रोटियां, जो सूख गई थीं। कागज की पोटली में थोड़ा नमक, एक हरी मिर्च और प्याज का एक टुकड़ा।

वह व्यक्ति खाना बीच में रख देता है और उनके हाथ पकड़कर विनयपूर्वक खाने का आग्रह करता है। वे सब खाने लगते हैं। खाते हुए सोचते हैं, हाजी कितना झूठा है। बोल रहा था, वह व्यक्ति गंदी बस्तियों के लोगों को फुसलाकर अपना मकसद साधता है। मजे मार रहा है। साला हाजी बेईमान! दगाबाज!

खाना खा चुकने के बाद वह व्यक्ति सबसे आग्रह करता है, "आप लोग इस समय कहीं न जाएं। चुपचाप यहीं सो रहें। सुबह जाएंगे।"

वह व्यक्ति और वे तीनों ज़मीन पर बिछाई गई चटाई और दरी को अलग-अलग कर उस पर सो रहते हैं। लालटेन बुझा दी जाती है। कोई किसी से कुछ नहीं बोलता, लेकिन हरेक के अंतर में वार्तालाप चलता रहता है। वे आंखें मूंदे इस नई वास्तविकता से साक्षात्कार करते रहते हैं।

सुबह, एकदम तड़के ही वे तीनों उस व्यक्ति को सोए छोड़ वहां से चल देते हैं। उस मुहल्ले को लांध मुख्य सड़क पर आ जाते हैं। अपने मकान की बालकनी में टहलता हाजी सेठ उन्हें दूर से ही दिखाई पड़ने लगता है। परिणाम जानने के लिए वह उन्हीं का रास्ता देख रहा है। वे तीनों हाजी सेठ के पास पहुंचते हैं। उनके चेहरे को देखते ही हाजी को लगता है, आज फिर काम नहीं हुआ। इससे पहले कि हाजी कुछ बोलता, तेगा हाजी के दिए नोटों को उसके ऊपर फेंकते हुए कहता है, "सेठ! मैं तुम्हें चेतावनी देने आया हूं, अगर उस व्यक्ति को कुछ हो गया तो मैं तुझे ज़िंदा नहीं छोडूंगा।

हाजी सेठ चौंकते हुए पूछता है, "क्या बात है? क्या हुआ?"

लेकिन वे तीनों वहां से चल देते हैं। कोई जवाब नहीं देते। हाजी सेठ पुकारता है, "जर रुको तो। मेरा सामान तो दे दो।"

लेकिन उनमें से कोई नहीं ठहरता। गनपत भी नहीं। हाजी सेठ की चिंता और परेशानी एकाएक बढ़ जाती है। उसने एक विदेशी रिवाल्वर काम करने के लिए इन्हें दिया था। इनके देशी हथियारों पर उसे विश्वास नहीं, लेकिन यह क्या? उसक हथियार लौटाए बगैर सब चले जा रहे हैं।

हाजी सेठ की समझ में नहीं आ रहा है कि यह सब कैसे हो रहा है? उसका वार कभी खाली नहीं जाता था। इस काम के लिए उसने सबसे अधिक रुपये फेंके थे। वह आदमी कैसा है? उसने कौन-सा तीर चला दिया है? आज उसका अपना एक हथियार भी गायब हो गया। अचानक यह सब क्या हो रहा है?

हाजी सेठ चिंता और परेशानी में डूबता-उतराता अपनी बालकनी में टहलता रहता है। ठीक इसी समय वह व्यक्ति उसकी ओर आता दिखाई पड़ता है। वह गौर से उस व्यक्ति को देखने लगता है। वह हाजी सेठ की ओर ही आ रहा है। हाजी सेठ के पास आकर वह अपने झोले से उसका विदेशी रिवाल्वर निकालता है और उसे सौंपते हुए कहता है, "सेठजी, आपका हथियार आपके आदमी मेरे यहां छोड़ आए हैं। सोचा, आपको वापस कर दूं।"

सेठ अपना रिवाल्वर ले लेता है, लेकिन सुबह के सर्द मौसम में भी उसके चेहरे पर पसीने की बूंदें चुहचुहा आती हैं। उसके हाथ कांपने लगते हैं। वह रिवाल्वर संभाल नहीं पाता। पास ही रखी कुर्सी पर रख देता है।

वह व्यक्ति वहां से चलने को होता है कि सेठ के मुंह से बोल फूट पड़ते हैं, "क्षमा कीजिएगा, मैं शर्मिंदा हूं। आइए, जरा चाय तो पी लीजिए।"

वह व्यक्ति आगे बढ़ते हुए कहता है, "मेरे पास समय नहीं सेठजी, उस ज़मीन में आज लोगों की आम सभा है। मैं वहीं जा रहा हूं।"

सेठ कहता है, "जरा एक मिनट सुनिए! उस ज़मीन में अब कोई आम सभा मत करवाइए। मैंने निर्णय कर लिया है। अब उस ज़मीन पर मैं नहीं जाऊंगा। अपनी गलती के लिए मुझे अफसोस है।"

वह व्यक्ति पलटकर सेठ की ओर देखता है, सेठ सिर से पांव तक पसीने से भीग गया है और फटी-फटी आंखों से उसे देख रहा है, जिसे एक निहायत तुच्छ और हल्का आदमी समझता था। उस व्यक्ति को चुटकियों में

मसलकर खत्म कर देने की सामर्थ्य सेठ अपने अंदर रखता था, लेकिन आज उस आदमी के सामने सेठ को अपनी अट्टालिका और अपना व्यक्तित्व बौना मालूम पड़ने लगता है। सेठ किसी अज्ञात भय से कांपने-सा लगता है। सेठ की हालत देख उस व्यक्ति के होठों पर मुस्कान की एक हल्की रेखा उभर आती है।

चल खुसरो घर आपने

बस पर चढ़ते हुए मां के कांपते और अशक्त पैरों में जाने कहां से शक्ति आ गई थी। पिछले कुछ समय से वे बिना सहारे के चल नहीं पाती थीं, लेकिन रिक्शे से उतरकर स्वयं बस तक आईं और बिना अधिक सहारा दिए वे बस में भी चढ़ गईं। गांव जाने की आंतरिक खुशी ने जैसे उनके अंदर संतोषजनक आश्वस्ति भर दी थी। वे अतिरिक्त रूप से उत्साहित हो गई थीं। क्षण-भर के लिए अपना रोग-दुःख और वृद्ध अवस्था भी भूल गईं। उन्हें बस में चढ़ाने में उनके पोते राजू ने उनके लिए सीट ले रखी थी। वे अपनी सीट तक पहुंचकर जा बैठीं। उन्हें अपने साथ गांव ले जाने वाली मुनरी दाई भी उनकी बगल में आ बैठी। राजू ने अपने पिता की तरह ही विदा के वक्त कहा..."गांव पर कष्ट हो तो मुनरी के साथ आ जाइएगा दादी...।"

इसी तरह उनके बेटे ने भी अपने क्वार्टर से उन्हें विदा करते हुए कहा था – "वहां अधिक तकलीफ हो तो आ जाइएगा मां।"

उसने मुनरी को भी हिदायत दी – "मां की देखभाल करना। इनकी तबीयत ज़्यादा खराब हो तो सीधे लेकर यहां आ जाना...।"

लेकिन जिस तरह अपने बेटे को उन्होंने कोई जवाब नहीं दिया था, उसी तरह पोते को भी कोई जवाब नहीं दिया। वे जानतीं थीं, उनके बेटे और पोते के कथन स्वयं जवाब थे। फिर इस जवाब का वे क्या जवाब दें?

बस खुल गई। मां ने इत्मीनान से सांस ली। उन्होंने अपना सामान सहेजा। मुनरी को भी सामान पर नजर रखने के लिए चौकस किया। फिर खिड़की से बाहर देखने लगीं। शहर की भीड़ और इमारतों को पीछे छोड़ती

हुई बस आगे भागी जा रही थी। वे पूरे पंद्रह सालों बाद अपने गांव लौट रही थीं...गांव के अपने उस पुश्तैनी घर की ओर, जिसकी एक-एक ईंट से वे परिचित थीं। उनके पति घर को विस्तार दे रहे थे तो वे कहतीं – "अब घर को और बढ़ाना ठीक नहीं। रहने भर हो गया, काफी है। कोई ज़रूरी नहीं कि लड़के यहीं रहेंगे। जहां नौकरी लगेगी वहां उन्हें जाना ही होगा। फिर बुढ़ापे में हमें भी तो बच्चों के साथ रहना है...।"

इस पर जवाब में कहा पति ने – "बच्चे चाहे जहां नौकरी करें, जिन शहरों में घर बसाएं, हमारा एक अपना घर तो होना ही चाहिए, जो हमारा बिल्कुल अपना हो, जिसमें अपनी इच्छा के अनुसार जीने को हमें पूरा अधिकार हो... ।"

तब पति की बात उन्हें नहीं जंची थी। किसी दार्शनिक की तरह उनकी वह बात उन्हें दूर से आती जान पड़ी थी, लेकिन गुजरे समय के बीच तप कर उनकी वही बात अब उन्हें सोलह आने सच लगने लगी थी। उनके पति कितने दूरदर्शी थे। अपने नौकरीशुदा बेटों के शहरिया घर सचमुच उनके लिए ताड़ की छांव साबित हुए। अंततः अपने घर की ओर ही उन्हें लौटना पड़ा, जो बिल्कुल उनका अपना था, जहां इत्मीनान और शांति से रहने का उन्हें पूरा हक था।

अपने उस घर को छोड़कर बेटों के साथ शहर जाते हुए वे कितना रोई थीं। दुल्हन बनकर आने से विधवा होने तक के सच्चे संगी अपने उस आश्रय-स्थल की कुंजी अपनी दाई (दासी) मुनरी के हाथ सौंपते हुए उनका अंतर हाहाकार कर उठा था। उन्होंने मुनरी से भर्राए गले से कहा था – "दोनों जून इस घर में झाड़ू लगाना और संझा-बत्ती दिखाना कभी मत भूलना...।"

अपने उस घर की अगोरिया के लिए ही मुनरी के पास एक बीघे खेत का अनाज हर साल छोड़ देने का वादा किया था तथा दालान की कोठरियों में उसके परिवार को रहने की इजाजत भी दे दी थी। मुनरी से अभी वे बहुत कुछ कहना चाहती थीं, लेकिन बड़े बेटे रविरंजन ने उनका ध्यान अलग कर दिया था – "बस का समय हो गया है मां, अब तनिक भी देर करने पर बस छूट जाएगी...।"

पति की मृत्यु की सूचना पर दाह-संस्कार के लिए गांव आए उनक दोनों बेटे अपनी नौकरी पर उन्हें शहर ले जा रहे थे। मां को अकेले गांव पर कैसे छोड़ें? लोग क्या कहेंगें? लेकिन वे जानती थीं, लोकलाज के भय से नहीं, अपनी ज़रूरत से वे उन्हें ले जा रहे थे। नौकरी में आने के बाद मां-बाप की मर्जी के खिलाफ शहरिया छोकरियों से उन्होंने ब्याह रचाया था। उस ब्याह के बाद से ही वे कटते गए थे। बीमार पिता की उपेक्षा में जब उन्हें लोकलाज का ख्याल नहीं रहा, तो उनको लेकर क्या ख्याल? गांव के समाज के बीच तो उन्हें रहना था नहीं कि गांव की टीका-टिप्पनियों का उन पर असर होता। कभी पर्व-त्यौहार या घटना-दुर्घटना के वक्त गांव आने वाले व्यक्ति पर गांव की टीका-टिप्पणियों का कैसा असर? लेकिन रविरंजन की पत्नी मां बनने वाली थी, इसलिए उनका जाना जरूरी था। वे रविरंजन, श्यामरंजन और उनकी बहुओं के साथ चल पड़ी थी। जाते हुए मुड़-मुड़कर उन्होंने दो-तीन बार अपने घर को निहारा था। घर की वह अंतिम छवि उनके मन में आज तक यथावत् बनी हुई थी। वे चाह रही थीं कि बस जल्द से जल्द उनके गांव पहुंच जाए, ताकि उस छवि को वे फिर से यथार्थ में पा सकें।

उदवंतनगर बस ठहराव आने पर उन्हें स्मरण हो आया, यहां का खुरमा मशहूर होता है। पति के साथ कभी शहर आतीं तो इस बस ठहराव का खुरमा अवश्य खरीदतीं। उनका मन बच्चों की तरह मचल उठा। खिड़की से ही दुकानदार को बुलाकर उन्होंने कुछ खुरमा ले लिया। दो-एक टुकड़ा स्वयं खाने लगीं तथा एक-दो मुनरी को भी दे दिया। खुरमा खाने के बाद थर्मस का पानी पी वे राहत की सांस लेने लगीं।

बस में भीड़ बढ़ती जा रही थी। हर पड़ाव पर उतरने वालों की अपेक्षा चढ़ने वालों की संख्या अधिक होती। भीड़ के बारे में पूछने पर उन्हे पता चला, 'लगन' की वजह से भीड़ बढ़ी है। शादी-ब्याह के सिलसिले में लोगों की 'आवा-जाही' में बढ़ोतरी हुई है। इससे पहले वाली बस पर तो तिल धरने की जगह नहीं थी। ऊपर से नीचे तक लोग लदे थे। देखते-देखते इस बस में भी भीड़ इतनी बढ़ गई कि मां एवं मुनरी के पास भी लोग सटकर खड़े हो गए। वे भीड़ को देख घबराहट महसूस करने लगीं। अधिक भीड़-भाड़ अब

बर्दाश्त नहीं कर पातीं। पति की मृत्यु के सदमे ओर गिरती उम्र ने उन्हें अंदर तक कमजोर बना दिया था। भीड़ की ओर देखना और अपने आसपास भीड़ महसूस करना जब उनके लिए असहय होने लगा तो वे खिड़की से माथा टिका, आंख मूंद, बाहर की हवा में होने का अनुभव करने लगीं...।

अपनी जरूरतों पर बेटे एक-दूसरे के यहां से उन्हें ले जाते रहे। रविरंजन के तीनो बेटों एवं श्यामरंजन की दोनों बेटियों की माय वही बन गई। महरी के अभाव में घर के अधिकांश कार्यों की जिम्मेवारी उन्हीं पर थी। कोई जरूरत हो, तो 'मां है ही', लेकिन इस बात को लेकर उनके मन में कभी कोई मलाल पैदा नहीं हुआ। यह तो उनका 'सुहाग-भाग' है। वे अपने वंश के लिए, अपने खुद के परिवार के लिए कर रही हैं। इससे उपयुक्त उनकी सार्थकता और क्या हो सकती है? पर बच्चों के होशगर होते ही अपने प्रति अपने बेटा-पतोहू के बदलते नजरिए ने उन्हें दुखित करना शुरू कर दिया। अब अपनी उपस्थिति से घर के बोझिल होते माहौल को स्पष्ट अनुभव वे करने लगीं। घर के कमरे से उनका बिस्तरा आंगन के बरामदे में आ गया। उनका वह कमरा बच्चों का रीडिंग रूम बन गया। बाद में आंगन के बरामदे से भी स्टोर की कोठरी में उनकी जगह निर्धारित की गई। आंगन का बरामदा तो डाइनिंग टेबल के लिए बना था। घर के हर व्यक्ति एवं हर चीज की अपनी जगह निश्चित थी, लेकिन उनकी कोई निश्चित जगह नहीं दोनों बेटों के यहां उनकी जगह बदलती रहती। घर में आए नए सामान या विस्तार लेती इच्छाओं के लिए उनकी जगह की ही कटौती की जाती। इस स्थिति से भी उन्होंने समझौता कर लिया। बेटों के क्वार्टर छोटे हैं। उनके लिए वे जहां जगह निकाल दें, रह लेंगी। अब उन्हें अच्छी और अधिक जगह की क्या ज़रूरत? लेकिन जब उनकी देह थक गई, बुढ़ापे की बीमारियों ने आ दबोचा, अपनी सेवा की उन्हें ज़रूरत हुई तो अपने दोनों पुत्र-परिवारों के लिए बोझ बन गईं। जो लड़के अपनी ज़रूरत पर उन्हें खुद ले जाते थे, वे अब अपने यहां उन्हें रखने से कन्नी काटने लगे – कौन करेगा सेवा? किसे फुर्सत? कौन यह परेशानी मोल ले? बेटी नीना से जब उनका दुःख देखा नहीं गया तो वह अपने साथ उन्हें ले गई। नीना ने अपनी ओर से उनकी

सेवा का पूरा प्रयास किया। पर नीना के पति के व्यवहार ने उन्हें वहां भी टिकने नहीं दिया। अपनी वजह से उन पति-पत्नी की रोज होने वाली लड़ाई से वह अवगत थी।। नीना को डांटते हुए उसके पति की बात भी सुन चुकी थीं – "सब कुछ तो इस बुढ़िया ने अपने सपूतों को दे रखा है। इसके मरने के बाद भी इसकी जायदाद वहीं हड़पेंगें। इसके बावजूद बुढ़ापे में हमें पेरने आ गई है...।"

और अंततः उन्हें पुनः अपने उन सपूतों के यहां ही लौट आना पड़ा। पर बेटे भी स्वेच्छा से उन्हें रखने को कहां तैयार? पत्नी-प्रेरित उनके बेटे यह चाहते कि वे उनके यहां न रहकर दूसरे भाई के यहां रहें। उनको रखने के सवाल पर ही आपसी विवाद के तहत एक ही शहर में रह रहे उनके बेटों ने 'पारी' तय की कि एक-एक माह मां उनके यहां रहेंगी। जिस दिन उनको रखने के लिए बेटों ने यह पारी तय की उस दिन अंदर से एकदम टूट गईं। अपने पति को याद कर खूब रोईं। जिस दिन के लिए बेटों को पाला था, वह दिन आने पर वे इस तरह विमुख हो गए। इस स्थिति में दोनों बेटों के यहां न रहने और पुनः अपने गांव लौट जाने का अपना निर्णय भी उन्होंने सुनाया, लेकिन किसी ने उनके निर्णय पर कान नहीं दिया। इस हालत में उन्हें लेकर गांव छोड़ने कौन जाता? गांव पर किसके हवाले उन्हें सुपुर्द करता, पिताजी अकेले थे। उनके कोई भाई-भतीजे भी तो नहीं। विवश-लाचार वे उनके समझौते के अनुसार ही जीने लगीं। वे लक्ष्य करतीं, एक ही महीने के अंदर उनके दोनों पुत्र-परिवार उनसे ऊब जाते। जल्द-से-जल्द उनकी 'पारी' खत्म हो और दूसरे की आ जाए, इसके लिए वे बेचैन रहते। शायद यह सोचकर ही उन्होंने छह-छह महीने की पारी न रख, एक-एक महीने की रखी थी। इस एक-एक महीने की पारी से मां को और कष्ट था, लेकिन उनके कष्ट का बेटों के यहां कोई निदान नहीं। उनकी पारी आने पर तो वे आफत महसूस करते और पारी खत्म होने पर राहत। पारी अवधि में अधिक बोलने, काम न करने और पड़े-पड़े परेशान करते रहने के लिए बहुएं उन्हें ताने और उलाहने देती रहतीं। उन्हें लगने लगा था, अपने बेटों की सुखी गृहस्थी के बीच वे खलल हैं। उनके ऊपर एक अनचाहा बोझ। उनके नए कपड़ों पर भद्दा

पैबंद। इस नारकीय स्थिति से निजात पाने के लिए वे अंदर ही अंदर बेचैन हो उठी थी। शायद उनकी आंतरिक बेचैनी की पुकार पर ही मुनरी अपने नादान पोते के इलाज के लिए शहर आई थी। उनके पास रहकर ही मुनरी ने पोते का इलाज कराया। एकांत में मुनरी से उन्होंने सारी व्यथा कह सुनाई। मुनरी का पति उनके यहां लंबे समय तक चरवाह था और वह तो प्रारंभ से ही उनके घर की दाई थी। मालकिन की व्यथा सुन मुनरी रो उठी। उसके जीते जी मालकिन की यह हालत। आड़े वक्त मालकिन द्वारा की सहायता उसके सामने आ गई। उसने जिम्मेदारी लेते हुए उनके पुत्रों से कहा – "मालकिन के हम गांव ले जइबो। इनका के कवनो तकलीफ ना होखे देबो। जी भर के सेवा करबो। आपन बाप-मतारी से भी अधिक समझबो...।"

उनके बेटे सुनते ही तैयार हो गए। वे तो मन-ही-मन यह चाह रहे थे। मुनरी माध्यम और अवसर बन गई। उनकी जिम्मेवारी ले ली। बिल्ली के भाग से सिकहर टूट गया। उन्होंने मां के प्रति ऊपरिया श्रद्धा व्यक्त करते हुए कहा – "मां को अच्छी तरह रखना मुनरी, इन्हें किसी बात की तकलीफ न होने देना। गांव जाने के लिए इनका मन काफी समय से बेचैन था। शायद गांव जाने पर इनका स्वास्थ्य भी ठीक हो जाए। वहां के शुद्ध हवा-पानी का इन पर अच्छा असर होगा...।"

मुनरी अपने पोते को बहू के साथ दो दिन पहले ही भेज चुकी थी। आज उनको ले गांव चल पड़ी। मुनरी के साथ अपने बेटों के क्वार्टर से निकलते हुए मां ने प्रेम एवं आत्मीयता से मुनरी को निहारा। उनकी अनुभवी आंखों को यह पहचानते देर नहीं लगी कि उनके प्रति मुनरी के चेहरे पर स्नेह और सहानुभूति के सच्चे भाव उभर आए थे। दरमाहा की दाई ने दुर्दिन का साथ स्वीकार किया। उन्होंने भी मन-ही-मन तय कर लिया कि इस बार बेमांगा दरमाहा देंगी मुनरी को। अपने खर्चे से जो बचेगा, सब उसे सौंप देंगी। अपने सपूतों के लिए बचाकर कुछ नहीं रखेंगी। अपने शिक्षक पति का पेंशन उन्हें मिलता ही है। खेतों का 'मनी' (अनाज का निर्धारित हिस्सा) भी आता है। एक पेट पर वे कितना खर्च करेंगी? खूब मजे से रहकर भी मुनरी के परिवार के लिए काफी बचा लेंगी। उसका परिवार तो उन्हें सिर-आंखों पर बिठाए

रहता है। तनिक अच्छा बोल देने और मौके-बेमौके कुछ दे देने से ही वे कितने खुश हो उठते थे। अब तो उन्हें अपना परिवार बनाकर रहेंगी। दुबारा अपने सपूतों के घर नहीं लौटेंगी...।

बस के चलते रहने और पड़ावों पर रुकते जाने का अनुमान मां आंख बंद किए ही करती जा रही थीं, लेकिन तीन-चार पड़ावों के बाद जब एक जगह बीच में ही बस रुक गई और लोगों का शोरगुल सुनाई पड़ने लगा तो उनकी आंख खुल गई। देखा, उनकी बस से आगे, जहां तक दृष्टि जाती थी, सवारियों का जमघट लगा था। सवारियों से नीचे उतर लोग सड़क के किनारे जमा होते जा रहे थे तथा हैरत और दहशताने अंदाज़ में एक-दूसरे से कह-सुन रहे थे। उनकी बस के अधिकांश यात्री भी सड़क जाम का कारण जानने के लिए तेजी से नीचे उतरने लगे। मुनरी ने तत्क्षण जानकारी लेकर उन्हें बताया कि आगे सड़क पर दो-तीन लाशें पड़ी हैं। लाशों के पास खड़े लोगों ने सड़क को जाम कर रखा है।

"तो क्या किसी सवारी से कुचली लाशें हैं? ऐसा कैसे हुआ? कब हुआ? किस गाड़ी ने किया? क्या ड्राइवर पीये हुए था?" — मां के मन मे तरह-तरह की जिज्ञासाएं उठने लगीं, लेकिन सड़क पर खड़े एक व्यक्ति से जानकारी प्राप्त कर उनकी जिज्ञासाएं आश्चर्य में बदल गई। यथार्थ कुछ और ही था। मामला सड़क दुर्घटना का नहीं। बगल के गांव में दो वर्गों में हुए खूनी संघर्ष में मारे गए लोगों की लाशें सड़क पर बिछाकर यातायात अवरुद्ध कर दिया था। मंत्रियों एवं अधिकारियों के घटना-स्थल पर पहुंचने और फैसला होने तक वे सड़क जाम तोड़ने वाले नहीं।

मां को यह बात समझ में नहीं आ रही थी कि विरोध-प्रदर्शन का यह कैसा तरीका है? निर्दोष यात्रियों को रोकने और बेगुनाह वाहनों को परेशान करने से उन्हें क्या फायदा? उन्होंने कई लोगों से पूछा भी। झल्लाए हुए लोगों में से कुछ ने तो उनकी बात का कोई जवाब नहीं दिया। पर एक अधेड़ उम्र के व्यक्ति ने उन्हें समझाया — "माता जी, पहले की तरह कायदे से जीवन की डगर पर चलने में अब किसी को विश्वास नहीं रहा...।"

उन्हें उस व्यक्ति की बात बिल्कुल सही लगी। लाखों लोगों का नुकसान

हो जाए और अपना हित सध जाए, लोगों का उद्देश्य बस यही बनता गया है। उनके खुद के बेटों ने ही जीवन की डगर पर कायदे का पालन कहां किया...?

बीतते समय के अनुसार लोगों की झल्लाहट और बौखलाहट बढ़ती जा रही थी। कइयों के साथ नादान बच्चे और मरीज थे। कइयों को अपने गंतव्य तक समय से पहुंचना जरूरी था, लेकिन जाम टूटने की खीझ भरी प्रतीक्षा के सिवाय कोई विकल्प भी तो नहीं। समय व्यतीत करने के लिए खैनी-बीड़ी खाने-पीने तथा चार-पांच की टुकड़ियों में बंटकर लोगों ने गप्पे लड़ाने का कार्य भी शुरू कर दिया। कुछ लोग तो सड़क के किनारे वृक्षों के नीचे अंगोछा बिछाकर लेट गए। नौजवान लोग इधर-उधर ताश की पत्तियां फेंटने लगे।

मां का कमजोर हृदय पुनः घबराने लगा तथा उनके पांव पिराने लगे। इस अवस्था में देर तक उनसे नहीं बैठा जाता, वह भी बस की सख्त और छोटी सीट पर तथा सीधा तनकर। इसके साथ ही बच्चों की तरह उनका मन इस चिंता से भी अधीर होता जा रहा था कि अब क्या होगा? कब पहुंचेगी अपने घर? उनकी योजना दिन में ही अपने घर पहुंचने की थी, ताकि अपने घर को वे नजर भर देख सकें और टोला-पड़ोस के लोगों से मिल सकें, लेकिन दुर्भाग्य ने उन्हें मार्ग के बीच में ही अटका दिया। मुनरी ने उनकी परेशानी भांपकर उन्हें ढाड़स बंधाया – "आपु फिकिर नहि करो मलकिन, हम जो तोहरे साथ हौं। गाड़ी जबै खुलबो तबै चलबो, एह में चिंता काहे। खाना हमरे पास हइये है...।"

घर से चलते हुए मां के संकेत पर सत्तु की मकुनी और पटल की भुंजिया बनाकर ले लिया था मुनरी ने। बहुएं स्वयं बनाकर नहीं देतीं अगर मुनरी ने न बनाया होता। गांव कब पहुंचेंगी, खाना कब बनेगा, यह सोचकर ही मां ने रास्ते के खाने का इंतजाम कर लिया था।

मां के पिराते पैरों और आराम की इच्छा के लिए यह संयोग ही साबित हुआ कि बस प्रायः खाली हो गई थी। अधिकांश यात्री नीचे उतरकर हवा खाने और समय व्यतीत करने लगे थे। मुनरी ने एक लंबी सेट देख उस पर मां को लिटा दिया – "आपन हाथ-पांव सीधा करि लौ मालकिन...।" उसने

तकिये के रूप में एक गठरी मां के माथे के नीचे बढ़ा दी तथा स्वयं मां के पैताने बैठ उनके पांव टिपने लगी। मां ने अपनी आंखें पुनः बंद कर लीं। इस बुढ़ापे में बच्चों और शुतुरमुर्ग की तरह आंख बंद कर समस्याओं से बचने की नादान कोशिश की वे शिकार होती जा रही थीं। हालांकि बंद पलकों के भीतर भी उन्हें शांति कहां? तब तो अंदर का जख्म और रिसने लगता।

उनके जीवन का एक बड़ा भाग व्यतीत हो चुका था। सुख-दुख, उतार-चढ़ाव और हानि-लाभ की असंख्य घटनाएं उनके उस व्यतीत जीवन में घट चुकी थीं। पर चाहते हुए भी सबको वे याद नहीं रख पाई। समय की रेत में वे अनाम ढंग से गुम होती गई। सब कुछ याद नहीं रख पाता आदमी, लेकिन अपने बहू-बेटों के कटु वचन और बेधक बोल वे कभी नहीं भूल सकीं। वे बोल सदैव उनके मन को सालते और मथते रहे। उन्होंने भरसक कोशिश की कि उन बोलों को वे याद न रख सकें। किसी और के नहीं, उनके खुद के बहू-बेटों के ही तो कहे हैं पर चाहते हुए भी वे ऐसा नहीं कर सकीं। शायद कटु वचनों की चुभन से आदमी मुक्त नहीं हो पाता। सोते-जागते, उठते-बैठते हर वक्त वे कड़वे बोल अपनी टीस के साथ उनके अंदर अपनी मौजूदगी बनाए रहे...।

बुढ़ापे और बीमारियों की मार ने जब गृहकार्य के लिए उन्हें असमर्थ बना दिया तो उनकी दुनिया अपने कमरे के इर्द-गिर्द ही सिमटती चली गई। तब एकाकीपन उन्हें काटने दौड़ता। वे चाहतीं कि रविरंजन के जिन बच्चों की उन्होंने परवरिश की है, वे उनके पास भी रहें। रविरंजन की पत्नी भी बीच-बीच में आकर उनकी खोज-खबर ले ले। ऑफिस से आते-जाते रविरंजन भी उनका कुशल-समाचार पूछ जाया करे। पर जब किसी का ध्यान उनकी ओर नहीं गया तो एक दिन उन्होंने रविरंजन से शिकायत की – "मैं कोई भूत-प्रेत नहीं कि इस तरह अकेले पड़ी रहूं। मेरे पास कुछ देर तक भी रहने और बैठने का समय किसी को नहीं। मुझे किस चीज की ज़रूरत है, इसका भी किसी को ख्याल नहीं...।"

जवाब में रविरंजन की पत्नी ने अपने पति को ऐसा उल्टा-सीधा पढ़ाया कि वह मां पर ही बिगड़ उठा – "आराम से रहते-रहते आपका दिमाग खराब

होता जा रहा है मां। सारी दुनिया चाहती है कि उसे आराम से रहने को मिले। बना-बनाया खाना मिल जाए। कोई जिम्मेवारी न हो, लेकिन आपकी समस्या विचित्र है। अब आपके मनोरंजन के लिए मैं किसे तैनात करूं? मैं आपसे ही पूछता हूं, किसके पास इतना समय है? बच्चों की पढ़ाई छुड़ा दूं या स्वयं नौकरी छोड़ दूं? अकेले पत्नी को तो दिनभर खटने से ही फुर्सत नहीं, आपके बढ़ गए काम भी तो उसी के जिम्मे हैं..।"

उसके बाद फिर कभी अकेलेपन का जिक्र नहीं किया उन्होंने। रविरंजन के वे तीखे शब्द सदैव गूंजते रहे उनके कानों में। न चाहते हुए भी उन्हें अकेलेपन से समझौता करना पड़ा, लेकिन फिर दूसरी चुभन। उन्होंने यह इच्छा व्यक्त की कि सुबह समय से वे स्नान आदि कर लें। और समय से उन्हें खाना मिल जाया करे, उन्हें ठंडा खाना अच्छा नहीं लगता। कभी-कभार उनकी रुचि पूछकर बहू उनकी पसंद की चीजें भी बना दिया करे। बुढ़ापे में इच्छित चीजें खाने की चाह प्रबल हो जाती है, पर उनकी उपस्थिति से तो ऐसे ही जली-कुढ़ी बहू इस बार स्वयं आगबबूला हो उठी – "सुबह बच्चों को स्कूल भेजने और इनके (पति के) दफ्तर जाने की तैयारी छोड़ मैं आप में लग जाऊं, यही चाहती हैं आप? आप जैसा स्वार्थी मैंने कहीं नहीं देखा। आपको जितना भी करो फिर भी आपको संतोष नहीं। जब शरीर से कुछ होने वाला नहीं तो रोज नहाने की क्या जरूरत? अब किस-किस की रुचि का मैं खाना बनाऊं? हर घर में तो पति और बच्चों की रुचि के खाने बनते हैं। जिसे अपने से कुछ होने वाला नहीं उसे दूसरो को परेशान करने का कोई हक नहीं...?"

बहू के इस मर्मबेधी प्रहार के बाद फिर दुबारा कुछ भी कहने का उनका हिवाय जाता रहा। असमय मे प्राप्त ठंडा, बासी और अरुचिकर खाना खाती रहीं। बहू की इच्छा पर सप्ताह में एक या दो बार कपड़े बदलती रहीं। उनकी इच्छा होती कि स्वयं अपने कपड़े साफ कर लें। इसके लिए बहू पर निर्भर न रहें। उन्होंने ऐसी कोशिश भी की, लेकिन सख्त चापाकल चलाकर पानी निकालने और मजबूती से कपड़े फींचने की उनकी शक्ति जाती रही थी।

कष्ट और अकेलेपन से ऊबकर मां ने अपनी हमउम्र एक पड़ोसन से

दोस्ती गांठ ली। अपना दुःख-दर्द उसे सुनाकर हल्का होने का माध्यम वे पा गईं, लेकिन जाने कैसे उनकी बातें बहू के कानों तक पहुंच गईं। फिर उसने उनके बेटे के ऐसे कान भरे कि प्रतिक्रिया में रविरंजन उनके सामने आ गया – "मैं ऐसी बेइज्ज़ती नहीं बर्दाश्त कर सकता मां। आपके चलते तो हम ऐसे ही परेशान हैं, टोले-मुहल्ले में कुचरई कर हमें और परेशान न करें। जिस थाली में खाना उसी में छेद करना...।"

उन्होंने सफाई देनी चाही, लेकिन रविरंजन उनकी एक सुनने को तैयार नहीं था – "यह गांव नहीं है मां, शहर है शहर। यहां गांवों की तरह कहा-सुनी नहीं चलती। कौन क्या है, कोई किसी की थाह नहीं जानता। मैं आगाह कर देता हूं कि आइंदा से टोले-मुहल्ले की किसी बुढ़िया से आपको मेल-जोल नहीं रखना...।"

पर कटे पक्षी और सलाखों के बीच घिरे कैदी की भांति वह छटपटाकर रह गईं। मारेंगे भी और चूं नहीं करने देंगे। घुटघुटकर मरो, लेकिन टोले-मुहल्ले के लोग जानने न पाएं। श्यामरंजन के यहा भी कमोबेश यही स्थितियां। कुछ मामलों में तो इससे भी बढ़-चढ़कर। उनको लेकर दोनों बहुएं एकमत थीं कि वर्ष में छह माह मुसीबत और परेशानी बन वे उनके गले आ लटकती हैं। श्यामरंजन ने तो खीझकर यहां तक कह दिया – "अपनी पारी में आप पेर कर रख देती हैं। परिवार का सारा सुख-चैन खत्म हो जाता है। हमारे परिवार के अनुकूल रहना हो तो चुपचाप रहा करें, अधिक उत्पात मचाना हो तो भैया के यहां ही रहें...।"

अचानक लोगों के बीच पैदा हुई अफरा-तफरी और उत्साहजनक जयकारियों से मां की आंख पुनः खुल गई। लोग तेजी से बस में चढ़ने और अपनी सीट पर बैठने लगे थे। सड़क की जाम टूट गई थी। मुनरी के सहारे मां भी अपनी सीट तक चली आई। पता चला, डी.एम. एवं एस.पी. के तत्क्षण आगमन, हत्यारों को कड़ी सजा देने के आश्वासन और मृतक परिवारों के नाम मुआवजे की राशि की घोषणा के बाद पथ-अवरोधकों ने सड़क को जाममुक्त किया। जैसे हो, बस खुल गई। मां की जान में जान आई। वे मन-ही-मन ईश्वर को गुहारने लगीं कि बीच में फिर कोई अवरोध उत्पन्न

न हो। उन्होंने खिड़की से बाहर देखा, शाम घिरने लगी थी। अगर मुदइयों ने सड़क का मार्ग इस तरह बाधित नहीं किया होता तो अब तक वे कभी अपने घर पहुंच गई होती...।

ड्राइवर ने रफ्तार तेज कर दी थी। विलंब की क्षतिपूर्ति तो वह नहीं कर सकता था, लेकिन अपने गंतव्य तक अब शीघ्र पहुंच जाना चाहता था। इस बीच अंधेरा भी चुपक से आ पसरा था। बस के भीतर की बत्तियां जल उठी थीं। बाहर का दृश्य अब मां की आंखों से ओझल हो गया था। बस आगे जा रही है कि पीछे? कहां तक बस पहुंची है? उनके गांव का बस पड़ाव कब आएगा? अंधेरे में मां को कुछ भी समझ नहीं आ रहा था। अंधेरा घिरते ही मां-बाप के साथ यात्रा कर रहे बच्चों की भांति उनका ध्यान मुनरी पर आ टिका। निश्चित स्थान आने पर उनका हाथ पकड़कर मुनरी स्वयं उतार लेगी। पिछले कुछ समय से वे अनुभव कर रहीं थीं, बुढ़ापे में बचपन की तरह आश्रय एवं अवलंब की चाह उनके अंदर पैदा हो गई थी। आकांक्षाएं और रुचियां भी बच्चों की तरह आतुरता भरी हो गई थीं।

जब मुनरी ने कहा – "आपन गांव आ गयो मलकिन।" तो उनकी खुशी की सीमा नहीं। उनकी सारी थकान जैसे खत्म हो गई। फिर जाने कहां की शक्ति उनके अंदर आ समाई। बिना मुनरी का सहारा लिए वे स्वयं बस से नीचे उतर आईं। पीछे से मुनरी भी सारा सामान ले आई। अपने गांव की ज़मीन पर पैर रखते ही मां का अवसाद-भरा मन ताजगी से भर गया। वे हुलसित-पुलकित हो उठीं। शायद अपनी ज़मीन के स्पर्श का प्रभाव था। वे आंखें फाड़-फाड़कर सारे परिचित स्थलों को देखने लगी। अंधकार में सब कुछ उन्हें दिख तो नहीं रहा था, लेकिन जो कुछ नजर आ रहा था, उसे पहचानकर सुखद अनुभूति उन्हें हो रही थी।

अपना भारी सामान नंदू साव की चाय की दुकान पर छोड़ मुनरी के साथ मां अपने घर की ओर चल पड़ीं। अपने गांव के इस बस ठहराव से उनका घर नजदीक ही था। नंदू की दूकान के पीछे छह-सात घरों के बाद ही उनका घर। वे लंबे-लंबे डग भरते हुए अपने घर की और बढ़ चलीं। उन्हें ऐसा लगा, जैसे गांव की चिर-परिचित गलियों और टोला-पड़ोस के मकान

सजीव हो आए हों और उनसे पूछ रहे हों – "अब तक कहां थी आप?" मां की बांह पकड़कर साथ चल रही मुनरो को भी आश्चर्य हो रहा था कि इतना तेज कैसे चलने लगी हैं मालकिन?

अपने घर के पास पहुंचने पर तो किसी बिछुड़े प्रियजन से मिलन की भांति मां की आंखों से झर-झर आंसू बरसने लगे। क्षण-भर के लिए अपने घर को वे अपलक निहारती रहीं। अंधकार में भी उसका बाह्य कलेवर उन्हें दिख रहा था। उनकी इच्छा हो रही थी कि अपने इस बिछुड़े घर को अपनी बांहों में कसकर बांध लें। अपने इस घर से बिछुड़कर कितना दुःख पाया उन्होंने...।

मुनरी का परिवार उनके दरवाजे पर ही रहता था। दरवाजे के पास पति ने दालान के रूम में दो कोठरियां बनवा रखी थीं – एक बैठक के लिए तथा दूसरी मवेशियों को रखने के लिए। बेटों के साथ शहर जाते हुए मां ने दालान की इन्हीं कोठरियों में मुनरी के परिवार को बसा दिया, ताकि नजदीक रहकर वे उनके घर की अच्छी तरह देखभाल कर सकें। दालान के सामने चौकी पर बैठे मुनरी के पति जगत्तर की नजर जैसे ही मां पर पड़ी, वह खुशी से उछल-सा गया – "पाय लागो मलकिन...। राह तकते-तकते तो आंख पथरा गईं। काहे अतना देर करइ लो मलकिन?"

दालान पर जल रह ढिबरी की रोशनी में मां को जगत्तर साफ-साफ नजर आ रहा था, जो असमय ही बूढ़ा हो गया था। उसके माथे के बाल बिल्कुल सफेद हो चुके थे। आगे के प्रायः सभी दांत टूट गए थे। चेहरा झुर्रियों से भर गया था। वे जब दुल्हन बनकर आईं थीं तो बच्चा था जगत्तर। उनके सामन इसका शादी-ब्याह हुआ। गरीबी और अभाव ने उसे असमय में ही इस रूप में पहुंचा दिया था। उन्होंने बस के विलंब का कारण जगत्तर को बताया तथा नन्दू की दुकान से अपना सामान ले आने को कहा।

उनके आगमन से जगत्तर बेहद उत्साहित हो गया था। होश संभालने के बाद से वह उनके यहां ही चरवाह रहता आया था। उनके अन्न-पानी पर ही पला था। उसने फुर्ती से उनके मकान का ताला खोल, निकसार में बिछी चौकी अपने अंगौछे से पोंछ, उन्हें बैठाया। अपने मकान के प्रवेश-द्वार वाले

इसी कमरे में बैठकर वे गांव के लोगों से मिलती-जुलती थीं। अपनी पूर्व परिचित जगह पर बैठ उन्होंने आंतरिक सुख का अनुभव किया, जैसे रास्ते की सारी थकान मिट गई हो। उन्हें बैठाकर जगत्तर एक उड़ान में नन्दू की दुकान से उनका सारा सामान ले आया। इधर मुनरी के आदेश पर उसकी बहू तत्क्षण कठौते में पानी लेकर आ गई और मां के पांव धोने लगी। मां की आंखों में फिर आंसू आ गए। काश। उनकी बहुओं ने एक दिन के लिए भी उन्हें यह सम्मान दिया होता। अपने इस घर को छोड़कर उन्हें हरगिज नहीं जाना चाहिए था। यह उनके पति की विरासत है। यह उनका अपना घर यहां की वे स्वामिनी हैं।

"दादी का खइबो? भात-दाल बना देंऊ कि साग-रोटी?" — मुनरी की बहू ने पूछा। यह मुनरी की वही बहू थी जो अपने बेटे के इलाज के लिए मुनरी के साथ शहर गई थी। मां ने उसे प्यार से समझा दिया — "मेरे लिए कुछ भी मत बनाओ। रास्ते के लिए साथ लाई मकुनी-भुंजिया अभी ज्यों-की-त्यों है, उसी में से थोड़ा खा लूंगी। थकान में मुझसे अधिक खाया नहीं जाता। अब पहले की तरह पचता भी नहीं...।"

हालांकि जगत्तर ने भी निवेदन किया — "अभी कवनो कुबेर नहीं भयो मलकिन। अभी तो सांझ भई हो। रचिका भी संकोच ना करब। पलक झपकते बनि जइबो गरम खाय।"

पर जगत्तर को भी उन्होंने मना कर दिया। एक मकुनी और थोड़ी-सी भुंजिया अपने लिए रख, शेष जगत्तर के परिवार को ही दे दिया।

निकसार की चौकी पर बैठ ये मकुनी खाने लगी और पास ही ज़मीन पर बैठकर जगत्तर उन्हें बताने लगा — "जब से पतोहिया बताइस है कि आपु आइ रइयो है, तब से सउंसे गांव आपु से भेंटे खातिर घर कोड़ि देले हौ। आजु बेर गिरे तक मेहरारुअन के जमघट यहां लागि रह्यो...। राधाचरण बो तो अपनकु राह ताकि कै अभी गैलौ...। भिनुसारे सब पहुंचिहौं। कल अपनु से भेंटै खातिर भीरी लग्यो। आप ने केहू का अनभल नहीं तक्यो, सबका हित कियो। सबु आपकौ याद करत हौ...।"

जगत्तर की बात ने मां को फिर रुलाना शुरू कर दिया। न जाने क्यों

अब बात-बात पर आंसू आ जाते हैं। यहां की उनकी दुनिया कितनी अपनी है। कितनी प्यारी। स्वतंत्र। कहीं कोई रोक-टोक नहीं। कोई बंदिश नहीं। यह उनके पूर्व जन्म के किसी पाप का ही फल था कि अपनी इस चहेती दुनिया को छोड़ बेटों की 'काल-कोठरी' में उन्हें जाना पड़ा। उनका मन अपने टोला-पड़ोस की महिलाओं से मिलने के लिए अंदर ही अंदर मचल उठा। राधाचरण बो का नाम सुन तो उनके मन में ऐसा हिलोर उठा कि अभी दौड़कर राधाचरण बो के घर पहुंच जाएं और उन्हें अकवारी में बांध लें। वे दोनों एक ही दिन इस गांव में दुल्हन बनकर आई थीं और एक ही दिन मां बनी थीं। दोनों ने एक-दूसरे को ऐसा स्वीकार किया था कि जो बात अपने पति से भी नहीं कहतीं, एक-दूसरे से बतिया लेतीं। उनके पतियों में भी दांतकाटी दोस्ती थी, लेकिन रात हो गई जान, चाहते हुए भी वे राधाचरण बो के यहां नहीं जा सकीं। सुबह जी भरकर बतिआएंगी...। अब राधा बहिनिया से कभी दूर नहीं जाएंगी...।

"अपुन का बिछावन कवना घर में लगा देयों मलकिन?" – जगत्तर के यह पूछने पर उन्होंने चट जवाब दिया – "कोनासिल वाले मेरे घर में।"

कोनासिल वाला वह कमरा उनका प्यारा कमरा था। उसी कमरे में वे रहती थीं। जब वे दुल्हन बनकर आई थीं, यह मकान बन रहा था। वही एक कमरा साबुत था। उस कमरे में रहकर ही अपने पति के साथ उन्होंने पूरा घर बनवाया। घर पूरी तरह बन जाने के बाद भी अपने लिए उन्होंने वही कमरा रखा। वह उनका 'सगुनवती' कमरा था। बिल्कुल अपना। जगत्तर और मुनरी भी यह बात जानते थे। सिर्फ उनके मुंह से सुनने के लिए ही जगत्तर ने पूछा था।

निकसार को लांघ मां आंगन में आ गई। बड़ा-सा उनका आंगन था। आंगन चारों ओर से बरामदों से घिरा था। बरामदों के भीतर ही सभी कमरों के दरवाजे खुलते थे। उनका कोनासिल वाला वह कमरा पूरब के कोने पर था। एक क्षण तक आंगन में खड़ी होकर वह पूरे घर का मुआयना करती रहीं। घर भी जैसे उन्हें पाकर आंखें फाड़े निहारता रहा। दीवारों के झड़ते पलस्तर तथा फीके पड़ गए रंग उन्हें अंदर तक कचोट गए। उन्हें लगा, जैसे

उनका घर उन्हें उलाहना दे रहा हो कि ज़ब छोड़ना ही था तो इतने नेह से क्यों बनवाया? घर के अंदर पसरे सन्नाटे और फैली उदासी से यह कहावत उन्हें चरितार्थ लगने लगी थी कि 'बिन घरनी घर भूत को डेरा'। उनके अंदर से फिर रुलाई फूटने लगी, लेकिन अपनी रुलाई को जबरन रोकते हुए वे अपने कमरे की ओर चल पड़ीं। दीवारों को फिर ठीक करा लेंगी। घर को फिर आबाद करेंगी। अब इस घर से कभी विलग नहीं होंगी। पर अपने कमरे में पहुंच, पलंग पर बैठते ही उनकी वह रुकी हुई रुलाई बरबस फूट पड़ी, जैसे वह कमरा, कमरा न हो, उनका बिछुड़ा चिर सहचर हो, जिससे लंबी जुदाई के बाद मिलते ही दर्द का सैलाब स्वतः उबल पड़ा हो। वह देर तक रोती रहीं। उनकी निगाहें कमरे में टंगी पति की तस्वीर पर जमीं रहीं, जैसे वे जीवित हों और उनके पास वे फिर आ गई हों।

लालटेन की रोशनी में अपने उस कमरे को वे स्नेह से निहार रही थीं। सचमुच उनका कमरा तनिक भी नहीं बदला था। वे जिस रूप में छोड़कर गई थीं, बिल्कुल उसी रूप में था। वही अलमारियां, वही दिराखे, वही छत, वैसी ही खिड़की, वैसा ही रोशनदान, वैसा ही फर्श। मुनरी के परिवार ने झाड़-बुहार में कोई कमी नहीं की थी। हां, दीवारों पर गुजर चुके वक्त की बदरंग छाइयां जगह-जगह उभर आई थीं। अपने इस कमरे को फिर चमका देंगी। अपने इस सच्चे संगी-साथी से अब कभी नहीं बिछुड़ेंगी...।

मां सोने की कोशिश करने लगीं, लेकिन नींद थी कि न खुलकर आ रही थी और न जा रही थी। वे समझ नहीं पर रही थीं कि रास्ते की थकान की वजह से ऐसा हो रहा है या घर की यादों ने उन्हें विचलित कर दिया है। जहां एक ओर थकान से वे अपने को बोझिल और त्रस्त महसूस कर रही थीं, वहीं दूसरी ओर टुकड़ों-टुकड़ों में बंटी घर की यादें जाने-अनजाने उन्हें अपनी गिरफ्त में कसती जा रही थीं। मुंदी-अधमुंदी पलकों में वे सपने देख रही हैं या सच के बीच पहुंच गई हैं, इसे समझ भी नहीं पा रही थीं...।

सुहागरात के दिन इसी पलंग पर वे घूंघट काढ़े बैठी हैं। पति को आया जान पलंग से उतरने लगी हैं। पति ने उन्हें पकड़कर साथ बैठा लिया है। घूंघट उठाकर उनका मुखड़ा निरख रहे हैं। उनके रूप की दमक से पति की

आंखें चमक उठी हैं। उन्होंने भी कनखियों से पति को निहारा है। पति का वह रूप सदा के लिए उनके उर में बस गया है। पति ने भंडार की कुंजी उन्हें सौंपते हुए कहा है – "अब इस घर की और मेरे जीवन की स्वामिनी तुम्हीं हो। मां गुजर चुकी हैं। वृद्ध पिता कुछ करने लायक नहीं। मुझे कस्बे के स्कूल से ही फुर्सत नहीं। अब इस घर को चलाओ या डुबाओ, पूरा स्वामित्व तुम्हीं पर...।"

पति ने न सिर्फ कहा, बल्कि जीवनपर्यन्त इसे निबाहा भी। वही हुआ जो उन्होंने चाहा। मरने से पूर्व पति ने यह घर भी उन्हीं के नाम पर कर दिया। इस घर पर उनका स्वामित्व यथावत् बना हुआ है...।

इसी पलंग पर वह मां बनी हैं। पहली परसूति हुई है। पैदा हुआ है रविरंजन। दरवाजे के बाहर सोहर गाए जा रहे हैं। पति की खुशी की सीमा नहीं। 'अन्धो-बधाव' (आनंदोत्सव के वाद्य) बज रहे हैं। रिश्ते नाते के लोग जुट आए हैं। छठी के दिन पियरी पहन, अपने पुत्र को गोद में ले, पलंग पर बैठी सब कुछ देख रही हैं। रविरंजन की छठी में पूरे गांव को 'सबहर' (गांव के प्रत्येक घर के समस्त सदस्यों को) खिलाया है पति ने। समूचे गांव में उनके बेटे की छठी की चर्चा है।

वे तीन बच्चों की मां बन गई हैं। दो बेटे और एक बेटी। दोनों पति-पत्नी अपने भाग्य पर इठला रहें हैं। खुशियों से उनका घर भर गया है। बच्चों की किलकारियों और धमा-चौकड़ी से उनके घर की बगिया महक-महक उठी है। अपने बच्चों को पढ़ाने में दोनों पति-पत्नी जी-जान से भिड़ गए हैं। अपने बच्चों को पढ़ाकर उन्हें बड़ा आदमी बनाना है, ऐसा जिस पर वे खुद गर्व कर सकें...।

अपने कमरे में पढ़ रहे रविरंजन और श्यामरंजन किसी बात पर एक-दूसरे से उलझ गए हैं। नीना ने चिल्लाकर उन्हें बुलाया है। उनके पहुंचने तक दोनों एक-दूसरे से गुत्थम-गुत्थ हो चुके हैं। वे डांटकर उन्हें अलग करती हैं। तकरार का विषय जान अपना फैसला सुनाती हैं। फिर कभी आपस में न लड़ने के वादे कराती हैं। लड़ने वाले को साथ नहीं सुलाने और नहीं बोलने की धमकी देती हैं।

दूध पीने का समय हो गया है। दूध पीने के नाम पर उनके दोनों लाल फिर भागने लगे हैं। उनकी भोली रानी बिटिया ने दूध पी लिया है। कहानी सुनाने के बहाने उन्होंने अपने दोनों लाल को पास बुलाया है। तोता-मैना और परी-बेताल की कहानियां सुनते हुए उनके लाल उनके बस में आ गए हैं। अवसर अनुकूल जान वे चट उन्हें दूध पिलाने लगी हैं।

नीना की शादी लगी है। हल्दी-उबटन लगाए अपनी सहेलियों के बीच घिरी वह कमरें में बैठी है। सगुन के गीत गाए जा रहे हैं। रिश्ते-नाते के लोगों से पूरा घर भरा है। उन्हें तो जैसे पंख लग गए हैं। किसी आगंतुक को कष्ट न हो। कोई रस्म छूटने ना पाए। वे कभी भंडार में होती हैं। तो कभी आंगन में, तो कभी दरवाजे पर। किसी भी जरूरत पर वे वहां हाजिर। नीना की बिदागिरी तक वे आपे में नहीं और नीना के जाते ही हफ्तों खाटसायी। पिराते हाथ-पांव और टूटता बदन।

मां ने करवट बदली। वही थकान और वही दर्द। कब गई नीना? कब आएगी मेरी बेटी? मेरी आंख की पुतरी। वे विलाप-सी करने लगीं। उनकी आंख खुल गई। अपने आप पर भैंचक हो गईं वे। यह सब क्या देखने लगीं हैं? कहां नीना? कहां उसकी शादी? इन बखेड़ों में कैसे आ फंसी? इन यादों को झटक वे पुनः सोने की कोशिश करने लगीं। कल उनके जिम्मे बहुत काम है। घर को नए सिरे से स्थिर करना है...।

मां की आंखें फिर मुंदी-अधमुंदी हो गईं। कल के काम उनके जेहन में भरे थे। यहां से जाने के बाद घर-गृहस्थी का सिलसिला एकदम टूट गया था। अपने रसोई-पानी के प्रबंध से लेकर घर का पूरा प्रबंध उन्हें करना था। कल तो टोला-पड़ोस की औरतों से मिलने से ही फुर्सत नहीं रहेंगी। इस बीच गांव में क्या-क्या हुआ, पूरे गांव का हाल भी उन्हें जानना है। खेत के 'मनीदार' को भी बदलना है। यहां नहीं रहने से ही वह पूरा 'मनी' नहीं देता था। कह देता सूखा पड़ गया।

अचानक मां को लगा कि उनके पलंग के समीप कोई खड़ा है। उन्होंने मुड़कर देखा, सफेद धोती-कुर्ता पहने उनके पति पास ही खड़े मुस्करा रहे हैं। अक्सर उन्हें पलंग पर सोते देख बिना जगाए वे चुपचाप उनके पास खड़े हो जाते थे। कहते – "सोते हुए तुम्हें देखना बहुत अच्छा लगता है...।"

वे हड़बड़ाकर उठ बैठीं – "कब आए आप?"

पर कोई जवाब नहीं। वहां कोई नहीं था। यथार्थ का बोध होते ही वे विस्मित हो उठीं। यह क्या देखा उन्होंने। उनकी नजरें चारों और दौड़ने लगीं – "कहां गए वे?"

पर पति तो दीवार पर टंगी तस्वीर से पूर्ववत् झांक रहे थे। उन्हें विश्वास नहीं हो पा रहा था। अभी एकदम हू-ब-हू अपने पति को ही देखा था। वह भ्रम नहीं हो सकता। उनके रोंगटे खड़े हो गए और वे रोमांचित हो उठीं। फिर अपने मन को पुनः शांत-सहज बना लेट गईं। दिवंगत पति को देखना भ्रम नहीं तो और क्या हो सकता है?

थोड़ी देर बाद मां की आंख पुनः लग गई, लेकिन मां को ऐसा प्रतीत हो रहा था कि वे सोई नहीं, जागी ही हैं। इस बार उन्हें स्पष्ट महसूस हुआ कि बाथरूम से पति ने उन्हें पुकारा है – "सुनती हो, जल्दीबाजी में तौलिया छूट गया है। जरा जल्दी देना...।"

"अभी आई।" – यह कहते हुएवे पलंग से उतरने लगीं, मगर यथार्थ का भान होते ही उनके पांव थम गए। वे फिर चौंक गईं। उनका मन फिर रोमांचित हो उठा। क्या यह भी भ्रम था। वह आवाज़ तो बिल्कुल उनके पति की ही थी। बाथरूम उनके कमरे के बिल्कुल सामने ही था। उन्होंने अपने कमरे से ही देखा बाथरूम का दरवाजा खुला था। वहां कोई नहीं था। उनका मन आतंकित हो उठा। कहीं ऐसा तो नहीं कि उचित दाह-संस्कार के अभाव में उनके पति की आत्मा इस घर में ही मंडरा रही हो, लेकिन यह नहीं हो सकता। पंडित के कहे अनुसार उन्होंने अच्छी तरह उनका क्रियाकर्म संपन्न किया था।

अपने मन को समझा-बुझाकर मां पुनः पलंग पर उठंग गई। इस घर के साथ पति की स्मृतियां जुड़ी हैं, इसीलिए उनकी यादें बरबस आ जाती हैं। वे पुनः सोने का उपक्रम करने लगीं। शायद फिर उनकी आंख लग गई, लेकिन फिर पति आ गए। उन्हें लगा, रात अधिक हो गई जान तथा उन्हें गहरी नींद पड़ी देख पति चुपके से उनकी बगल में आ सोए। स्कूल की उत्तर-पुस्तिकाओं के मूल्यांकन के दौरान अक्सर उनके साथ ऐसा होता था।

उनके गांव से दूर पड़ने वाले स्कूल में प्रतिदिन आने-जाने से दिन में उन्हें समय नहीं मिल पाता था। रात में ही उत्तर-पुस्तिकाओं को वे जांचते। पूर्व की भांति बिस्तरे पर उनकी उपस्थिति का बोध होते ही वे पूछ उठीं – "मेज पर दूध का गिलास रख आई थी। पी लिया है न।"

लेकिन उनके कथन के जवाब में जब उन्हें कोई उत्तर नही मिला तो उनकी आंख खुल गई। वे फिर चिहा उठीं उनकी बगल में कोई नहीं था। एक चूहा उनके पलंग की पाटी पर रेंग रहा था, जो उन्हें जाग गया देख, कूदकर भाग चला था। उनका मन कुछ-कुछ भयभीत सा हो गया। अपने गुरुजी द्वारा दिया गया मंत्र मन-ही-मन जपते हुए उन्होंने पुनः अपने को संयत कर लिया। उन्हें इस तरह अतीत में नहीं खोना चाहिए। अपने शरीर को ढीला कर और आंख मूंद वे पुनः सोने की कोशिश करने लगीं। फिर वे जान भी नहीं सकीं कि कब उनकी आंख लग गई। इस बुढ़ापे में न तो आंख लगते देर लगती है, न खुलते।

इस बार अपने पति के जूतों की आवाज़ उन्हें साफ सुनाई पड़ी, उनके कान खड़े हो गए। स्कूल से दरवाजे पर आ गए थे पति। उनके जूतों की आवाज़ वह बिल्कुल पहचानती थीं। फिर उनकी चिर-परिचित पुकार भी सुनाई पड़ी – "सुनती हो। कहां हो? मैं आ गया हूं। खोलो दरवाजा...।"

यह आवाज़ भ्रम नहीं हो सकती। एकदम आ गए हैं पति। वे तेजी से पलंग से उतर पड़ीं। फिर अपने कमरे से निकल बाहर के दरवाजे की ओर चल पड़ी। आंगन में पहुंच उन्होंने देखा, चबूतरे पर एक बिल्ली बैठी थी, जो उन पर नजर पड़ते ही उछलकर छप्पर पर चढ़ गई। दरवाजे के पास जाकर उन्होंने पाया, कहीं कोई नहीं था। रात के सन्नाटे में पूरा घर आंगन झांय-झांय और भांय-भांय कर रहा था। वे कुछ आतंकित सी हो उठीं। यह सब क्या हो रहा है उनके साथ? क्यों हो रहा है? फिर अपने को समझाया, इस घर में कभी अकेले नहीं रही हैं और लंबे समय बाद यहां लौटी हैं, इसीलिए ऐसा हो रहा है। कल से सब ठीक हो जाएगा। कल से मुनरी को भी घर के अंदर ही एक कमरे में रख लेंगी। उसके अंदर रहने से घर भरा लगेगा। और अपने बिस्तरे पर पहुंच अपने गुरुजी का मंत्र पुनः जपते हुए वे सोने की चेष्टा करने लगीं...।

सुबह एकदम तड़के ही मुनरी उठ गई थी। वर्षों बाद मालकिन आई हैं, उन्हें कोई असुविधा न हो। वह सीधे मालकिन के पास चल पड़ी। दरवाजे से आंगन में पहुंच मालकिन के कमरे के पास वह खड़ी हो गई। थकी-हारी मालकिन अभी सोई हैं। जगाने की ज़रूरत नहीं, लेकिन मालकिन इस तरह औंधे मुंह क्यों सोई हैं? उनके मुंह से यह कैसी लार बह रही है? मुनरी का मन शंकित हो उठा तथा उसके हृदय की धड़कनें तेज हो गईं। तेजी से कमरे में प्रवेश कर उसने मालकिन को सीधा किया – "मालकिन! मालकिन!"

लेकिन मालकिन तो गुजर चुकी थीं।

इधर टोला-पड़ोस की औरतें उनसे मिलने के लिए अपने-अपने घरों से चल पड़ी थीं। रात ही उनके आगमन की सूचना सबको मिल गई थी। राधाचरण बो तो दूर से ही पुकारती आ रही थी – "कब अइलू हो रविरंजन की माय? शहर जाके एकदम शहरिये बन गैलू...अपना गांव-घर के अइसे बिसराये देहलू।"

मनबोध मउआर

महाराजगंज में डेरा जमाते ही आस-पड़ोस के लोगों ने मुझे यह हिदायत दी कि अगर इस मुहल्ले में रहना है तो मनबोध मउआर से बचकर ही रहना है। उनके अनुसार वह बूढ़ा झगड़ा लगावन, कुचरा और अनभल ताकने वाला है। मुहल्ले का कोई ऐसा घर नहीं जो उसकी वक्रदृष्टि का शिकार न हो।

मेरे लिए यह बिल्कुल नई बात थी। स्थानांतरण के चलते मुझे इस शहर में आना पड़ा था। और विभागीय सहयोगियों की सहायता से महाराजगंज मुहल्ले में ही घर उपलब्ध हो सका था। यह मेरा चौथा स्थानांतरण था। इससे पूर्व तीन शहरों में मैं रह चुका था जहां अनेक नई-नई और अजीबोगरीब जानकरियां प्राप्त हुई थीं, लेकिन यह जानकारी उन सबसे पृथक थी। मुहल्ले के एक बूढ़े से सब परेशान थे। उस अकेले बूढ़े ने सबकी नाकों में दम कर रखा था।

इस जानकारी के बाद उस बूढ़े को देखने की जिज्ञासा मेरे अंदर पैदा हो गई। आखिर वह बूढ़ा किस धातु का बना है जो अकेले एक पूरे मुहल्ले पर भारी पड़ता है। इस संबंध में मुझे अधिक प्रतीक्षा नहीं करनी पड़ी। शीघ्र ही एक दिन उससे मुलाकात हो गई। वह मुहल्ले के पश्चिमी हिस्से में रहता था। उस दिन उसी गली से मैं गुजर रहा था। मेरे साथ मकान मालिक का लड़का पवन भी था। उसी ने मुझे संकेत से बताया कि सामने वाले मकान के बरामदे में चौकी पर जो आदमी बैठा है, वही मनबोध मउआर है। यह सुनते ही मेरे कदम ठिठक गए। देखा, गहरे सांवले रंग का लम्बा तगड़ा वह वृद्ध व्यक्ति किसी गांव का ठेठ किसान लगता था। मोटी गर्दन और खुरदरे हाथ-पांव। गर्दन की नसें उभरी हुईं। चेहरा सपाट और शिला की

तरह सख्त। जवानी में पहलवानी कर चुकने का आभास। बदन पर किसी मोटे कपड़े की गंजी और साधारण-सी धोती। गंजी के नीचे लटकता जनेऊ और उसमें बंधी कुंजी। आंखों में पुराने फ्रेम का चश्मा। माथे के बाल घुटे हुए। दाढ़ी-मूंछे सफेद। उसे देखते ही मेरे मुंह से निकल गया, "यह तो गांव का आदमी मालूम पड़ता है...?"

पास खड़े पवन ने मेरी बात की पुष्टि की, "हां गांव का ही है। पत्नी की मृत्यु के बाद अपने बेटे की नौकरी पर शहर आ गया है।"

मैंने अपने ठिठक गए पांवों को तत्क्षण गतिशील बना दिया कि कहीं मनबोध मउआर को यह न लगे कि कोई तमाशबीन की तरह उन्हें घूर रहा है, लेकिन मेरी सतर्कता के बावजूद उसकी पैनी आंखों ने मेरी चोरी पकड़ ही ली। "तो आपे हैं बैंक वाले घरमदेव बाबू। उपधेआ (उपाध्याय) के मकान में आपे नया किराएदार आए हैं। आपसे एगो काम है भाई। एक मिनट का वास्ते आइए।"

मैंने साथ चल रहे पवन की ओर देखा। उसने व्यंग्यात्मक लहजे में धीरे से कहा, "मैं तो चला। मुझे ज़रूरी काम है। बूढ़े ने पकड़ लिया आपको। फंसा लिया अपने जाल में।"

पवन आगे बढ़ गया। मेरे कदम मनबोध मउआर के पास जा पहुंचे। उन्होंने पूरे स्नेह से मुझे अपने पास ही चौकी पर बैठाया। फिर अपनी पोती को चाय लाने का आदेश दिया, लेकिन मैंने मना कर दिया, "अभी-अभी चाय पी है। मैं अधिक चाय नहीं पीता।"

अब उन्होंने आम ग्रामीण की भांति मेरा पूरा हुलिया लेना प्रारंभ कर दिया कि मैं क्या हूं? कहां का हूं? मेरे परिवार में और कौन-कौन हैं? मैं यहां कैसे चला आया? आदि। उनके ये प्रश्न मुझे नागवार लगे। फिर भी अनिच्छा से ही सही, मैं जवाब देता गया। किसी नए व्यक्ति के बारे में इतनी जानकारी प्राप्त करने का क्या तुक? अवश्य यह आदमी कारगुजारियों वाला है। मैं शंकित दृष्टि से उन्हे ताकने लगा। शायद उन्होंने मेरा अभिप्राय लक्ष्य कर लिया – "आपके बैंक में हमारा पोतवा एगो खाता खोलवाना चाहता है। एही वास्ते आपको कष्ट दिया...।"

जवाब में चट कहा मैंने, "इसमें कोई परेशानी नहीं। जब इच्छा हो अपने पोते के साथ बैंक आ जाइएगा। जिसके नाम खाता खुलेगा उसकी दो तस्वीरें और पहचान पत्र ज़रूरी है।"

यह कहकर वहां से चलने को हुआ कि उन्होंने फिर पकड़ लिया, "जाइए, आबाद रहिए...। आप तो हीरा आदमी लगते हैं। उपधेआ के घर में तो आप आइये गए। बाकी उ आदमी नहीं, कसाई है। अपने छोरों (बेटों) की तुलना में छोरियों (बेटियों) को फूटी आंखों नहीं देखता। दो छोरियां बीमार होकर मर गईं। इलाज तक नहीं करवाया। किंतु छोरो के सर्दी बुखार पर भी डाक्टरों के यहां भाग-दौड़ लगाने लगता है। ओइसा आदमी का मुंह देखना भी पाप है। जो अपनी जाइयों का नहीं, वह और किसी का क्या होगा!"

अब उनकी यह बात मुझे फिजूल लगने लगी। मुहल्लेवासियों की टीका-टिप्पणियों का अर्थ भी खुलने लगा। अब मैं भी अपनी जल्दबाजी व्यक्त करते हुए उठ खड़ा हुआ। मैं एक आवश्यक कार्य में हूं। किसी दूसरे के मामले से हमें क्या मतलब? अपनी समस्याएं ही इतनी हैं कि दूसरों के बारे में जानने की कहां फुर्सत?

मेरी इस बात पर मनबोध मउआर का चेहरा कुछ फक-सा हो गया। शायद यह तर्क उन्हें पसंद नहीं आया। खैर...। उनकी पसंद और नापसंद का ख्याल किए बगैर मैं आगे बढ़ गया।

शाम पत्नी से इस बारे में बातचीत हुई तो उसने मनबोध मउआर की बात की ही पुष्टि की। अपनी व्यस्तताओं के चलते तथा दूसरों की ज़िंदगी में न झांकने के अपने शहरी दृष्टिकोण की वजह से मैंने ध्यान नहीं दिया था, लेकिन अब साफ-साफ महसूस कर रहा था, सचमुच मकान मालिक उपाध्याय का अपनी पुत्रियों के प्रति अमानवीय व्यवहार था। उसके घर के एक पुराने किराएदार से इस सत्य की पुष्टि भी हुई कि उसकी घोर उपेक्षा से ही उसकी दो बेटियों का निधन अल्पायु में ही हुआ। उन दो बेटियों के निधन के बाद अभी उसे तीन बेटे और तीन बेटियां थीं। वह बेटियों से कसकर काम लेता। कहता, 'जिस घर में तीन-तीन बेटियां सयानी हो चली हों उस घर में दाई-नौकर की क्या ज़रूरत?'

उन्हें सख्त नियंत्रण मे रखता। कहता, 'सयानी लड़कियों का घूमना-फिरना और इधर-उधर आना-जाना अच्छा नहीं होता।'

बेटों की तुलना में बेटियों को पौष्टिक आहार से भी वंचित रखता। कहता, 'गए मरद जो खाए खटाई, बिगड़ी नारी जो खाए मिठाई। लड़कियों का चटोरपन ठीक नहीं।'

पढ़ाई-लिखाई के बारे में भी उसकी यही धारणा थी – 'लड़कियां अधिक पढ़-लिखकर क्या करेंगी। बेटे जब नौकरी की तगड़ी प्रतियोगिताओं में नहीं आ पाते तो वे तो आने से रहीं। वह जमाना चला गया जब गदहा जिलेबी खाता था। घर-गृहस्थी संभालना सीख जाएं, काफी है। जहां जाएंगी वहां यही सब करना पड़ेगा।

बेटियों के प्रति उपाध्याय के इस दृष्टिकोण की जानकारी भी मुझे प्राप्त हो गई कि उन्हें पराई चीज समझने तथा उनकी शादी में खर्च होने वाले तिलक-दहेज ने उनके प्रति उसे इस तरह का बना दिया था, लेकिन मैं समझ नहीं पाता था कि इसमें उसकी बेटियों का क्या कसूर?

उपाध्याय की इन करतूतों से उसके मकान में रहने वाले सभी किराएदार तो अवगत थे ही, मुहल्ले के लोग भी इससे अनभिज्ञ नहीं, लेकिन कभी किसी ने इसके खिलाफ़ आवाज़ नहीं उठाई। दूसरों के निजी पारिवारिक जीवन से उन्हें क्या मतलब? किसके यहां क्या होता है यह जानने की न तो उन्हें फुर्सत है और न दूसरों की समस्याओं मे उलझने की मंशा। अपनी शांति उन्हें बर्बाद नहीं करनी और अकारण किसी से दुश्मनी भी नहीं लेनी।

इस यथार्थ से अवगत होने के बाद मनबोध मउआर के प्रति उपाध्याय जैसे लोगों की नाराजगी के विपरीत अब मेरे मन में श्रद्धा के भाव पैदा होने लगे। कोई तो है इस मुहल्ले में जिसकी नजर घर के भीतर के जुल्मों पर भी है, जो आम मुहल्लेवासियों की तरह सिर्फ तटस्थ दर्शक नहीं...।

मैंने अपने निकट के एक-दो मित्रों से अपने मन की यह बात व्यक्त की, लेकिन मित्रों ने अपनी पृथक राय जताई, "आप उस बूढ़े को महान आदमी हर्गिज मत समझिए। वह निकम्मा है। उसके जिम्मे कोई काम नहीं। दिन भर अपने दरवाजे के बरामदे में बैठकर आहट लेता रहता है कि किसके यहां क्या

हुआ। हम, आप यहां नौकरी करने आए हैं, जासूसी करने नहीं। यह गंवार और फिजूल आदमी है कि दूसरों के बीच दखल देता है। कोई सभ्य-शिक्षित व्यक्ति ऐसा कर ही नहीं सकता।"

इस विषय पर मित्रों से बहस करना मुझे उचित नहीं जान पड़ा। मनबोध मउआर को जानने से पहले मेरा दृष्टिकोण भी प्रायः ऐसा ही था। अपने इसी दृष्टिकोण के चलते तीन-तीन शहरों में नौकरी करके भी मैं सकुशल, बेदाग और साबुत बना हुआ था। दूसरों के मामले में पड़ता तो क्या वे मुझे छोड़ देते? लेकिन इसके बावजूद मनबोध मउआर को जानने के बाद अचेतन में पड़ा मेरा समाजचेता मन सुगबुगाने लगा था। जाने-अनजाने अपनी वर्तमान जीवन-शैली के प्रति मेरे मन में असंतोष के अंकुर फूटने लगे थे और मेरा ध्यान रह-रहकर मनबोध मउआर की ओर जाने लगा था।

इसी बीच मुझे यह अच्छी तरह ज्ञात हो गया था कि मुहल्ले में प्रायः वे ही उनके आलोचक थे जिनके यहां के अनैतिक और अमानवीय कार्यों का उन्होंने भंडाफोड़ किया था। चूंकि विषय और समस्याओं के परिवर्तन के साथ अधिकांश घर इस शृंखला में थे, इसीलिए मनबोध मउआर के विरोधियों की संख्या अधिक थी। उनसे सहानुभूति रखते हुए भी दिन के उजाले में उनके यहां न जा शाम में जाने लगा। मुझे यह स्वीकार करने में तनिक भी आपत्ति नहीं कि महाराजगंज के बारे में मुझे सही और पक्की जानकारी उनसे ही हासिल हुई। बीतते समय के साथ एक सुबह बिस्तरे से मेरे उठते ही पत्नी ने यह सूचना दी, "बगलवाले घर का सुदामा मर गया...।"

महाराजगंज में हमें आए अभी सिर्फ तीन माह हुए थे, लेकिन सुदामा को हम जानने लगे थे। श्यामा, भीमा और सुदामा तीन भाई थे। सुदामा सबसे छोटा था और देखने में भी दोनों भाइयों से कमजोर और कदहीन (कुपोषण का मारा)। वह तुतलाकर बोलता और लंगड़ाकर चलता। शायद इसी वजह से उसकी शादी भी नहीं हुई थी, लेकिन एक दिन पहले तक तो वह ठीक था। शाम को अपने दरवाजे बैठे उसे चूड़ा फांकते हुए मैंने देखा था। आखिर उसकी मृत्यु कैसे हो गई? इस संबंध में आस-पड़ोस से मैंने जानकारी लेनी चाही तो किसी ने भी अपनी रुचि नहीं जताई। शायद वस्तुस्थिति की

जानकारी उन्हें न हो। शायद जानते हुए भी अपनी नगरीय जीवन-शैली के चलते न जानने का अभिनय कर रहे हों। पर शाम को मनबोध मउआर के पास पहुंचते ही मुझे पक्की जानकारी हासिल हो गई – "अरे, ई काम भिजवा का है। इस शहर में दस कट्ठा ज़मीन छोड़कर उनके मां-बाप मर गए। शुरू में भिमवा दोनों बेकत सुदामा को बहुत दुख देते थे। उस लंगड़े को नौकर की माफिक खटाते और भरपेट खिलाते भी नहीं। उनके रंग-रवैये से आजिज़ आकर सुदामा, श्यामा के साथ रहने लगा। इधर ज़मीन के बंटवारे की बात चलने लगी थी। ऐसी चर्चा भी थी कि सुदामा अपना बखरा (हिस्सा) श्यामा को देगा। कल अपनी सास के निधन पर श्यामा को अपने परिवार के साथ एकाएक ससुराल जाना पड़ा। अपने किसी ज़रूरी काम से सुदामा को उसने छोड़ा दिया था। दो दिन बाद उसे ले जाने की योजना थी। बाकी अवसर अच्छा जान भिमवा ने यह काम कर दिया। अब ज़मीन का बखरा तीन भाग में नहीं, दो भाग में ही होगा। तीसरे फरीक (हिस्सेदार) को तो उसने मिटा दिया। एक नंबर का गुंडा है। ओकरा डर से मुहल्लेवाले भी नहीं बोलते। देखिएगा, कोई कुछ नहीं कहेगा। सब रफा-दफा हो जाएगा। श्यामा के आने से पहले ही उसने लाश भी दफना दी।"

उस शाम जल्द ही मैं मनबोध मउआर के यहां से लौट आया। तीन-चार दिन के बाद सारी बातें दबी जुबान सामने आ गईं। मनबोध मउआर का कथन बिलकुल सत्य था। उनके कहे अनुसार सचमुच भीमा के खिलाफ़ किसी ने आवाज नहीं उठाईं। इससे पहले भी हत्या के दो मामलों में उसमा नाम था, लेकिन प्रमाण और गवाह के अभाव में वह सजा से बरी था। लौटकर आने के बाद श्यामा भी रो-पीटकर रह गया। प्रमाण और गवाह के अभाव में कुछ न कर सका। सुदामा की हत्या ने उसे भी आतंकित कर दिया था। मैं इस बात को लेकर चिंतित और विस्मित था कि जिस डर से पूरे मुहल्ले के लोग चुप थे उस डर का शिकार मउआर क्यों नही थे? विभिन्न घरों के भीतर की सूचनाएं प्राप्त करने का उनका जरिया क्या है? इस विषय पर विचारोपरांत उनका जरिया जानने में तो मैं कामयाब हो सका कि उनका दृष्टिकोण व्यक्तिगत की अपेक्षा समष्टिगत है। कि सिर्फ अपने तक ही सीमित न रहकर औरों

की खोज-खबर वे लेते हैं। मुहल्ले में अपने जैसे लोगों से उन्होंने दोस्ती गांठ ली है। कई लोग जो स्वयं आवाज़ उठाने में डरते हैं उनके कान में अपनी बात पहुंचा देते हैं। कई आलोच्य घरों के उपेक्षित और क्षुब्ध सदस्य चुपके से अपने घर का वृतांत उन्हें सुनाते हैं, लेकिन जिस भय से सबके मुंह सिले हुए हैं उससे उनके भयभीत न होने का कारण लाख माथापच्ची के बाद भी मैं नहीं समझ पा रहा था। यह कोई गांव नहीं था कि किसी व्यक्ति या परिवार की दबंगता से सब कायल हो जाएं, लेकिन अपने इस प्रश्न का उत्तर भी मुझे शीघ्र ही प्राप्त हो गया। ऐन वसंत पंचमी के दिन अपराहन चार बजे यह सूचना मिली कि जयकिशन अपने दल-बल और बंदूक के साथ मनबोध मउआर को मारने उनके दरवाजे पर चढ़ा है।

सूचना देने वाले ने यह भी बताया कि मनबोध मउआर ने यह प्रचारित किया है कि जयकिशन स्मगलर है। स्मगलिंग के पैसे से मुहल्ले में कोठी बनवा रहा है। उनके इसी प्रकार की प्रतिक्रिया से जयकिशन उन्हें ठिकाने लगाने पहुंचा है।

मुहल्ले में जयकिशन की बन रही भव्य कोठी को लेकर मेरे मन में भी यह बात उठ रही थी कि किस कमाई के बूते जयकिशन यह कोठी बनवा रहा है। लोगों के अनुसार तो वह कलकत्ता के किसी फर्म में काम करता था, पर अक्सर वह महाराजगंज में ही नजर आता रहता। मैंने महाराजगंज के एक पुराने वाशिंदे से पूछा भी था, "यह जयकिशन क्या काम करता है और किस पद पर है कि ऐसी कोठी बना रहा है? बातचीत में तो मुझे अधिक पढ़ा-लिखा भी नहीं लगता।"

लेकिन उस वाशिंदे ने अपने संक्षिप्त जवाब के साथ इस चैप्टर को ही बंद कर दिया था, "कौन क्या करता है इससे हमें क्या मतलब? हम तो सिर्फ इतना जानते हैं कि वह आदमी ठीक है।"

अब उस 'ठीक आदमी' का सही खुलासा मनबोध मउआर से उसकी तकरार ने कर दिया। मनबोध मउआर की टिप्पणियों से मैं अवगत था। बिना पक्की जानकारी के वे कोई बात नहीं कहते। मैं घटनास्थल पर पहुंचने के लिए तत्क्षण तैयार हो गया। शायद पत्नी ने मेरा इरादा भांप लिया। उसने

मुझे रोकते हुए कहा, "आपको अभी वहां नहीं जाना चाहिए। ऐसे मामलों में अक्सर दर्शक और बीच-बचाव करने वाले ही जख्मी होते हैं। फिर आपके पहुंचने से जयकिशन कहीं यह न समझ ले कि आप भी उस बूढ़े के साथ हैं...हम यहां परदेश में हैं। किसी की नजर पर हमें नहीं चढ़ना।"

पर इस सूचना से अवगत होने के बाद मैं रुकने वाला नहीं था। मैंने पत्नी से बहाना बना दिया, "मुझे वहां नहीं जाना। मैं तो बैंक के एक मित्र से मिलने जा रहा हूं। एक फाइल के संबंध में उसे कुछ ज़रूरी बातें बतानी हैं।" और घर से निकल, गली के मोड़ से ओझल हो, मैं सीधे मनबोध मउआर के यहां जा पहुंचा। मेरे पहुंचने तक टकराहट का शुरुआती आवेग समाप्त हो गया था और बुझारत (समझौते) का प्रयास जारी था। जयकिशन अपने आदमियों के साथ मनबोध मउआर के हाते में खड़ा था। उसका चेहरा तना तथा आंखें लाल थीं। वह अपने हाथ में दुनाली लिए था। मनबोध मउआर के दोनों बेटे उसके सामने हाथ जोड़कर उसे शांत करने की कोशिश कर रहे थे, "हम उनकी ओर से आपसे माफी मांग रहे हैं। उनका दिमाग खराब हो गया है। वे किसी के बारे में भी अनाप-शनाप बोलते रहते हैं। आप उनकी बात पर न जाएं। आप तो जानते हैं, घर के पुरनिया (बूढ़े) सठिया जाते हैं। हम उन्हें समझाकर हार गए। कोई और होता तो कुछ करते भी। अब बूढ़े बाप का क्या करें? जो लोग उन्हें जान गए हैं वे उनकी बात को इस कान से सुन उस कान से उड़ा देते हैं। आप भी उनकी बात को लेकर अपने मन में कोई अमनख (क्रोध) मत रखिए...हम सपने में भी आपके बारे में वैसा नहीं सोच सकते।"

इधर दरवाजे पर मनबोध मउआर के दो-तीन पोते उन्हें पकड़कर घर के अंदर ले जाना चाहते थे, लेकिन वे उन सबों के काबू में नहीं आ पर रहे थे। उनकी गिरफ्त में जकड़े होकर भी वे जयकिशन की ओर बढ़ने के लिए हाथ-पांव ऐंठ रहे थे तथा क्रोध में उसे धमकाए जा रहे थे – "चार दिन का लौंडा तू मुझे बंदूक दिखा रहा है। इस बुढ़ापे में भी तेरे लिए अकेले काफी हूं। अपनी मां का दूध पिया हो तो बंदूक फेंककर आ जा मेरे पास। हिम्मत हो तो अकेले-अकेले मुझसे फरिया ले। अभी हमारा एक हाथ भी

बर्दाश्त नहीं कर पाएगा। तेरी करनी कौन नहीं जानता? चोर को चोर नहीं तो क्या साधु कहें...?"

मुझे लगा, दूर खड़े जयकिशन के कान में अगर मनबोध मउआर की यह बात पड़ जाएगी तो उसके बेटों के लाख शांत कराने पर भी वह नहीं मानेगा। इस आसन्न संकट को लक्ष्य कर उनके पोतों को मैंने संकेत किया कि उन्हें किसी तरह घर के अंदर ले जाएं, लेकिन वे पोतों से घर के अंदर जाने को तैयार नहीं। मुझे देखने के बाद मुझे ही संबोधित करके अपना उबाल व्यक्त करने लगे। इस पर मैंने भी अपनी बेरुखी उनके समक्ष प्रकट की, "अभी मैं आपकी कोई बात सुनना नहीं चाहता। अगर आप इसी वक्त घर के अंदर नहीं जाते तो फिर मैं दुबारा आपके यहां नहीं आऊंगा।"

मेरी यह सख्त आवाज़ सुन मनबोध मउआर को जैसे काठ मार गया। वे हतप्रभ हो मेरी ओर ताकने लगे। मुझसे ऐसी बात की अपेक्षा उन्होंने नहीं की थी। शायद मेरे इस अनपेक्षित प्रहार का ही परिणाम था कि वे पोतों के वश में हो अंदर चले गए। अब मैं तेजी से जयकिशन के समक्ष आ गया। फिर मेरे मुंह से स्वतः बोल फूट पड़े, "आप उनकी बात से एकदम विचलित न हों। वे पुराने ख्याल के आदमी हैं। उनका सारा जीवन गांव पर बीता है। किसी ने कुछ आकर कहर दिया, बस उसे सच मान बैठे। इनकी टीका-टिप्पणियों पर हमें क्या सोचना? मेरी मां भी बुढ़ापे में क्या कुछ नहीं बोलती थी, पर हमने कभी ध्यान नहीं दिया। आप भी अपने घर का एक वृद्ध समझ उनकी बात भूल जाएं उनका कहना न कहना सब एक बराबर...।"

जयकिशन पर मेरे कथन का असर हुआ। शायद तीसरईत (तीसरा आदमी) होकर मैंने यह बात कही इसीलिए वह मान गया। जो हो, वहां से उसके जाने पर मनबोध मउआर के बेटों-पोतों से कम सुकून मुझे महसूस नहीं हुआ। जाने क्यों, मनबोध मउआर और उनके परिवार के प्रति मेरे मन में कहीं आत्मीयता पैदा हो गई थी। शायद उस आत्मीयता ने ही हस्तक्षेप के लिए मुझे प्रेरित किया था।

मैं वहां से चलने को हुआ तो मनबोध मउआर के बेटों ने मुझे रोक लिया और बरामदे के कमरे में मुझे सादर बैठाया। यह जानते हुए कि मेरी

वजह से ही उनके परिवार पर आया संकट टला है, वे मेरे प्रति श्रद्धानत हो गए। मेरे मना करने के बावजूद मीठा और नमकीन के साथ चाय का कप मुझे थमा दिया। फिर बातें चल निकलीं। चूंकि प्रसंग मनबोध मउआर का था, इसीलिए उनके बेटों ने उनके ही हैरतअंगेज कारनामों का जिक्र शुरू कर दिया। अपने पिता के पास अक्सर बैठने वाले मुझको अपने पिता का मेलिहा (समान विचारों वाला या निकटस्थ) जान वे वस्तुस्थिति से मुझे अवगत करा देना चाहते थे, ताकि मैं उन्हें समझा सकूं...।

मनबोध मउआर के बड़े बेटे का कहना था, "आखिर पिताजी यह सब क्यों करते हैं, मैं समझ नहीं पाता? उनकी फिजूल टिप्पणियों ने हमारी नाकों में दम कर रखा है। उस बगल के मकान में रहने वाले हरिचरण से हमारा कितना अच्छा मेल-जोल था। वह अपनी पत्नी को पीटता है तो वह पति-पत्नी के बीच का निजी मामला है। पर पिताजी ने इसे लेकर बवाल खड़ा कर दिया। उसके खिलाफ क्या कुछ नहीं कहा। अकारण उसे हमारा दुश्मन बना दिया। एक दिन जयकिशन की तरह वह भी उलझने आ गया था। मैं इन्हें समझाता हूं कि अब किसी के बीच पड़ने का समय नहीं रहा, लेकिन जाने ये किस मिट्टी के बने हैं, हमारी बात इनके भेजे में आती ही नहीं...।"

उनके दूसरे बेटे का कथन भी लगभग इससे मिलता-जुलता ही था – "एक-न-एक दिन इनके चलते कुछ होकर रहेगा। 'सिधरियाचाल चले भोथकवा के सिरे बीते।' ये तो दुआर पर बैठकर गाल बजाते रहते हैं और बीतता तो हम लोगों के माथे है। पूरे महाराजगंज को इन्होंने दुश्मन बना दिया है। कब कौन दुश्मनी साध ले, जीना मुहाल हो गया है। मुहल्ले के उतरवारी पटी का पराहू मुझे अपने सगे भाई की तरह मानता था। उसकी लकवाग्रस्त मां कष्ट में है तो इसमें उसका क्या कसूर? पराहू दोनों पति-पत्नी से जितना पार लगता है उतना करते ही हैं। उसकी मां की किस्मत में दुख लिखा है तो उन्हें दुख भोगना ही है, लेकिन जाने कैसे इन्हें यह पता चल गया कि मां के नाम पर जमा रुपये हड़प पराहू ने दुर्दिन में उनसे मुंह फेर लिया है। इस जानकारी के बाद पराहू के खिलाफ मुहल्ले में किसका कान इन्होंने नहीं भरा। राह चलते हुए को भी रोककर पराहू को थू-थू किया। अंततः पराहू

तक उनकी बात पहुंच ही गई। उसने मुझसे बोलचाल तक बंद कर दी तथा हमारे खिलाफ भी झूठा प्रचार शुरू कर दिया। भैया की बेटी की तय शादी कट गई, यह सब इनकी हरकत के चलते ही हुआ...।"

मनबोध मउआर के बेटों के बाद उनकी विधवा बहन भी मुझे बहुत कुछ बताने के लिए आमादा हो गई थीं। वहां आने-जाने के चलते उनसे भी मेरा परिचय हो गया था। वे छोटी उम्र में ही विधवा हो गईं तथा उन्हें कोई बाल-बच्चा भी नहीं था। अपने भाई मनबोध मउआर के साथ नैहर में ही रहती थीं। मनबोध मउआर की तरह वे भी बूढ़ी थीं। उन्होंने गांव में मनबोध मउआर के हस्तक्षेप के कई किस्से मुझे सुनाए, जब दूसरो के मामले में कूदकर अपना अहित करते हुए तबाह होने वाले का पक्ष उन्होंने लिया। अपने परिवारजनों द्वारा ज़मीन से बेदखल होने वाली एक विधवा का वृतांत तो उन्होंने विस्तार से बताया कि कैसे उनके भाई ने उसके लिए मारपीट से लेकर केस-मुकद्दमा तक लड़ा। विधवा के घरवालों ने उन्हें बदनाम करने की भी कोशिश की, लेकिन वे आग की तरह पवित्र बने रहे। उनकी बहन के अनुसार, "भइया जइसा आदमी पूरे गांव में दूसरा नहीं। गांव में भी उस घरी कोई किसी के बीच पड़ना नहीं चाहता था। पर ई समझाने से भी कहां मानते थे? कहते थे, 'करवइया' (करने वाले) से 'देखवइया' (देखने वाले) को कम पाप नहीं लगता। वह तो भगवान ने इनकी देहधजा (कद काठी) ऐसी बना दी है कि सब इनसे डरते थे। गांव के अखाड़े में कबहूं इनकी पीठ में धूल नहीं लगी। एक भैंस का दूध अकेले पी जाते थे। अब तो देखने पर भी नहीं लगता कि ई उहे भइया हैं...।"

इस दौरान मनबोध मउआर घर के अंदर ही रहे। उनके बेटों और पोतों से मुझे यह पता चल गया था कि मेरी उपस्थिति से उन्हें अनभिज्ञ रख पूजा वाले घर में मानस पाठ पर उन्हें बैठा दिया गया है, अन्यथा अब तक वे मेरे समीप अवश्य पहुंच आए होते। मैं जानता था, हर शाम मानस पाठ की उनकी दिनचर्या वर्षों पुरानी थी, इसीलिए उनसे मिलने या तो मैं मानस पाठ से पहले आता था या बाद में। शाम गहराने के बाद मैं भी वहां से चल पड़ा। उनके परिवार वालों के बीच मुझे देर तक रुकना पड़ गया था।

उस रात जाने क्यों, चाहते हुए भी मैं सो नहीं सका। सारी रात मनबोध मउआर के परिवारजनों के वृतांत मेरी आंखों के समक्ष मंडराते रहे। जाने-अनजाने मैं उनके बारे में ही सोचता रहा। उनके व्यक्तितव ने कहीं गहरे तक मुझे उद्वेलित कर दिया था। उनकी भूमिका को मैं किस खाने में रखूं समझ नहीं पा रहा था। हालांकि उनके परिवारजनों की बातों से कुछ स्पष्ट निष्कर्ष मुझे हासिल हुए थे। मनबोध मउआर की इन हरकतों से वे त्रस्त जरूर थे, लेकिन अंततः दोष समय को ही दे रहे थे कि अब यह सब करने का समय नहीं रहा। अपने व्यक्तिगत लाभ-हानि को ध्यान में रखे बगैर अब कोई किसी के बीच नहीं पड़ता। उनके अनुसार गांवों में भी अब ऐसे लोग नहीं रहे जो दूसरों के विवाद में अपना सिर खपाएं और बिना किसी स्वार्थ के सही को सही और गलत को गलत कहें। उनकी बातों से यह भी ज्ञात हो गया था कि बुढ़ापे में शरीर सक्षम न होने के चलते ही मनबोध मउआर सिर्फ टीका-टिप्पणियों तक सीमित थे। गांव में उनका अखड़िया शरीर जब तक मज़बूत बना रहा, वे सशरीर कूदने से बाज नहीं आए।

मेरी जानकारी में गांव से शहर तक अब ऐसे चरित्र नगण्य थे। वैसे मैंने सुना था, पिछली शताब्दी में ऐसे चरित्र होते थे जो अब लोककथाओं और आदिम इतिहास के पात्र बन गए हैं। इस बिंदु पर मुझे मनबोध मउआर अपनी पीढ़ी के अंतिम पात्र नहीं, पिछली शताब्दी के अंतिम पात्र नजर आने लगे। विज्ञान के विधार्थी के नाते वंश-परंपरागत जीन के रूपांतरण से मैं अवगत था। शायद यह उसी तरह की पीढ़ी के रूपांतरण का जीन था जिसने मनबोध मउआर को ऐसा बना दिया था।

मनबोध मउआर को लेकर मेरे मन में अजीब ढंग के हैरतअंगेज विचार आने लगे। वे मुझे किसी विलुप्त प्रजाति की नस्ल का दुर्लभ उदाहरण जान पड़ते। यह उनकी विडंम्बना थी कि मनुष्य के कलेवर में आए थे। अगर किसी अन्य जीव-जंतु के कलेवर में होते तो उन्हें बचाने के लिए पूरा राष्ट्र लग जाता। किसी जैविक उद्यान में उनके अलग रहने की अच्छी व्यवस्था की जाती तथा उनकी सुरक्षा का विशेष इंतजाम होता, जबकि उनकी स्थिति इसके बिलकुल विपरीत थी। उन्हें बचाने और हिफाजत से रखने की अपेक्षा

पूरा महाराजगंज उन्हें मारने को तैयार था। मेरे मस्तिष्क में सारी रात ऐसे ही अजूबे ख्याल आते रहे। सुबह होने पर जब बैंक जाने की दिनचर्या में मैं जुटा तब कहीं इन ख्यालों से मुक्त हो सका।

इस घटना के बाद एक महीने की छुट्टी ले अपनी पत्नी और बच्चों के साथ मैं अपने पैतृक शहर चला गया। वहां अपने परिवारजनों एवं मित्रों से बताने के लिए मनबोध मउआर से बड़ी खबर मेरे पास दूसरी नहीं थी। जैसा कि मुझे विश्वास था, इस खबर को सुन सब पुलकित और विस्मित हुए बिना नहीं रह पाए। मेरे वयोवृद्ध बड़े भैया ने तो अगली बार मेरे साथ आरा चलकर मनबोध मउआर को देखने की अपनी इच्छा भी व्यक्त की। छुट्टी समाप्त कर जब मैं अपने परिवार के साथ आरा पहुंचा तो स्टेशन पर ही महाराजगंज निवासी मेरे मकान मालिक का लड़का पवन मिल गया। उसने मुझे देखते ही हर्ष के साथ यह सूचना दी, “बुढ़वा मउआर लंगड़ा हो गया। स्कूटर वाले ने तो खूब कसकर धक्का मारा था। भाग्यशाली था कि सिर्फ टांग टूटकर ही रह गई नहीं तो साफे था...।”

इस सूचना को मैंने अपने ऊपर वज्रपात की तरह महसूस किया। मनबोध मउआर के प्रति उपाध्याय परिवार के दृष्टिकोण से मैं वाकिफ था। उस छोकरे से इस विषय में अब और कुछ बातचीत न कर मैं तेजी से अपने निवास चल पड़ा। पत्नी और बच्चों को घर छोड़, सीधे मनबोध मउआर के यहां भागा। इस सूचना ने उनसे मिलने के लिए मुझे बेचैन कर दिया था।

जब मनबोध मउआर के यहां पहुंचा, दोपहर सरक रही थी। बरामदे वाले अपने कमरे में वे चौकी पर चित लेटे थे। वे ट्रैक्सन पर थे। उनका टूटा पांव ऊपर की ओर उठाकर स्टैंड से बांध दिया गया था। तथा स्टैंड के दूसरी ओर कोइे वजनी वस्तु लटका दी गई थी। उन्हें उठने-बैठने और अधिक हिलने-डुलने की मनाही थी। इस अल्पावधि में ही उनका चेहरा सूखकर कांटों की तरह रूक्ष हो गया था तथा आंखें कुछ अंदर तक धंस गई थीं, लेकिन मुझ पर नजर पड़ते ही उनकी आंखें फिर पहले जैसी विहंस उठीं तथा चेहरे पर ताजगी लौटने लगी, “आप कब आए धरमदेव बाबू? मैं आपकी राह ताक रहा था। एक आपे तो हैं इस मुहल्ले में जिसमें कुछ धरम-इमान बचा है...।”

मैंने तत्क्षण कहा, "अभी इसी वक्त आ रहा हूं। स्टेशन पर जैसे ही पता चला, परिवार को घर छोड़ सीधे आ गया हूं। यह सब कैसे हो गया? आपको बचकर रहना चाहिए था...।"

"होनी होकर रहती है, धरमदेव बाबू। होनी को कोई टाल नहीं सकता। प्रारब्ध का भोग तो भोगना ही पड़ता है। हमको कवनो मलाल नहीं। इसकी मियाद बितने पर हम फेरू ठीक हो जाएंगे...।"

"लेकिन आखिर हुआ कैसे।"

"अरे क्या बताऊं धरमदेव बाबू।" और वे बताने जा ही रहे थे कि उन्हें रोककर उनके बड़े बेटे ने मुझे सब कुछ बता दिया। उसके अनुसार अपने पोते के साथ अपने गांव का एक मरीज को देखकर वे अस्पताल से लौट रहे थे। उनके गांव का कोई भी व्यक्ति इलाज कराने शहर आता तो सूचना पाते ही वह उससे मिलने जाते और जितना संभव हो पाता उसकी सहायता करते। उस दिन लौटने में उन्हें देर हो गई। शाम का अंधेरा घिर गया था। बड़ी मठियावाले मोड़ के पास पीछे से आ रहे मोटर साइकिल सवार ने उन्हें धक्का मारा। हालांकि वे रोड के किनारे थे। किसी सवारी से टकराने का प्रश्न ही नहीं था, लेकिन उन्हें धक्का मारने वाले मोटरसाइकिल सवार ने गलत साइड में आकर अपनी योजना के अनुसार उन्हें धक्का लगाया और फरार हो गया।

उनके बड़े बेटे की सूचना के बाद उनके दूसरे पुत्र, पोते और उनकी बहन ने भी उस घटना पर अपनी-अपनी प्रतिक्रियाएं व्यक्त कीं। मेरे आगमन की सूचना पर सब उस कमरें में जुट आए थे। उन्होंने तकरार बढ़ने के डर से स्पष्ट शब्दों में किसी का नाम तो नहीं लिया, लेकिन उनकी बातों से भीमा और जयकिशन का स्पष्ट संकेत मुझे मिल रहा था। उन दोनों में से ही किसी ने यह काम किया था या संभव है किसी और ने किया हो। उनके दुश्मनों की संख्या कोई नियत तो थी नहीं। अंधेरे की वजह से उनका पोता मोटर साइकिल सवार को पहचान नहीं सका। यहां मेरे मन में यह बात भी उठ रही थी कि संभव है, उनके पोते ने उस व्यक्ति को पहचान भी लिया हो, लेकिन तकरार न बढ़ाने की गरज से घरवालों ने उसे गोपनीय रखने का

निर्देश दिया हो। जो हो, इस सूचना से मेरा मन आहत हो गया। मनबोध मउआर पर लोगों के इस जानलेवा प्रहार ने मुझे अंदर तक हिला दिया। मैंने कड़े शब्दों में इसकी निंदा की, "यह तो हद दर्जे की नीचता है। इन्होंने अगर उनकी गलतियों का पर्दाफाश सरेआम किया तो इसका जवाब छिपकर वार करना नहीं है...।"

मनबोध मउआर के परिवारजनों से निपट अब मैं उनके करीब जा बैठा। मुझसे बातचीत करने के लिए उनका मन तो अकुला ही रहा था, उन्हें समझाने के लिए मेरा मन भी व्यग्र था। मेरे अंदर से स्नेह-सहानुभूति ओर लगाव-आत्मीयता का सहज उबाल स्वतः शुरू हो गया, "आप क्यों इस तरह अपने को बर्बाद करने पर तुले हैं? जिनके आचरण और कार्य गलत लगते हैं उन्हें सिर्फ मन के धरातल पर समझ लिया जाए। किसी के खिलाफ सक्रिय होना आज खतरे से खाली नहीं। यह तो खुदा का शुक्र है कि सिर्फ पैर के सिरे ही बीता। ऐसी दुर्घटनाओं में जान जाते भी देर नहीं लगती। आप तो खुद कहते हैं, इस मानुष तन को बहुत जतन से सहेजकर रखना है। ईश्वर ने बहुत अनुग्रह कर इसे प्रदान किया है। आपका परिवार कितना अच्छा और भरा-पुरा है। अपने पोते-पोतियों के बीच आराम से आपको रहना चाहिए। सब आपको हाथ पर लिए रहते हैं। हमारे लिए आपका जीवित रहना बहुत ज़रूरी है। मेरे लिए तो इस शहर में आप एकमात्र मेरे दिशा-निर्देशक हैं।"

मैंने अनुभव किया, मेरी इन बातों से मनबोध मउआर की आंखें कुछ तरल हो गईं, लेकिन जल्द ही अपनी भावुकता पर काबू पा अपने पुराने लहजे में उन्होंने मुझे स्नेहपूर्वक झिड़की देनी प्रारंभ की – "आप ई सब का कह रहे हैं धरमदेव बाबू? एह देह का उपयोग जानवर जइसा इसको पालने में नहीं है। परमात्मा के एह संसार के निमित्त लगा देने में है। आप का समझते हैं कि करवइया ही दोष का भागी बनता है, देखवइया नहीं..। देखवइया का चुप्पिए से तो करवइया का मन बढ़ता है। एक आदमी अनेत करे और दस आदमी उसका कान उमेठें तो फिर कोई अनेत नहीं करेगा चुपा के रहेवाला जानत है कि ऊ बचल है आ दोष के भागी नाहीं। बाकिर कोई अउर देखता है। ओकरा नजर से कुछ नहीं छिपता। आप तो बैंक में हैं।

पइसा जमा करे वाला आपके इहां खाता खोलता है। एही माफिक कतहूं ए जीवन के भी खाता है। अइसा नाहीं कि छिपके कर लिया और कोई जान नहीं पाया। ओह खाता में सब कुछ दर्ज होता है, कुछ भी नहीं छूटता। ई शरीर तो मिट्टी का है, मिट्टिए में मिल जाएगा। सही काम में यह शरीर के धवाहिल (जख्मी) होने की फिकिर नहीं करनी...।" मनबोध मउआर जैसे किसी प्रवाह में आकर प्रवचन की शैली में बोलते जा रहे थे। प्रवचन सुनने की मेरी आदत नहीं, लेकिन जाने उनकी बातों में ऐसा क्या था कि उनके एक-एक शब्द जीवन-शक्ति की भांति मेरे कानों में उतरते चले गए।

उनके यहां से जब मैं लौट रहा था, शाम गहरा गई थी। उनके घर और मेरे निवास के रास्ते में एक शिवाला पड़ता था। मंदिरों के पास खड़े होकर कामना करने में मेरा कोई विश्वास नहीं। मैं भाग्य की अपेक्षा कर्म का समर्थक था, लेकिन उस शाम जाने कैसे मनबोध मउआर के ठीक हो जाने और उनके बचे रहने की कामना में मेरे हाथ जुड़ गए। शायद कंगाल की निधि की तरह मैं मनबोध मउआर को खोना नहीं चाहता था। मैंने मुड़कर देखा, आसपास कोई नहीं था। अब घर की ओर बढ़ चला...।

एक और मृत्युंजय

राघव शरण ने अस्थायी कार्यों को कभी पसन्द नहीं किया। जो कार्य स्थायी नहीं, उसमें उन्होंने हाथ ही नहीं लगाया और अगर लगाया तो फिर अपने लिए उसे स्थायी बनाकर ही छोड़ा। चन्द दिनों का स्वर्गीय सुख भी उन्हें प्रिय नहीं। कम या अधिक, सुख जो भी मिले, बराबर मिलता रहे। उनकी मान्यता रही कि अपने लिए मनुष्य जो भी सुख अर्जित करे, वह स्थायी रूप में अर्जित करे, ताकि उसका उपभोग सदैव करता रहे।

अपने इसी दृष्टिकोण के तहत प्रारम्भ में जब वे अस्थायी नौकरी में आये तो अनवरत प्रयत्न और अथक परिश्रम के फलस्वरूप उसे स्थायी बनाकर ही शान्त हुए। अब सहज ही उन्हें नौकरी से निकाला नहीं जा सकता। किराये के मकानों में अस्थायी रूप से रहना भी उन्हें कष्टदायक प्रतीत होता था। मकान मालिक कभी भी मकान खाली करने के आदेश दे देते। फलतः रुपये एकत्रित कर उन्होंने नगर में अपना बढ़िया मकान बना लिया। अब किसी मकान मालिक की उन्हें परवाह नहीं। स्वयं या परिवार के साथ कहीं आने-जाने में उन्हें भाड़े के वाहन कभी समय पर मिल जाते तो कभी नहीं मिलते, इसीलिए उन्होंने कार एवं स्कूटर दोनों खरीद लिये। उनकी पत्नी को सिनेमा देखने का बेहद शौक़! लेनिक अस्थायी रूप से नगर के कभी इस हॉल में तो कभी उस हॉल में जाना उन्हें स्वीकार्य नहीं। परिणामतः उन्होंने वीडियों और रंगीन टी.वी. ले लिया। इसी तरह अच्छे होटलों एवं पार्कों में मिलने वाले अधिकांश सुखों को उन्होंने अपने घर पर ही एकत्रित कर लिया। अब उन्हें किसी चीज़ की जरूरत नहीं। समर्पित सुन्दर पत्नी और तमाम आधुनिक सुख

स्थायी रूप में उपलब्ध। वे आनन्द और चैन की बंशी बजाने लगे। लेकिन अचानक इसी बीच पैंतालीस की उम्र में ही पेट की एक भयंकर बीमारी की पकड़ में आ गये। जांच-पड़ताल के बाद चिकित्सों ने उसे 'लिवर-कैंसर' घोषित किया तथा उन्हें चन्द दिनों का मेहमान बताया...।

राघव शरण की ज़िन्दगी में यहीं से भयंकर परिवर्तन शुरू होता है। उनके पांव के नीचे की ज़मीन खिसकती जान पड़ती है। उनकी सारी आशाओं पर पानी फिर जाता है। पूरी दुनिया उन्हें बदली हुई जान पड़ने लगती है। उन्होंने सारे स्थायी सुखों का इन्तजाम कर लिया था। लेकिन अब कोई भी सुख उनके किसी काम का नहीं। जब वे ही स्थायी नहीं हो सके तो इन स्थायी सुखों की कैसी उपयोगिता? अपना पिछला किया-कराया सब उन्हें बेकार लगने लगता है। कितनी आशाएं एवं उम्मीदें संजोकर उन्होंने यह सुखद दुनिया बसायी थी। लेकिन सब कुछ छोड़कर बीच में ही चले जाने की बारी आ गयी। वे बेहद दुःखी, चिन्तित एवं गमगीन रहने लगते हैं।

राघव शरण के ऊपर एकाएक आये इस आसन्न् संकट से उनके परिवार के लोग भी व्यथित एवं परेशान हो जाते हैं। राघव शरण द्वारा अर्जित सुखों का ही इस्तेमाल परिवार के सभी सदस्य कर रहे थे। वे अपने तईं लिवर-कैंसर के इलाज की बेहतर-से-बेहतर सुविधाएं उन्हें मुहैया कराने लगते हैं। लेकिन कोई फ़ायदा नहीं...। फिर भी अपने सन्तोष के लिए लगे रहते हैं। लेकिन राघव शरण की चिन्ता उनकी अपेक्षा कहीं गहरी होती है।

राघव शरण अनुभव करते हैं, एक ओर खुद उनके द्वारा अर्जित सुखों का मोहक संसार है तो दूसरी ओर सामने साक्षात् काल खड़ा है जो शीघ्र ही उस मोहक संसार से उन्हें विलग कर देगा। राघव शरण की जीवन-दृष्टि और चिन्तन में यहीं से बदलाव शुरू होता है। उन्होंने सबसे पहले शरीर के स्थायित्व की बात ही क्यों नहीं सोची? अन्य सुखों का अर्जन क्यों किया? वे कितने मूर्ख साबित हुए? कितना बड़ा धोखा खाया? शरीर गला कर उन्होंने सब कुछ हासिल किया। उनका परिश्रम देखकर लोग दंग रह जाते थे। भौतिक सुखों को एकत्रित करने के लिए वे पागलों की तरह लगे रहे। न कभी समय पर खाना खाया, न आराम किया। लम्बे संघर्ष के बाद अब

सुख भोगने के लिए वे तैयार हुए थे कि अचानक सब कुछ छोड़कर चले जाने की बारी आ गयी...।

राघव शरण को अपने मुहल्ले के लोगों की मूर्खता याद आ जाती है। आधुनिक सुविधाओं से पूर्ण उनका घर और समृद्धि देख सब उनके नक्शे कदम पर चलने लगे हैं। उनकी ही तरह तमाम भौतिक सुखों को स्थायी रूप में एकत्रित करने के लिए जी-जान से लगे हैं। उन्हें लगता है सिर्फ उनके मुहल्ले के लोग ही क्यों, पूरा देश और पूरी दुनिया इसी उद्देश्य में लगी हुई है। लेकिन क्या वे नहीं जानते कि मृत्यु कभी भी उन चीजों से उन्हें अलग कर देगी? फिर इस तरह जान लुटाकर वे उनका संग्रह क्यों करते हैं? इस पर उन्हें एक जवाब यह सुझता है कि स्वयं न सही; उनके बाल-बच्चे तो उपभोग करेंगे और उनका नाम लेंगे। लेकिन यह जवाब उन्हें वाजिब नहीं लगता। मरने के बाद वे देखने तो आएंगे नहीं कि उनके बाल-बच्चे सुख पा रहे हैं या दुःख। बाल-बच्चे समझदार होंगे तो विरासत में पिता के कुछ न छोड़ते पर भी सुख-समृद्धि एकत्रित कर लेंगे और नासमझ होंगे तो विरासत की सारी सम्पति चन्द मिनटों में ही लुटा देंगे। इसीलिए बाल-बच्चों के लिए ही लोग स्थायी सुखों का संग्रह करते है यह तर्क सार्थक नहीं। तब फिर लोग ऐसा क्यों करते हैं? इस पर उन्हें लगता है, पूरी दुनिया उनकी तरह ही भ्रम और धोखे में है। यथार्थ स्थिति का ज्ञान किसी को नहीं। मृत्यु को सब भूले बैठे हैं। अचानक जब मृत्यु सामने आती है तब उन्हें ज्ञान होता है। लेकिन उस वक़्त ज्ञान के सदुपयोग के लिए समय तो बचता नहीं। सिर्फ अफसोस रह जाता है।

राघव शरण सोचते हैं, मनुष्य ने जंगलों-पहाड़ों को काटकर गांव और नगर बसाया। कल-कारखानों का निर्माण किया। अपने रहने, खाने, पहनने और ऐशो-आराम का सारा प्रबन्ध किया। तब फिर मृत्यु पर विजय प्राप्त करने की कोशिश क्यों नहीं की? इस पर उन्हें स्वतः जवाब मिलता है, मनुष्य मृत्यु पर विजय प्राप्त करने के लिए शुरू से ही प्रयत्नशील रहा है। विभिन्न चिकित्सा पद्धतियों के माध्यम से चिकित्सक मरने वाले रोगियों को बचाने के लिए ही प्रयासरत होते हैं। अमेरिका आदि अनेक विकसित देशों में हिमीकरण

पद्धति से अब भी अरबपतियों की लाशें उस वक़्त के लिए सुरक्षित रखी जा रही हैं जब विज्ञान मृतकों को जीवित बनाने में सक्षम हो सके। लेकिन पता नहीं, कभी ऐसा हो सकेगा भी या नहीं?

अपनी जानकारी के तहत राघव शरण को एक-एक कर अनेक चेहरे याद आते हैं जो कैंसर की बीमारी की चपेट में आये थे, दवा कराते-कराते थक गये, लेकिन ठीक नहीं हुए। उनमें पूंजी रखने वाले कुछ लोगों ने विदेशों में जाकर ऑपरेशन कराया। फिर भी नहीं बच सके। इस सन्दर्भ में राघव शरण ने अनुभव किया है, कैंसर किसी बीमारी का नहीं, मृत्यु का ही नाम है। कैंसर ही क्यों, मृत्यु के लिए दुनिया की प्रायः सभी बीमारियां सिर्फ बहाना भर हैं। वास्तविक बीमारी तो मृत्यु है। राघव शरण ने ऐसे लोगों को भी मृत्यु का शिकार होते देखा है, जिन्हें कोई बीमारी नहीं थी। भले-चंगे थे। लेकिन अचानक हार्ट अटैक हुआ और गुजर गये। कुछ अच्छी सेहत वाले व्यक्ति प्रतिदिन की भांति बिस्तरे पर सोये तो सोते ही रहे। कुछ लोग ऑफिस से थके-हारे घर आकर चाय पीये और चले गये। रास्ते में, दफ्तर में, खेत-खलिहान में कब मृत्यु पकड़ ले कुछ पता नहीं। मृत्यु के लिए अब किसी बीमारी का भी बहाना नहीं। चिकित्सकों ने बीमारियों के इलाज के लिए विभिन्न पद्धतियां विकसित कीं तो मृत्यु साक्षात् सामने खड़ी हो गयी और सब पस्त हो गये। लेकिन राघव शरण दूसरों का मरना सुन और देखकर पहले कभी भी इस तरह मृत्युभय से आक्रान्त नहीं हुए थे। अगर पहले इस तरह आक्रान्त हुए रहते तो यह आलीशान भवन और इसके अन्दर प्रायः सभी सुखों का निर्माण वे नहीं करते। उनसे होता ही नहीं। इसीलिए उनकी व्यथा गहरी है। अभावों के बीच रहने वाले की मृत्यु उन्होंने देखी है। सहज रूप से वे मृत्यु को स्वीकार कर लेते हैं। उनकी तरह भय से घबराते-छटपटाते नहीं। लेकिन चाहकर भी अपने वैभवपूर्ण संसार का मोह राघव शरण त्याग नहीं पाते हैं।

राघव शरण की चिन्ताएं निरन्तर बढ़ती जाती हैं। जब से चिकित्सकों ने कैंसर की घोषणा करते हुए उन्हें चंद दिनों का मेहमान बताया है, सोते-जागते, उठते-बैठते हर वक़्त मृत्यु उन्हें भयभीत किये रहती है। वे व्यग्रता एवं बेचैनी

से यह सोचते रहते हैं कि कितना अच्छा होता अगर वे अमर हो जाते। क्या कोई ऐसी राह नहीं जिस पर चलकर इस शरीर को स्थायित्व प्रदान किया जा सके? वे दूर तक अपनी दृष्टि दौड़ाते हैं। प्रायः सभी चिकित्सा पद्धतियां और अन्य उपाय उन्हें मृत्यु के समक्ष पराजित नजर आते हैं। इस सन्दर्भ में अचानक अध्यात्म एवं भारतीय धर्मग्रन्थों की ओर भी उनका ध्यान जाता है। उनके मित्र सदासुख पिछले काफी समय से सन्तों की संगति में रहने लगे हैं। जब भी मिलते हैं, आध्यात्मिक बातों की चर्चा प्रारम्भ कर देते हैं। राघव शरण ने उनकी बातों को कभी पसंद नहीं किया। उन्हें यह सब फालतू, निस्सार और मनगढ़न्त बातें लगतीं। लेकिन अब उन्हीं बातों में उन्हें सार नजर आने लगता तथा उनका आर्कषण तेजी से उस ओर बढ़ने लगता है।

सदासुख बताते हैं कि मरने पर शरीर का नाश हो जाता है, लेकिन आत्मा नहीं मरती...।

सदासुख यह भी बताते हैं कि देह और आत्मा का सम्बन्ध अभेद होता है।

सदासुख कहते हैं, सदियों पहले अपने यहां शुक्राचार्य के पास वह संजीवनी विद्या थी, जिससे मरे हुए व्यक्ति को भी वे जिला देते थे। लेकिन आज वह विद्या विलुप्त हो गयी है। रामायण और महाभारत के कई चरित्र आज भी सशरीर जीवित हैं। उदाहरणस्वरूप हनुमान जी, विभीषण, अश्वत्थामा, वेदव्यास, शुक्रदेवजी, बलि आदि।

सदासुख बताते हैं, अपने देश में अभी भी अनेक साधु-सन्त और योगी-संन्यासी हिमालय की खोह में रहते हैं, जिनकी उम्र कई सौ वर्षों की हो गयी है...।

राघव शरण के दादा धार्मिक व्यक्ति थे। वे एक प्रसिद्ध सन्त के शिष्य थे। घर पर नियमित रूप से पूजा-पाठ करते तथा पूरे मन से धार्मिक ग्रन्थों का अध्ययन करते। उनकी मृत्यु के बाद लाल रंग के कपड़े में बंधे धार्मिक ग्रन्थ वर्षों से अलमारी के एक कोने में पड़े रहे। कभी किसी ने नहीं छुआ। लेकिन राघव शरण उस बण्डल को खोल वेद, पुराण, उपनिषद् रामायण, महाभारत आदि का अध्ययन शुरू कर देते हैं। घर के लोग समझते हैं, सामने

उपस्थित मृत्यु को देख अपना परलोक सुधार रहे हैं। लेकिन वे तो एक दूसरे सत्य की खोज में थे। मृत्यु पर विजय पाने का सत्य।

राघव शरण अनुभव करते हैं, उनके जीवन की अवधि कम है तथा प्राचीन धार्मिक ग्रन्थ विपुल मात्रा में है। अल्पावधि में सब पढ़ लेना सम्भव नहीं। पता नहीं, सत्य वे पा भी सकेंगे या अध्ययन के क्रम में ही गुजर जायेंगे।

कैंसर की बीमारी और मृत्यु-चिन्ता से राघव शरण का बदन पीला, उदास, निस्तेज और दुबला होने लगता है। उनकी पत्नी अपने जाते सुहाग को देख छिप-छिपकर रोती रहती है। सारा परिवार दुःख और व्यथा में डूबता जाता है। राघव शरण के न रहने की कल्पना मात्र से ही उनके परिवार के होश उड़ने लगते हैं। ऐसे ही समय एक रात अपने बिस्तरे पर पड़े-पड़े राघव शरण की व्यथा और बेचैनी चरम पर पहुंच जाती है। उन्हें लगता है, कायरों और बुजदिलों की तरह वे चुपचाप आने वाली मृत्यु का इन्तजार कर रहे हैं। कि उन्हें इस तरह हाथ-पर-हाथ रखकर नहीं बैठना चाहिए। कि इस महल में छिपकर जब वे मृत्यु से नहीं बच सकते तो फिर यहां क्यों छिपे हैं? सत्य की खोज में क्यों नहीं निकलते? जोखिम मोल लेकर और घर-परिवार को त्याग कर ही सत्य को पाया जा सकता है। मृत्यु आनी होगी तो कहीं भी आयेगी। बैठकर धीरे-धीरे काल के गाल में जाने की अपेक्षा काल को परास्त करने के लिए संघर्ष यात्रा पर चल देना ही बेहतर होगा...। आधी रात की इस बेला में जब घर-परिवार और सारा शहर सोया है, गौतम बुद्ध की तरह अपनी पत्नी, बाल-बच्चे, महल और सारे वैभवों को त्याग चल देना चाहिए...।

और राघव शरण चल देते हैं...।

घर से भागने के बाद राघव शरण ने कैसे रातों-रात वह शहर छोड़ दिया? कि कैसे विभिन्न तीर्थों एवं धर्म-स्थलों में घूमते हुए उन्हें सन्तों की संगति प्राप्त हुई? कि कैसे जंगलों और पहाड़ों से गुजरते हुए हिमालय की तराई में एक सिद्ध महात्मा का उन्हें दर्शन हुआ? कि कैसे उस महात्मा ने उन्हें अपना शिष्य बनाया? कि कैसे गुरुदेव के निर्देशन में योग-साधना से वे अवगत हुए? कि अपने गुरुदेव के आदेशानुसार एक निर्जन स्थान में कैसे वे लम्बे समय तक साधनारत रहे? कि कैसे उन्हें अमरत्व की प्राप्ति हुई?

यह लम्बी कहानी है। यहां विस्तार से उसका जिक्र सम्भव नहीं। उनके बारे में संक्षिप्त सूचना यह कि घर से भागने के 120 वर्ष बाद अमरत्व प्राप्त कर वे वापस लौट चलते हैं।

हजारों मील की लम्बी यात्रा के फलस्वरूप राघव शरण जब अपने शहर पहुंचते हैं तो पाते हैं कि उनका वह शहर आश्चर्यजनक रूप से बदल गया है। वे पहचान नहीं पाते हैं कि यही उनका शहर है, जिसके हर मुहल्ले और चौराहे से वे परिचित थे। जिसकी हर गलियां जानी-पहचानी थी। अपने इस छोटे शहर को टहलने के क्रम में ही इस छोर से उस छोर तक नाप लेते थे। लेकिन अब वह शहर यह रहा ही नहीं। शहर के बाहर दूर तक फैले जंगल का कहीं अता-पता नहीं। उस जंगल में एक-से-एक हिंसक जानवर रहते थे। लेकिन उस जंगल के स्थान पर ऊंची-ऊंची अट्टालिकाएं बन गयी हैं। शहर का सबसे बड़ा मुहल्ला बस गया है। उस मुहल्ले को देख कोई यह सोच ही नहीं सकता कि कभी यहां घना जंगल होगा। शहर के बाहर की बस्तियां, नदी-नाले और मैदान सब शहर की परिधि में आ गए हैं। शहर ने अपने आसपास के इलाकों को अजगर की तरह लील लिया है। शहर के बाहर के प्राकृतिक दृश्य और शहर को स्वच्छता प्रदान करने वाले वातावरण सब शहर के पेट में समा गये। उन्हें यह देख गहरा आश्चर्य होता है कि उनका साफ-सुथरा छोटा शहर एक प्रदूषणयुक्त महानगर में बदल गया है। उन्हें यह सब अच्छा नहीं लगता। यह सब क्यों हो गया? कैसे हो गया? अपने जिस शहर का सपना संजोये वे लौटे थे, वह शहर कहां चला गया? उनका मन तिक्त हो जाता है।

राघव शरण को बहुत पूछताछ करने के बाद अपने शिवपुरी मुहल्ले का पता मिलता है। उनके मुहल्ले का नाम शिवपुरी से कैसे सुन्दरपुरम हो गया, उन्हें कोई जानकारी नहीं मिलती। वह तो एक-दो-बुड्ढे बताते हैं कि सुन्दरपुरम ही पहले का शिवपुरी मुहल्ला है, तब वह जान पाते हैं।

अपने मुहल्ले में पहुंच राघव शरण पाते हैं कि शहर की तरह उनके मुहल्ले का नक़्शा भी पूरी तरह बदल गया है। न वे गलियां हैं। ने वे मकान। लोगों ने अपनी इच्छानुसार इतना परिवर्तन किया है कि अब वह मुहल्ला रहा

ही नहीं। उन्होंने सोचा था कि बिना किसी से पूछे सीधे अपने मकान पर पहुंच जायेंगे। लेकिन अब उन्हें अपना मकान पहचान में ही नहीं आ रहा। सारी दोपहरी पूरे मुहल्ले का चक्कर लगाते-लगाते जब वे थक जाते हैं और परेशान हो उठते हैं तो पूछना शुरू करते हैं। अपने तीनों पुत्र ज्वाला प्रसाद, बाला प्रसाद और लाला प्रसाइ कर नाम लेकर पूछते हैं कि उनका घर कहां है? जवाब में लोग बताते है कि उस नाम के आदमी यहां नहीं। इस पर वे बहुत दुःखी हो जाते हैं। क्या वे किसी दूसरे शहर और किसी दूसरे मुहल्ले में पंहुच गये हैं?

राघव शरण के दिमाग में एक बात सूझती है। अब वे जिस किसी से अपने पुत्रों के बारे में पूछना चाहते हैं, पहले उसका हुलिया लेने लगते हैं कि वह इस मुहल्ले में कब से रह रहा है? इस सन्दर्भ में वे पाते हैं, स्थायी रहने वाले नहीं के बराबर हैं। अधिकतर किरायेदार हैं। कुछ मकान मालिक भी मिलते हैं। लेकिन किरायेदारों की तरह ही अस्थायी। दूसरी जगह का मकान बेच यहां ले लिया। और स्थायी रूप से यहां रहेंगे, इसकी भी कोई निश्चिन्तता नहीं। कहीं भी और कभी भी मकान बेच देंगे। खरीद लेंगे।

राघव शरण चिन्ता में पड़ जाते हैं कि अपना मकान वे कैसे ढूंढे? मुहल्ले के स्थायी बाशिन्दे तो अब रहे नहीं। वे महसूस करते हैं, उनके जमाने के इस स्थायी मुहल्ले की स्थिति चलती हुई ट्रेन की हो गयी है जिस पर लोग समयानुसार उतरते-चढ़ते हैं। उन्हें इन्हीं यात्रियों में अचानक पीर के मजार के बूढ़े मौलवी साहब मिल जाते हैं, जो बताते हैं, ज्वाला प्रसाद, बाला प्रसाद और लाला प्रसाद वर्षों दिवंगत हो चुके हैं। कि उनके लड़के भी बूढ़े हो गये। कि उनके नाती-पोते भी जवान हो गये हैं।

पुत्रों के निधन की सूचना से उनका मन व्यथित हो जाता है। उन्हें लगता है, पुत्र जब गुजर गये तो उनकी माता तो पहले ही गुजर गयी होंगी। एक क्षण तक दुःखी मन से सोचने के बाद जब वे अपना नाम लेकर मौलवी साहब से पूछते हैं कि उस नाम के आदमी के बारे में भी वे जानते हैं तो वे बताते है, नहीं। तब वे मौलवी साहब से अपने दिवंगत पुत्रों को निवास पूछ दुःखी मन से वहां चल देते हैं।

अपने घर के समीप पहुंच राघव शरण को गहरी पीड़ा होती है। उनका मकान कहां चला गया, जिसे वे अब तक ढूंढते रहे थे? उन्होंने अपने हाते में चारों तरफ काफी ज़मीन छोड़कर बीच में मकान बनाया था। मकान एक तल्ला था। ऊपर छत पर सिर्फ एक बड़ा-सा कमरा था। शेष छत जान-बूझकर उन्होंने खाली छोड़ दी थी। गर्मी की रातों में तारों भरे आकाश के नीचे वे अपने परिवार के साथ खुली छत पर सोते। जाड़े के दिनों में अपने मकान के बगल की खाली जमीन में फूल-पत्तियों के बीच धूप का सेवन करते। उन्होंने ऐसा मकान बनाया था कि उस मकान में रहकर सुविधापूर्वक समय-समय पर धरती और आकाश का सेवन किया जा सके लेकिन वे देखते हैं, अब उस स्थान पर एक विशाल बहुमंजिली इमारत खड़ी है नीचे से – लेकर कई तल्ले ऊपर तक छोटे-छोटे क्वाटरों की शृंखलाएं। उनके एक मकान की जगह पर लगभग साठ क्वार्टर एक-दूसरे के ऊपर खड़े हैं और सब भरे हुए। पता नहीं, इनमें सिर्फ उनके परिवार के लोग ही हैं या अन्य किरायेदार भी। उन्हें अपना यह परिवर्तित मकान बिलकुल अरुचिकर प्रतीत होता है। धरती-आकाश के बीच टंगे कबूतरखाने की तरह। इन दड़बेनुमा घरों में लोग कैसे रहते हैं? क्या उन्हें ऊब और घुटन महसूस नहीं होती? क्या धरती और आकाश के नैसर्गिक सुख-सौन्दर्य का पान वे नहीं करना चाहते। उनके वंशजों ने उनके मकान की यह कैसी दशा कर दी? क्यों उन्होंने इसे इस रूप में परिवर्तित किया? सब कुछ जानने की दुःखद जिज्ञासा उन्हें बेचैन कर देती है। मकान से बाहर आ रहे एक व्यक्ति को वे अपनी ओर मुखातिब करते हैं –"सुनिये।"

वह व्यक्ति नजर उठाकर उनका हुलिया देखता है। फिर जवाब देता है – "मैं एक जरूरी काम में हूं। मुझे फुर्सत नहीं।"

वे कहते हैं – "एक मिनट मेरी बात तो सुन लीजिए।"

इस बार वह आदमी उनकी ओर देखता भी नहीं। फिर जवाब देता है – "इन क्वार्टरों में बहुत लोग रहते हैं। किसी से कुछ मांग लीजिए।"

वह आदमी चला जाता है। राघव शरण फटी-फटी आंखों से उसे देखते रहते हैं। उस व्यक्ति ने उनके साथ कैसा अशिष्ट व्यवहार किया? क्या वह

उनके परिवार का ही कोई सदस्य है या किरायेदार वगैरह? कोई भी हो। दरवाजे पर आये अतिथि के साथ भला ऐसा व्यवहार किया जाता है?

अपने शहर और मुहल्ले का अरुचिकर परिवर्तन देख राघव शरण का सारा उत्साह तो ऐसे ही समाप्त हो गया था, इस घटना के बाद तो वे और अधिक उदासीन हो उठते हैं। चुपचाप खड़े-खड़े उस जाने वाले व्यक्ति के बारे में सोचते रहते हैं। अन्ततः यह सोचकर अपने मन को हल्का करते हैं कि उनकी तगड़ी कद-काठी, माथे और दाढ़ी के लम्बे घने बाल, साधु-सन्यासियों की वेश-भूषा देखकर ही उस व्यक्ति ने उनकी उपेक्षा की है। उसे लगा है, कुछ मांगने के उद्देश्य से आये हैं। लेकिन उनके जमाने में तो साधु-अतिथियों का स्वागत किया जाता था...?

पुनः एक व्यक्ति उस मकान से निकलता है। वे उस व्यक्ति के समीप लपकते हुए आवाज लगाते हैं – "सुनिये।"

वह व्यक्ति भी पलटकर उनका हुलिया देखता है। फिर बिना मुंह से कुछ बोले हाथ के इशारे से उन्हें मकान की ओर बढ़ जाने का संकेत करते हुए बिना रुके आगे बढ़ जाता है। राघव शरण अनुभव करते हैं, पहले व्यक्ति की तरह वह व्यक्ति भी उन्हें भिखमंगा समझकर ही आगे बढ़ा है। लेकिन किसी से बातचीत किये बिना सिर्फ वेश-भूषा देख उसके बारे में कोई धारणा बना लेना कितनी गलत बात है।

इस बार बाहर से एक व्यक्ति आता है और उस बहुमंजिली इमारत की ओर बढ़ता है। राघव शरण पुनः आवाज लगाते हैं – "एक मिनट सुनिएगा भाई।"

लेकिन वह व्यक्ति न तो पलटकर उनकी ओर देखता है, न मुंह से कुछ बोलता है और न हाथ से कोई संकेत ही करता है। शायद आते हुए उसने उन्हें देख लिया है। वह तेजी से सीढ़ियां चढ़ते हुए तीन-मंजिले के एक क्वार्टर के सामने की बालकनी में पहुंच जाता है, जहां से खड़ा हो उन्हें हिकारत की नजरों से घूरने लगता है।

राघव शरण महसूस करते हैं, तीनों व्यक्तियों ने उनकी उपेक्षा की है। पहले से दूसरे और तीसरे की उपेक्षा उन्हें ज्यादा कड़वी लगी। अब किसी

और से कुछ भी पूछने की उनकी इच्छा जाती रही। अपने ही दरवाजे पर उन्हें कितना अपमानित होना पड़ रहा है। घर से बाहर पहाड़ों एवं जंगलों पर रहने की अवधि में उन्होंने सुना था कि देश का सर्वांगीण विकास हो रहा है। गांवों एवं शहरों को आदर्श के सांचे में ढाला जा रहा है। लोगों को शिक्षित बनाने के साथ-साथ उनके जीवन को सुखी एवं समृद्धशाली बनाने का प्रयास जारी है। राघव शरण सोचते हैं, क्या यह उसी प्रयास का परिणाम है? उनकी पीड़ा और बढ़ जाती है।

उनके साथ उन तीनों व्यक्तियों ने ऐसा बेरुखा व्यवहार क्यों किया, इस विषय पर बहुत विचार करने के बाद वे इस निष्कर्ष पर पहुंचते हैं कि आगंतुकों या अजनबी लोगों के प्रति उनका दृष्टिकोण ऐसा ही बना दिया गया है। दूसरी बात वे यह महसूस करते हैं कि वे तीनों बहुत जल्दी में थे। शायद उनके पास एक मिनट भी अतिरिक्त समय नहीं। लेकिन यह ठीक तो नहीं। मनुष्य का दृष्टिकोण ऐसा हो जाए, और वे इतनी जल्दबाजी में रहने लगें कि बुनियादी मानवीय गुणों से वंचित हो जायें तो फिर मनुष्य और पशु में अन्तर ही क्या रह जाएगा? वे भारी मन लिये चुपचाप खड़े रहते हैं। मकान से बाहर जाते एवं भीतर आते व्यक्तियों से अब वे कुछ भी नहीं पूछते।

देर तक राघव शरण को इस तरह खड़े देख नीचे के क्वार्टर के दरवाजे पर एक वृद्ध महिला उपस्थित होती है। उसके हाथों में भिक्षा देने के लिए एक पात्र है, जिसमें अनाज के कुछ दाने हैं। राघव शरण को वह समीप बुलाती है। राघव शरण का अन्तर मर्माहत हो जाता है। अपने जिस घर के लिए अमरत्व प्राप्ति कर वे व्यग्रता से वापस लौटे हैं, उस घर के सामने अब उनकी हैसियत मात्र एक भिखारी की है। वे एक क्षण के लिए पूर्वतः खड़े रहते हैं। फिर अपने पीड़ित मन को दृढ़ करते हुए उस वृद्धा के समीप चल देते हैं कि इसी बहाने उससे अपने बेटों-पोतों की जानकारी प्राप्त करेंगे।

जब राघव शरण उस वृद्धा के समीप पहुंचते हैं, वह भिक्षा-पात्र उनकी ओर बढ़ाने लगती है। इस परे वे हाथ जोड़कर जवाब देते हैं – "माता जी, मैं कुछ मांगने नहीं आया। वर्षों पहले यहां मेरा मकान था। मेरे परिवार के लोग थे। उन्हीं की खोज में आया हूं...।"

इस पर वह वृद्धा पूछती है – "किन लोगों की?"

वह बताते हैं – "ज्वाला प्रसाद, बाला प्रसाद एवं लाला प्रसाद की...।"

वृद्धा कहती है – "इन लोगों को मैं नहीं जानती। इनका नाम पहले भी मैंने नहीं सुना है...।"

वे वृद्धा से पूछते हैं – "आपके पति हैं? शायद वे कुछ बता सकें...?"

वृद्धा जवाब देती है – "वो वर्षों पहले दिवंगत हो चुके हैं।"

इस पर वे पुनः प्रश्न करते हैं – "तब आपके परिवार में और कोई पुरुष पात्र?"

वृद्धा कहती है – "मेरा लड़का है। बैंक में नौकरी करता है, दफ्तर गया है। शाम को आयेगा। लेकिन फिर नाईट कॉलेज चला जायेगा। उसके पास एक मिनट का भी समय नहीं...।"

राघव शरण पूछते हैं – "अच्छा, यह तो बताइये कि यह आप लोगों का अपना घर है या आप लोग किराये पर हैं।"

वह कहती है – "हम लोग किराये पर हैं।"

राघव शरण के चेहरे पर पुनः चिन्ता की लकीरें उभर आती हैं। अब वे क्या करें? किससे पूछें? किंकर्तव्यविमूढ़ की स्थिति में उस वृद्धा के समक्ष खड़े रहते हैं। इस पर वह कहती है – "उस दायीं ओर के क्वार्टर में प्रसाद टाइटिल के एक व्यक्ति रहते हैं। शायद वे आपको कुछ बता सकें।" और वृद्धा हाथ के इशारे से उस क्वार्टर की ओर संकेत करती है। इसके बाद वे तत्क्षण उस क्वार्टर के समीप चल देते हैं।

उस क्वाटर के समीप पहुंचकर राघव शरण देखते हैं, नरेश प्रसाद के नाम का एक बोर्ड लगा है। वे दरवाजे पर दस्तक देते हैं। अन्दर से एक सत्रह-अट्ठारह साल की क्वांरी कन्या आती है। फिर उनका हुलिया देख बिना उनसे कुछ पूछे वापस चल देती है। शायद उन्हें भिखारी समझ कुछ ले आने जा रही हो। लेकिन वे आवाज लगाकर बीच में ही उसे रोक लेते हैं – "बेटी, मैं कुछ मांगने नहीं आया। इस मकान में नरेश प्रसाद रहते हैं?"

वह कहती है – "हां वे मेरे डैडी हैं।"

इस पर वे कहते हैं – "मुझे उनसे मिलना है।"

कन्या अन्दर चली जाती है। फिर शीघ्र ही वापस आती है – "आपका क्या नाम है? आप कहां से आये हैं?"

वे जवाब देते हैं – "मेरा नाम राघव शरण है। मैं हिमालय की तराई से आया हूं।"

कन्या अन्दर जाती है। फिर वापस आती है – "क्या काम है? किसी मन्दिर आदि के लिए चन्दे की बात है क्या?"

वे कहते हैं – "नहीं, मैं कुछ भी लेने नहीं आया। उनसे मुझे एक आवश्यक जानकारी लेनी है।"

वह पुनः अन्दर जाती है। फिर बाहर आकर कहती है – "इस समय डैडी आराम कर रहे हैं। शाम पांच बजे आइयेगा...।"

वे अनुनय के स्वर में कहते हैं – "बेटी, मैं बहुत दूर से आया हूं और देर से जानकारी के लिए भटक रहा हूं...।"

कन्या फिर अन्दर चली जाती है। इस बार आंखों पर चश्मा लगाये एक वृद्ध अन्दर से आते हैं – "क्या काम है? आप कौन हैं?"

राघव शरण एक क्षण तक वृद्ध को देखते हैं। फिर पूछते हैं – "ज्वाला प्रसाद, बाला प्रसाद एवं लाला प्रसाद के बारे में आप जानते हैं?"

इस पर वे वृद्ध राघव-शरण के चेहरे पर अपनी नजरें टिकाते हुए कहते हैं – "उनके बारे में आप क्या जानना चाहते हैं? मैं बाला प्रसाद का ही पुत्र हूं।"

बस, इतना सुनते ही राघव शरण का चेहरा खिल उठता है। वे 'आप' की जगह 'तुम' का सम्बोधन करते हुए सुखद आश्चर्य से बोल उठते हैं – "तुम बाला के पुत्र हो? युग-युग जिओ बेटा। मैं तुम्हारा दादा राघव शरण हूं। यह मेरे मकान की कैसी दुर्गति बना रखी है तुम सबों ने? परिवार का हाल सुनाओ। और कौन-कौन लोग बचे हैं परिवार में...?"

इस पर वे क्रोध प्रकट करते हुए सख्त शब्दों में कहते हैं – "ए साधु! यहां तुम्हारी दाल गलने वाली नहीं। दुनिया बहुत आगे बढ़ चुकी है। मैंने अपने बाल धूप में सफेद नहीं किये। किसी और को मूर्ख बनाना। यहां से अपना रास्ता नापो...।"

यह सुन राघव शरण के होश उड़ जाते हैं। अचानक वे आसमान से ज़मीन पर आ गिरते हैं। उन्होंने सोचा था कि घर पहुंचने पर उनके वंशज सुखद आश्चर्य से उछल पड़ेंगे। कि उनके मुहल्ले से होते हुए यह खबर सारे शहर में फैल जायेगी। कि लोग उनका दर्शन करने एवं आशीष पाने उमड़ पड़ेंगे। कि उनके वंशज उनका पांव पखारेंगे। आरती उतारेंगे। उनकी पूजा करेंगे। लेकिन यहां तो बिलकुल उल्टी बातें घटित हो रही हैं। लोगों को यह क्या हो गया है? लोग ऐसा कैसे बन गये हैं?...

राघव शरण भौंचक हो उस वृद्ध की ओर ताकते रहते हैं। उस वृद्ध के पास आस्था और विश्वास नाम की कोई चीज नहीं। अपने जिस घर और परिवार में स्थायी रूप से रहने के लिए वे अमरत्व प्राप्त कर लौटे हैं, क्या यही उनका घर और परिवार है? अगर ये लोग उन्हें पहचान भी लेते हैं तो क्या ऐसे लोगों के बीच वे रह पायेंगे? एक दुःखद पश्चाताप भरे अन्तर्द्वन्द्व के बीच वे घिर जाते हैं। उन्हें चुपचाप खड़े अपने ऊपर टकटकी लगाये देख वे वृद्ध कहते हैं – "किसी गांव में चले जाओ साधु। वहां ठगना आसान होगा। यहां किसी को ठग नहीं पाओगे...।"

और वृद्ध तिरस्कार भरी निगाहों से उन्हें घूरते हुए अन्दर चले जाते हैं। राघव शरण की इच्छा होती है, वर्षों का मोह त्याग वापस लौट जाएं। अब यहां रहा ही क्या? फिर यह सोचकर कि उनका परिवार बड़ा था, अन्य सदस्यों से भी मिल लें...अन्य सदस्य कैसे हैं? कौन-कौन बचे हैं? सबको देखने-जानने की जिज्ञासा से वे रुक जाते हैं।

कुछ समय बीत जाता है। चिन्ताओं में डूबे वे ऐसे ही खड़े रहते हैं। अचानक वह कन्या किसी कार्यवश दरवाजे की ओर फिर आती है। उन्हें पूर्वतः दरवाजे पर खड़े पा तेजी से अन्दर लौट जाती है। इस बार वे वृद्ध गुस्से में तमतमाते हुए आते हैं – "क्या विचार है साधु। सीधे मन से वापस जाओगे या पुलिस को बुलाना पड़ेगा...।"

राघव शरण कहते हैं – "ईश्वर साक्षी है बेटा। मैं किसी को ठगने या किसी से कुछ भी लेने नहीं आया...अपने परिवार के लोगों की जानकारी ले और उनसे मिल चला जाऊंगा...।"

वे वृद्ध कहते हैं – "इससे बड़ा फरेब और क्या करोगे? जो दादा सैकड़ों वर्ष पहले कैंसर की बीमारी से मर चुके उनके नाम पर धोखा देने आये हो...।"

इस पर राघव शरण कहते हैं – "मैं कैंसर से मरा नहीं था बेटा। तुम्हारे बाप बाला ने बताया होगा, मैं आधी रात को घर से भाग गया था...फिर जंगलों और पहाड़ों की खाक छानते हुए मुझे सन्तों की संगति प्राप्त हुई थी। इसके बाद वर्षों की साधना के पश्चात यहां लौटा हूं...।"

वे वृद्ध कुटिल भंगिमा प्रदर्शित करते हुए कहते हैं – "अच्छी कहानी गढ़ ली है साधु। लेकिन तीर्थ के पण्डे तो तुमसे भी आगे कई पीढ़ियों का इतिहास अपने पास रखते हैं। पर अब कोई मूर्ख नहीं रहा। तुम तो एक दिवंगत व्यक्ति का नाम बेच रहे हो। यहां तो कई लोगों ने अपने को ईश्वर घोषित कर दिया है...उनमें कुछ ईश्वर अभी भी जेलों में बन्द हैं।"

राघव शरण चौंक उठते हैं – "क्या कहा। लोगों ने अपने को ईश्वर घोषित कर लिया है और ईश्वर जेलों में बन्द हैं...हे भगवान् यह सब मैं क्या सुन रहा हूं...।"

वे वृद्ध कहते हैं – "भोले न बनो साधु। वे सब तुम्हारी तरह ही हैं। प्रपंच छोड़कर कहीं और प्रस्थान करो।"

राघव शरण को यह समझ में नहीं आता कि इस आदमी से वे बात आगे बढ़ायें तो कैसे? एक ही भाषा में दोनों की जीवन-दृष्टि का अन्तर इतना बढ़ चुका है कि एक-दूसरे के लिए शब्दों का अर्थ पूर्णतः बदल गया है। राघव शरण सोचते हैं कि अपने कथन को विश्वसनीय बनाने के लिए कौन-सी बात कहें, कोई सूत्र उन्हें हाथ नहीं लगता। अन्ततः निराश हो अनुनय के से स्वर में कहते हैं – "ज्वाला प्रसाद और लाला प्रसाद के पुत्र कहां है?"

इस पर वे वृद्ध कहते हैं – "उनकी जानकारी लेकर क्या उन्हें भी धोखा देने पहुंचोगे...लेकिन वहां कोई धोखे में नहीं आयेगा...।"

राघव शरण कहते हैं – "नहीं...नहीं... मैं अपने को कैसे बताऊं कि मेरी प्रार्थना है मुझे कुछ जानकारी दे दो...।"

इस पर वे कहते हैं – "क्या जानकारी लोगे? ज्वाला प्रसाद के बाल-बच्चे

नहीं हुए। वे वर्षों पहले गुजर गये। मैं अपने बाप का अकेला हूं। मुझे एक लड़का है और एक लड़की। लाला प्रसाद के चार लड़के और तीन लड़कियां हैं। वे काफी समय से दिल्ली में रह रहे हैं। उनके बच्चे विदेशों से शिक्षा लेकर लौटे हैं। वे अपने गेट पर भी तुम्हें खड़ा नहीं होने देंगे। मेरी तरह उनके पास समय नहीं कि तुम्हारे साथ वक़्त जाया करें...।"

इसके बाद राघव शरण पूछते हैं – "ज्वाला प्रसाद आदि की माता का निधन कब हुआ? कैसे हुआ?"

वृद्ध कहते हैं – "इसकी मुझे कोई जानकारी नहीं।"

अब राघव शरण पूछते हैं – "ज्वाला प्रसाद आदि की तीन बहनें थीं – सुनन्दा, सुनयना और सरस्वती...उनके परिवार का क्या समाचार है? वे लोग कहां हैं? कौन-कौन बचे हैं?"

वृद्ध कहते हैं – "किसी पण्डे के गिरोह के आदमी मालूम पड़ते हो साधु...पूरी जानकारी लेकर आये हो.... लेकिन आज के इस वैज्ञानिक युग में अब किसी को भी छल नहीं पाओगे। मुझे ज्वाला प्रसाद आदि की बहनों के बारे में विशेष जानकारी नहीं,...पुराने सम्बन्ध आज नहीं चलते...किसको इतनी फुर्सत है...?"

अब राघव शरण पूछते हैं – "पुराने मकान की जगह यहां यह कबूतरखाना कैसे खड़ा हो गया?"

वृद्ध कहते हैं – "इसे कबूतरखाना कहते हो साधु। ये क्वाटर बहुत आरामदायक एवं सुविधाजनक है। विज्ञान के विकास की देन हैं ये क्वाटर कि इतनी कम ज़मीन में इतने फ्लैट्स बन गये। इन फ्लैटों में जागरूक लोग रहते हैं... उनके समक्ष तुम्हारी दाल गलने वाली नहीं...। पुराना मकान किसी को पसन्द नहीं था। काफ़ी ज़मीन के बीच एक छोटा-सा मकान... ज़मीन की बर्बादी थी। वर्षों पहले ज्वाला प्रसाद आदि ने भवन निर्माण से सम्बन्धित एक बिल्डर के हाथों पुराना मकान और सम्बन्धित ज़मीन बेच दी थी। नये सिरे से बन जाने के बाद इसी में का एक क्वार्टर मैनें अपने लिए ले लिया है...और क्या पूछोगे? अब तो जान छोड़ो; मैं रिटायर्ड आदमी हूं इसीलिए इतना समय भी दे दिया। और लोग तो तुमसे बातचीत ही नहीं

करेंगे...।" – इतना कहकर वे वृद्ध अन्दर चले जाते हैं। राघव शरण भौंचक हो खड़े रहते हैं। कुछ वर्षों के अन्तराल में ही वे अपने घर-परिवार के लिए कितने अजनबी बन गये हैं। अगर वे जानते कि दुनिया इतनी बदल जायेगी तो इस दुनिया के लिए इतनी आसक्ति पालते ही नहीं। उन्हें गहरा पश्चात्ताप होने लगता है। अमरत्व प्राप्ति के बाद पहली बार थकान का अनुभव करते हैं। फिर समीप ही एक कोने में खुले आसमान के नीचे कुश की अपनी आसनी बिछा बैठ जाते हैं।

शाम घिरने लगती है। विभिन्न दफ्तरों से कार्य कर औरत-मर्द तथा स्कूल कॉलेजों से पढ़कर लड़के-लड़कियां वापस आने लगते हैं, उनके हाते की बहुमंजिली इमारत के सामने स्कूटर, मोटर साइकिल, जीप, कार और रिक्शों का तांता लग जाता है। विभिन्न सवारियों से उतरकर लोग सीढ़ियों के सहारे अपने-अपने दरबों में घुसते चले जाते हैं। राघव शरण को यह देखकर गहरा आश्चर्य होता है कि इतने लोग इस इमारत में कैसे अंट गये और कैसे रह लेते हैं? उनकी आंखों के सामने अतीत का वह दृश्य घूम जाता है जब इस जगह प्रकृति के खुले वातावरण में उनका एक छोटा-सा प्यारा मकान था....। क्या लोगों के रहने के लिए अब पर्याप्त जगह नहीं रह गयी। या इसी तरह दड़बों में रहना ही लोगों को पसन्द है, उन्हें कुछ भी समझ नहीं आता।

राघव शरण अपने पोते को लेकर सोचते हैं कि उसे उनकी बातों पर तनिक भी विश्वास नहीं। अगर विश्वास न भी होता तब भी सहानुभूतिपूर्वक उनकी पूरी बात तो उसे सुननी चाहिए थी। उनकी बातों की सत्यता की जांच करनी चाहिए थी। लेकिन जैसे पहले ही से धारणा बनी हो कि उनकी तरह के लोग पाखण्डी होंगे, उसी तरह का व्यवहार उसने किया। तो क्या उनकी वेशभूषा में पहले भी किसी ने आकर उसे धोखा दिया है? अगर ऐसा हुआ है तो उसे बताना चाहिए था। फिर उनके कानों में अपने पोते का यह कथन गूंजने लगता है कि कई लोगों ने अपने को ईश्वर घोषित कर दिया है और कई ईश्वर जेलों में बन्द हैं। तो क्या यह भी यहां होने लगा है? हे प्रभु। मैं यह सब क्या सुन रहा हूं? क्या यह मेरा शहर नहीं? मेरा घर-परिवार नहीं? सब कुछ इस रूप में कैसे बदल गया।

शाम गहरा जाती है। अचानक एक युवक मोटर साइकिल से आता है और उनके पोते के क्वार्टर की ओर चल देता है। वे गौर से उसे देखने लगते हैं शायद उनके पोते का लड़का हो। उनके पोते ने बताया था कि उसे एक लड़का और एक लड़की है। लड़की को तो वे देख ही चुके हैं। लड़की की तरह ही नाक-नक़्स देख उन्हें लगता है अवश्य यह उसी का लड़का है। फिर उनकी आंखें स्नेह से भर जाती हैं। अपने परिवार की तीसरी पीढ़ी को वे देख रहे हैं...।

वह युवक क्वार्टर के अन्दर जाता है। फिर शीघ्र ही बाहर आता है और इधर-उधर नजर घुमाकर किसी को ढूंढ़ने लगता है। फिर उन पर नजर पड़ते ही उनके समीप बढ़ चलता है। उनका मन खुशी से हुलसित-पुलकित होने लगता है। घर के अन्दर उनके बारे में जानकारी प्राप्त कर उनके पोते का लड़का उनसे मिलने आ रहा है लेकिन समीप आने पर इससे पहले कि अपना आशीष भरा हाथ वे उसके माथे पर रखते वह क्रुद्ध शब्दों में कहता है – "तो तुम्ही हो जो मेरे डैडी को धोखा देने आये हो। अभी आज के अखबार में तुम्हारी तरह ही एक विदेशी गुप्तचर के पकड़े जाने की खबर आयी है...इसी लिबास में तथा इसी तरह बाल-दाढ़ी बढ़ाकर वह जासूसी करता था...अभी अपना रास्ता लोगे या पुलिस को बुलवाऊँ?"

राघव शरण के मुंह में स्नेह-आशीष के शब्द भरे थे। लेकिन अचानक उनकी बोलती बन्द हो जाती है। उनके पोते का लड़का तो उनके पोते से भी बेरुखा और अमानवीय है। वे अवाक् हो उसके चेहरे की ओर ताकने लगते हैं कि उनके वंशज कितने गये-गुजरे हैं।

उन्हें चुप देख वह युवक पुनः पांव पटकते हुए गरजता है – "गूंगे-बहरे हो क्या? तुम्हीं से पूछ रहा हूं...यहां से हटोगे या पुलिस को खबर करूं?"

एक क्षण के लिए राघव शरण को समझ में नहीं आता कि क्या करें। फिर स्वतः उनके मुंह से बोल फूट पड़ते हैं – "बेटा। इस रात को कहां जाऊँ? किसी से कुछ भी मांग नहीं रहा। किसी को कुछ भी अनिष्ट पहुंचाने नहीं आया। रात-भर मुझे रहने दो। सुबह चला जाऊँगा...।"

वह युवक क्रुद नजरों से एक क्षण के लिए उन्हें घूरता है। फिर वापस क्वार्टर में चला जाता है।

राघव शरण के अन्दर दुःख, पीड़ा, आश्चर्य एवं पश्चात्ताप के भाव चरम पर पहुंच जाते हैं। वे इस जगह के मालिक थे – इस परिवार के स्वामी। लेकिन यहां अब वे भिखारी, पाखण्डी और जासूस बन गये हैं। उनकी इच्छा होती है, चिल्ला-चिल्लाकर इस बहुमंजिली इमारत में रहने वाले तमाम लोगों को अपनी कहानी बता दें। लेकिन फिर उन्हें लगता है, उनकी बात लोग क्यों सुनेंगे? अगर सुनेंगे भी तो कतई विश्वास नहीं करेंगे... उल्टे उन्हें सिरफिरा, पाखण्डी या घुसपैठी समझ दण्डित करना शुरू कर देंगे। इसीलिए अन्दर से उफनते हुए भी कुछ कह नहीं पाते। अपने भीतर के तूफान को अन्दर ही अन्दर जज्ब करते रहते हैं।

राघव शरण के अन्दर क्रोध की शुरुआत यहीं से होती है। उन्हें लगता है कि 'बिनु भय होहि न प्रीति'। अधिकार मांगने से नहीं मिलता। अपने अधिकार एवं हक के लिए लड़ना ही पड़ता है। उन्हें अदालत की सहायता लेनी चाहिए। अदालत से जब अपने होने की प्रमाणिकता लेकर आयेंगे तब उनके वंशजों को पता चलेगा। लेकिन फिर उन्हें लगता है अदालत में उनके वंशजों की तरह ही लोग होंगे। वहां न तो कोई उनकी बात मानेगा और न सुनवाई ही करेगा। उनकी तरह के लोग तो अब रहे नहीं। इस बिन्दु पर पहुंचकर वे महसूस करते हैं कि युग के परिवर्तन के साथ सारे मूल्य एवं नियम-कानून इस तरह बदल गये हैं कि वे बिलकुल अकेले पड़ गये हैं – नक़्कारखाने में तूती की आवाज की तरह।

शाम रात में बदल जाती है। रात का पहला पहर शुरू हो जाता है। बहूमंजिली इमारत के विभिन्न क्वार्टरों में बिजली की बत्तियां जल जाती हैं। सड़क के किनारे की ट्यूब लाइट प्रकाशमान हो जाती है। स्त्री-पुरुष के विभिन्न जोड़े हाथ में हाथ डाले सड़क पर निकल आते हैं।

राघव शरण एक कोने में छिपकर बैठे सब कुछ देख रहे हैं। क्या वे पति-पत्नी हैं या गैर औरत-मर्द? ग़ैर औरत-मर्द इस रूप में नहीं हो सकते। अवश्य ये पति-पत्नी ही होंगे। लेकिन पत्नी-पत्नी हैं तो क्या प्रेमाभिव्यक्ति के लिए एकान्त स्थान इन्हें नहीं मिलता? इस तरह सड़क पर खुलेआम एक-दूसरे का हाथ थामे चलना घोर अनैतिक एवं अशिष्ट कार्य है। नयी उम्र के बाल-बच्चों पर इसका कितना बुरा असर होगा?

वे देखते हैं, बहुमंजिली इमारत के सामने रंग-बिरंगी पोशाकों में इत्र और सेंट की खुशबू बिखेरते अनेक युवक जुटने लगते हैं। फिर मुंह से अलग-अलग ढंग की ध्वनियां निकालते हैं। प्रत्युत्तर में बहुमंजिली इमारत की विभिन्न खिड़कियां खुल जाती हैं, जहां युवा लड़कियों के चेहरे दिखाई पड़ने लगते हैं। किसी खिड़की से पत्र गिराया जाता है। किसी खिड़की से मुआयना करने के बाद लड़की शीघ्र ही अपने प्रेमी के पास नीचे उतर आती है। फिर आलिंगन एवं प्रेमालाप का दृश्य शुरू हो जाता है...।

कुमार्ग की ओर बढ़ रही इस नयी पीढ़ी को देख राघव शरण सोचते हैं कि क्या इनके अभिभावक इससे अवगत नहीं? फिर उन्हें लगता है, सब क्वार्टरों से तो लोग देख ही रहे हैं। देखते हुए भी न देखने का अभिनय कर रहे हैं। तो क्या यह सब वर्जित नहीं रहा? घोर व्यभिचार और अनाचार का युग आ गया...।

राघव शरण देखते हैं कि अचानक जीन्स की पैण्ट पहने पतली-पतली टांगों वाला एक युवक सिगरेट पीते हुए उनके पोते के क्वार्टर के समीप आ जाता है। फिर मुंह से सीटी बजाता है। जवाब में उनके पोते की कन्या तत्क्षण बाहर आ जाती है। वह युवक कन्या का हाथ अपने हाथ में ले लेता है। फिर एक किनारे सटकर खड़े दोनों गुपचुप करने लगते हैं।

राघव शरण का खून खौल जाता है। उनके खानदान की लड़की इस रूप में और इस छोकरे की यह मजाल। पीठ पीछे जो कुछ करें, अपनी आंखों के सामने वे यह कदापि बर्दाश्त नहीं करेंगें। हालांकि उन्हें लगता है, परिवार के लिए अब तो वे कुछ रहे नहीं। यहां हस्तक्षेप करने का परिणाम भी अच्छा नहीं होगा। फिर भी वे अपने को रोक नहीं पाते। तत्काल उन दोनों के बीच पहुंच जाते हैं। वे दोनों अचानक उन्हें अपने समीप आया देख घबरा जाते हैं। वे सबसे पहले कन्या को दुत्कारते हैं – "शर्म नहीं आती तुम्हें...भला सयानी लड़की गैर युवक के साथ इस तरह मिलती है...पूरे खानदान की इज्जत मिट्टी में मिला रही हो...भागो घर के अन्दर नहीं तो एक तमाचा कस कर लगाऊँगा...।"

वह लड़की माथा झुकाये घर के अन्दर चली जाती है। अब वे उस युवक

को पकड़ते हैं – "किसी दूसरे के घर पहुंच उसकी लड़की को कुपथ पर ले जाते तुम्हें तनिक भी भय नहीं। भ्रष्ट, कुमार्गी, कुपथगामी...आइन्दे से इधर कभी पांव मत रखना नहीं तो दोनों टांगें तोड़ दूंगा....।"

वह युवक उनकी लम्बी-तगड़ी कद-काठी देख विरोध नहीं करता है। हाथ बांधे वापस चला जाता है। लेकिन उसकी भृकुटी तनी रहती है।

राघव शरण क्रोध से हाँफने लगते हैं। हाँफते हुए ही अपनी जगह आते हैं और पद्मासन लगा बैठ जाते हैं। उनका मन अशान्त एवं उद्विग्न हो उठा है। वे प्रभु के नाम का जप करते हुए अपने चित्त को सहज बनाने लगते हैं।

रात का दूसरा पहर शुरू हो जाता है। प्रेमाभिव्यक्ति में लीन जोड़े अपने अपने दरबों में वापस चले जाते हैं। सर्वत्र सूनापन बिखर जाता है। राघव शरण का मन अभी पूरी तरह सहज भी नहीं हो पाया है कि देखते हैं, सड़क को लांघकर चार-पांच युवक उनकी तरफ आ रहे हैं। युवकों के हाथ में हण्टर, बेल्ट, रॉड, हॉकी आदि हैं। समीप आने पर वे पहचान जाते हैं, उनके पोते की कन्या को गुमराह करने वाला युवक अपने कुछ साथियों को लेकर आया है। इससे पहले कि वे पास आने का कारण पूछते, वह युवक अपने साथियों से कहता है – "यही साधु है।"

इस पर उसका एक साथी कहता है – "इसकी दाढ़ी नोच ली जाय।"

दूसरा कहता है – "इसका पांव पकड़कर घसीटा जाय।"

तीसरा कहता है – "पहले जमकर इसकी मरम्मत की जाय।"

लेकिन चौथा कहता है – "साधु-सन्त मालूम पड़ता है। इस बार धमका कर छोड़ दिया जाये। आगे फिर गलती करेगा तो दण्डित किया जायेगा।"

इसके बाद उनके पोते की कन्या का आशिक वह युवक एक लम्बा चाकू राघव शरण के पेट में सटाते हुए कहता है – "ए साधु! इस बार छोड़ देता हूं। आइन्दे से बीच में टोक-टाक किया तो समूचा रामपुरी पेल दूंगा...समझे।"

वे युवक धमका कर चल देते हैं। राघव शरण को काटो तो खून नहीं। उनके साथ कभी ऐसा भी होगा, उन्होंने स्वप्न में भी नहीं सोचा था। हे प्रभो, अब और कौन-सा समय दिखाओगे? अन्दर ही अन्दर उन्हें गुस्सा भी आता

है कि छोकरों के खिलाफ प्रतिकार क्यों नहीं किया। चुप क्यों रह गये? या तो उन छोकरों की धुनाई कर देते या उनके हाथों पीटे जाते? शोरगुल सुन लोग-बाग जुटते तो अवश्य कोई फैसला होता। इस पर उन्हें लगता है, लोग छोकरों का ही पक्ष लेते। सम्मिलित रूप से सब उन्हें पाखण्डी और घुसपैठी समझते। तब उनकी और 'भद्' हो जाती।

राघव शरण के मन की अशान्ति और अधिक बढ़ जाती है। जब से वे आये हैं, कितनी उपेक्षा, अपमान और तिरस्कार का सामना उन्हें करना पड़ रहा है। किसी ने भी उनका कुशल-मंगल नहीं पूछा। एक गिलास पानी पीने का भी आग्रह नहीं किया। और तो और, खुद उनके घर वालों ने भी दुत्कार दिया। उनके मुंह से अपने परिवार, आसपास के लोग और पूरें शहर के खिलाफ बददुआएं निकलने लगती हैं। फिर किसी तरह अपने मन को नियन्त्रित कर वे पूर्वतः प्रभु का नाम जपते हुए अपने को शान्त करने लगते हैं।

रात का तीसरा पहर प्रारम्भ हो जाता है। वे नित्यक्रिया से निबटने के लिए तैयारी करने लगते हैं। अक्सर वे ब्रह्ममुहूर्त में ईश्वर की उपासना करते आये हैं। लेकिन यहां उनकी अपनी जगह अनपहचानी हो गयी, इसीलिए वे तीसरे पहर के प्रारम्भ में ही चल देते हैं। पता नहीं, कोई सरोवर या कोई वाटिका नजदीक मिले या दूर जाना पड़े?

राघव शरण अपने मुहल्ले को पार करते हुए आगे बढ़ चलते हैं। सड़क के आर-पार दोनों ओर विशाल बहुमंजिली इमारतें खड़ी हैं। इमारतों के भीतर बिजली की दूधिया रोशनी जगमगा रही होती है, जो खिड़कियों एवं दरवाजों की दरारों से छन-छनकर सड़क पर आ रही होती है। राघव शरण अनुमान लगाते हैं कि इन इमारतों के निर्माण में काफी धन लगा होगा। वर्षों पहले उन्होंने जो अपना मकान बनाया था, उसी दौरान उन्हें यह अनुभव हुआ था कि मकान बनाने का कार्य काफी खर्चीला होता है। उस हिसाब से वे सोचते हैं कि इन इमारतों के निर्माण में बेशुमार सम्पति खर्च हुई होगी। इस बिन्दु पर पहुंचकर उन्हें लगता है, लोगों की समृद्धि बढ़ी है। लेकिन मात्र वैभवशाली होने से ही तो मनुष्य का विकास नहीं होता। मानवता से रहित यह विकास कदापि श्रेयस्कर नहीं।

राघव शरण एक मुहल्ले को पार कर दूसरे मुहल्ले में प्रवेश करते जाते

हैं। शहर से बाहर किसी सरोवर या वाटिका की तलाश में वे बढ़े जा रहे हैं। अचानक वे एक ऐसे मुहल्ले में पहुंच जाते हैं कि उन्हें अपनी आंखों पर विश्वास नहीं होता। यहां इमारतें नहीं, सड़क के दोनों किनारे कच्ची मिट्टी के ढहते गिरते घर तथा झुग्गी-झोंपड़ियां खड़ी हैं। झोंपड़ियों से सटकर पूरे शहर की नाली गुजरती है, जो बेहद दुर्गन्ध देती है। इस दुर्गन्ध के बीच वे लोग कैसे रहते हैं?

राघव शरण देखते हैं, इमारत वाले मुहल्लों की भांति यह मुहल्ला सोया नहीं है। झोंपड़ियों के भीतर मल-सूत्र पर रिरियाते नंग-धड़ंग बच्चे नजर आते हैं तथा दम्पती लड़ते-झगड़ते और गुदड़े-चिथड़े के बीच सोये-बैठे। फटेहाल और अभावों से पीड़ित लोग दीखते हैं। एक झोंपड़ी में मर्द अपनी औरत पर प्रहार करता है। तब क्रोध में आकर मर्द, औरत की साड़ी पकड़कर इतने झटके से खींचता है कि फटी-पुरानी साड़ी खुल जाती है। राघव शरण आगे बढ़ जाते है। एक दूसरे घर में देखते हैं कि औरत क्रोध में आकर मर्द के माथे पर तसले से इस तरह प्रहार करती है कि माथा फूट जाता है। वह माथा पकड़कर बैठ जाता है। कुछ क्षण तक उस मुहल्ले का दृश्य देखने के बाद उन्हें सहज ही यह ज्ञात हो जाता है कि भीषण गरीबी के चलते ही वे यहां इस रूप में हैं और इस तरह आपस में लड़-झगड़ रहे हैं। एक ही शहर में इतनी विषमता? एक ओर बहुमंजिली इमारतें दूसरी ओर ऐसी स्थिति। उनके समय में भी विषमता थी। लेकिन विषमता से एक वर्ग का जीवन-स्तर इस तरह प्रभावित हो, ऐसा कदापि नहीं था। अमीर-गरीब, बड़े-छोटे सब थे। सबों में अन्तर था। लेकिन अपने-अपने ढंग से सब खुशहाल थे।

राघव शरण आगे बढ़ते जाते हैं। शहर खत्म होता ही नहीं। क्या शहर के बाहर अब खुली ज़मीन नहीं? वे शहर के बाहर निकल जाने के लिए बेचैन हो उठते हैं तथा तेज़-तेज़ चलने लगते हैं। लेकिन मकानों के काफ़िले समाप्त होते ही नहीं। उन्हें लगता है, अब कोई सरोवर या वाटिका वह नहीं पा सकेंगे। चलते-चलते ही अगर भोर हो जायेगी तो उनका नियम भंग हो जायेगा। उन्हें हर हालत में ब्रह्ममुहूत तक अपनी जगह वापस हो जाना है, इसीलिए सरोवर या वाटिका की आस छोड़ अब वे शहर के भीतर ही कोई जलाशय ढूंढने लगते हैं, ताकि शीघ्र ही नित्यक्रिया से निबट सकें।

अचानक राघव शरण को शहर से होकर गुजरती एक नहर दिखाई पड़ती है। उनके व्यग्र मन को थोड़ी शान्ति मिलती है। सरोवर या वाटिका न सही, नहर तो है। किसी तरह काम चला लेंगे।

राघव शरण नहर के पास पहुंच जाते हैं। लेकिन यह क्या? नहर से तेज बदबू आ रही है। यह कैसी बदबू है? कहीं यह नहर न होकर शहर की गन्दगी के निकास के लिए कोई बड़ा-सा नाला तो नहीं है? फिर उन्हें लगता है, नाला इतना बड़ा और चौड़ा नहीं हो सकता। साथ ही नाले से इस तरह की तीखी दुर्गन्ध भी नहीं आ सकती। दुर्गन्ध से ऐसा प्रतीत होता है कि नाक फट जायेगी। उबकाई आने लगेगी...।

हठात् राघव शरण की निगाह नहर के पश्चिम में दूर तक उठी विशाल चहारदीवारी और आसमान की ओर धुआं छोड़ती ऊंची चिमनियों पर जा टिकती है। तो क्या उनके शहर में कोई बड़ा कारखाना स्थापित हो गया है? वे समझ जाते हैं, यह नहर और नाला नहीं, फैक्ट्री के गन्दे पानी के निकास का मार्ग है। वे देर से सोच रहे थे कि आसमान की हवा स्वच्छ क्यों नहीं है? अब उन्हें इसका भी पता चलता है। लेकिन उनके भरे-पूरे शहर को प्रदूषित करने के लिए यहां फैक्ट्री क्यों बनायी गयी? जान-बूझकर कल-कारखाने वाले बड़े नगरों में न बस वे साफ-सुथरे इस छोटे से शहर में बसे थे। उसी वक़्त बुद्धिजीवियों के बीच इस पर विचार किया जा रहा था कि औद्योगिक विकास के प्रदूषण से लोगों को कैसे बचाया जाये। कई विद्वानों ने यह सुझाव भी दिया था कि भरी-पूरी बस्तियों और स्वच्छ शहरों से दूर वियावान बंजरों में कारखानों का निर्माण हो। लेकिन क्या बाद के वर्षों में इस विषय पर विचार नहीं किया गया? पहले की अपेक्षा यहां की हवा-पानी कितनी गन्दी और वातावरण कितना घुटन भरा हो गया है? क्या अब वे इस शहर में पहले की तरह चैन से रह सकेंगे? फिर उनके अंदर से स्वतः जवाब आता है – वे रहें या न रहें, और लोग तो रह ही रहे हैं...।

नहर के रूप में प्रवाहित फैक्ट्री के दूषित जल से अलग हट जाने की इच्छा राघव शरण को होने लगती है। लेकिन हट नहीं पाते। न चाहते हुए भी उसी दूषित जल से नित्य-क्रिया सम्पन्न करते हैं। इसके अतिरिक्त और कोई दूसरा विकल्प उन्हें सूझता ही नहीं।

नित्य-क्रिया से निपट राघव शरण वापस चल देते हैं। उनका मन संतुष्ट नहीं हो पाया है। शुद्ध हवा-पानी से वे वंचित रह गये। उनके साफ-सुथरे स्वच्छ शहर को कारखाना खोलकर बर्बाद कर दिया गया। अच्छा हुआ, उनके परिवार वालों ने उन्हें नहीं पहचाना। अगर वे पहचान भी लेते तो क्या धूल, धुएं और दुर्गन्ध से भरे इस शहर में अब वे रह सकते थे? उन्हें खुले और स्वच्छ वातावरण में रहने की आदत पड़ गयी है। इस जगह अब उनसे रहा ही नहीं जायेगा।

यहां राघव शरण के मन में यह प्रश्न उठता है कि देश के विकास के लिए ही तो कारखानों का निर्माण किया गया है। इससे देश की प्रगति होगी। देश आत्म-निर्भर होगा। लेकिन फिर उनके अन्दर से यह प्रश्न उठता है कि सब कुछ मनुष्य को स्वस्थ, सुखी एवं दीर्घायु बनाने के लिए ही किया जाता है। किसी भी प्रगति और विकास का महती उद्देश्य यही होता है। लेकिन यहां तो बिलकुल विपरीत परिणाम घटित हो रहे हैं। इस ओर विशेष ध्यान जाने की आवश्यकता है, अन्यथा जिस मनुष्य के नाम पर दुनिया विकसित की जा रही है, वह विकसित तो हो जायेगी, लेकिन मनुष्य रोगी, दुखी और अल्पायु हो जायेगा। परिणामतः वह विकसित दुनिया का सुख भोग नहीं पायेगा। लेकिन वे कहें तो किससे कहें? पीढ़ियों का अन्तराल इतना बढ़ चुका है कि संवाद की कड़ी बीच में ही टूट गयी है।

राघव शरण अपनी जगह वापस चले आते हैं। रात का तीसरा पहर बीत चुका होता है।

भोर होने पर अखबार वाले की आवाज से राघव शरण का ध्यान भंग होता है। वे सुनते हैं, अखबार वाला चिल्ला-चिल्लाकर कह रहा है – "आज की ताजा ख़बर। नगर के आठ व्यक्तियों की गोली मार कर निर्मम हत्या... चार बहुएं जलायी गईं...तीन बैंक लूटे गये...दो अवयस्क लड़कियों के साथ बलात्कार... ।"

राघव शरण सोचते हैं, सुबह-सुबह यह कैसी बुरी खबर सुनने को मिली। अब तो सारा शहर बन्द हो जायेगा। कई दिनों तक शहर पर मायूसी छायी रहेगी। अचानक यह अनहोनी कैसे हो गयी?

बहुमंजिली इमारत की खिड़कियां और दरवाजे खुलते हैं। फिर अखबार लेकर बन्द हो जाते हैं। सड़क पर भीड़ नहीं जुटती। लोग प्रतिक्रिया में नहीं आते। राघव शरण का पोता भी अपने घर से निकलता है। फिर उन पर नजर पड़ते ही कहता है – "सुबह हो गयी साधु। अब अपना रास्ता लो...।" और अखबार ले घर के अन्दर चला जाता है।

राघव शरण को आश्चर्य होता है, इतने हिंसात्मक उपद्रव के बाद भी लोगों में कोई परिवर्तन नहीं। वे देखते हैं, धीरे-धीरे लोग अपने-अपने कार्यों में जुटने लगते हैं। लोगों की मशीनी दिनचर्या प्रारम्भ हो जाती है। फिर लोगों की गति एवं व्यवहार देख यह अन्दाजा लगा पाना मुश्किल जान पड़ता है कि नगर में इतनी हत्याएं एवं उपद्रव हुए हैं। राघव शरण यह समझ नहीं पाते कि लोग इन घटनाओं को इतनी सहजता से कैसे ले पाते हैं? उनके जमाने में हत्याएं होती थीं तो हफ़्तों शहर बन्द रहता था। लोग उदास एवं मायूस दीखते थे। आतंकवाद के खिलाफ़ सामूहिक जेहाद छेड़ने के लिए सड़कों पर उतर आते थे। लेकिन क्या अब हत्या आदि की घटनाएं इतनी आम हो गयी हैं कि लोग उन्हें सहजता से लेने लगे हैं?

राघव शरण को अतीत की घटनाएं याद आ जाती हैं। अपने इस शहर से सटे जंगलों में वे मित्रों के साथ शिकार करने जाते थे। हरियालियों के बीच घास चरते हिरण के झुण्डों में से एक-दो हिरण वे अवश्य मार लेते। उस वक़्त देखते, अपने मरे साथियों को छोड़ आगे निकल गये हिरण अपने साथियों के लिए तनिक भी मायूस नजर नहीं आते। पुनः आपस में अठखेलियां करते घास चरने लगते। तो क्या बहुमंजिली इमारतों में रहने वाले इन लोगों की मानसिकता पशुओं की तरह हो गयी है?

सुबह का सूरज प्रकाशमान हो जाता है। राघव शरण अपनी बड़ी-बेटी सुनन्दा को बहुत मानते थे, इसीलिए उसकी शादी दूर न कर अपने इसी शहर में किये थे, ताकि वह बराबर नजदीक रह सके। सुनन्दा के पति का अपना मकान था। सुनन्दा के परिवार में और कौन-कौन लोग बचे हैं? वे कैसे हैं? सुनन्दा के घर के पास ही शिवदयाल का घर था। शिवदयाल उनके घनिष्ठ मित्र थे। शिवदयाल ने ही सुनन्दा की शादी करवायी थी। वे कैंसर

की व्याधि से ग्रस्त थे तो शिवदयाल ने उनके इलाज में कोई कोर-कसर बाकी नहीं छोड़ी थी। शिवदयाल का क्या हुआ? उनके बेटे-पोते कैसे हैं? सुनन्दा और शिवदयाल के परिवार से मिलने के लिए राघव शरण चल पड़ते हैं। उन्हें लगता है, युगानुकूल उनके पोते-परपोते की तरह वे भी बेरुखा व्यवहार करेंगे। लेकिन अब किसी के व्यवहार से उन्हें कोई मतलब नहीं। अपने मन की शान्ति के लिए वे जानकारी ले लेंगे। किसी से कुछ और तो उन्हें लेना है नहीं।

राघव शरण अपने मुहल्ले को पार कर आगे बढ़ जाते हैं। अपने परिवर्तित मुहल्ले की जानकारी प्राप्त करने के लिए उन्हें जितनी पूछताछ करनी पड़ी थी और परेशानी उठानी पड़ी थी, उससे कम पूछताछ और परेशानी में ही उन्हें सुनन्दा और शिवदयाल का मुहल्ला मिल जाता है। लेकिन यह क्या। मुहल्ले के नाम पर कारखाने के क्वार्टरों की एक लम्बी कॉलोनी बस गयी है। एक रंग के एक जैसे क्वार्टर। किसमें कौन रहता है, जानना मुश्किल। वे सुनन्दा के पति और शिवदयाल का नाम लेकर पूछते हैं। कुछ लोग तो कोई जवाब नहीं देते। कुछ जवाब देते तो कहते कि इन नामों को नहीं जानते। उन्हें देर से बेचैन और परेशान देख सड़क के किनारे का एक पान वाला कहता है – "साधु बाबा। जिन लोगों को आप खोज रहे हैं, उनके पद और क्वार्टर नं. बताइये। यहां नाम से कोई किसी को नहीं जानता...।"

वे कहते हैं – "वर्षों पहले यहां उनके मकान थे...।"

पान वाला कहता है – "गुजर गये लोगों के बारे में यहां कोई जानकारी आपको नहीं मिलेगी...।"

राघव शरण गहरे आश्चर्य में पड़ जाते हैं। वर्षों पहले उन्हें इस बात की आशंका थी कि औद्योगिक विकास के साथ मनुष्य की वास्तविक पहचान गायब न हो जाये? और आज वे वही देख रहे हैं। अब नाम, रूप-रंग और गुण नहीं, पद और क्वार्टर नम्बर ही मनुष्य की पहचान है। लेकिन यह कतई मुनासिब नहीं।

राघव शरण को सुनन्दा और शिवदयाल के बारे में कोई जानकारी नहीं मिल पाती। निराश हो वे अपने अन्य परिचितों की खोज में चल पड़ते हैं। पता नहीं, उन परिचितों के परिवार के लोग भी मिल सकेंगे या नहीं?

अपने शहर की विभिन्न गलियों से गुजरते हुए राघव शरण जहां कुछ ओर पूरी तरह परिवर्तन देखते हैं, वहीं कुछ ओर पुरानी चीजें भी नजर आ जाती हैं, जैसै – कब्रिस्तान, गिरिजाघर, महावीर स्थान। पुरानी चीजें यथावत् देख राघव शरण रुक जाते हैं। उनकी आंखों के सामने अतीत के दृश्य गुजरने लगते हैं। उन चीजों का जी भर मुआयना करने के बाद वे आगे बढ़ते हैं।

सुबह से शाम तक राघव शरण अपने शहर के चक्कर लगाते रहते हैं। फिर शाम घिरते ही अपने मुहल्ले में वापस आ जाते हैं और पूर्वतः अपनी जगह आसन बिछाकर बैठे रहते हैं। वे काफी थक गये हैं। जहां तक सम्भव हो सका है, अपने शहर को उन्होंने घूम-घूमकर देखा है।

राघव शरण आराम की मुद्रा में अभी इत्मीनान से बैठे भी नहीं थे कि सहसा उनके पोते और परपोते की नजर उन पर जा पड़ती है। फिर दोनों बाप-बेटे बाज की तरह झपटते हुए उनके पास पहुंच जाते हैं – "फिर तुम आ गये साधु। अभी यहां से भागो...यहां डेरा-डण्डा जमाना चाह रहे हो...अब हम एक क्षण भी तुम्हें बर्दाश्त नहीं करेंगे...।"

राघव शरण को समझ में नहीं आता है कि वे क्या जवाब दें। अनिर्णय की स्थिति में भौंचक हो वे उन दोनों का मुंह ताकने लगते हैं। इस पर वे दोनों चिल्लाते हैं – "देर मत करो साधु। यहां किसी को चकमा नहीं दे पाओगे...एक रात कहकर फिर यहां आ धमके...जाल बिछा रहे हो...अभी इसी क्षण यहां से निकल जाओ...।"

राघव शरण किकर्तव्यविमूढ़ हो निश्चल बने रहते हैं। इस वक़्त वे जायें तो कहां जायें? इस पर वे दोनों चिल्लाते हुए उनके हाथ पकड़ खींचने लगते हैं – "भागो...निकलो...अभी पुलिस बुलाते है...।"

शोरगुल सुन और हाथापाई की स्थिति देख कुछ लोग वहां आ जुटते हैं। आने के बाद अधिकांश लोग उनके पोते-परपोते का ही समर्थन करते हैं। एक कहता है – "ऐसे लोग पाखण्डी होते हैं...ठगने और धोखा देने के लिए जाल बिछाते हैं...।"

दूसरा कहता है – "इस वेश में घुसपैठी और विदेशी जासूस भी चलने लगे हैं...इनसे सतर्क रहने की ज़रूरत है...।"

तीसरा कहता है – "पुलिस बुलाकर जेल भिजवा दिया जाये...।"

चौथा कहता है – "पहले खींचकर सड़क पर कर दिया जाये...।"

इसी वक़्त वह वृद्ध महिला, जिसने उन्हें प्रसाद टाइटिल का घर बताया था, आती है। उन्हें साधु-संत समझ लोगों से कहती है – "इस रात में छोड़ दिया जाय...साधु-संत लगते हैं...सुबह हटा दिया जायेगा...।"

इस पर उनका पोता कहता है – "कल ही इसे कह दिया था कि मत आना...लेकिन फिर आ गया...।"

वह वृद्धा राघव शरण से पूछती है – "सुबह चले जाओगे साधु?"

वे कहते हैं – "हां।"

इस पर उनका परपोता कहता है – "सीधे मन से यह कभी नहीं जायेगा...।"

अब भीड़ से एक-दो व्यक्ति कहते हैं – "सुबह जाने को कह रहा है तो रात भर देख लिया जाये...।"

और इसी बात पर लोग महटिया जाते हैं। फिर उन्हें धमकाते हुए कि सुबह होते ही चले जाना, सब अपने-अपने दरड़ों में चले जाते हैं।

राघव शरण दुःख, चिन्ता एवं घनीभूत पीड़ा से व्यथित हो उठते हैं। अगर वे जानते कि उनके साथ ऐसा होगा तो दुबारा यहां कदापि नहीं आते। जिस जगह के वे स्वामी थे, जहां उन्होंनें एक-एक पैसा संचित कर अपना बसेरा बनाया था, उसी जगह से उन्हें बेरहमी से खदेड़ा जा रहा है। रह-रहकर अन्दर से उन्हें स्वयं पर गुस्सा आता। उन्हें क्यों काठ मार गया था? अपने पोते और परपोते को दो-चार हाथ कसकर लगा देते। जो होता, झेल लेते। अपने हक एवं अधिकार से लिए शहीद होने में भी कोई पाप नहीं...।

रात गुजरती जाती है। राघव शरण सोचते रहते हैं...कितनी उमंग, कितना उत्साह एवं क्या कुछ शुभ सोचते हुए वे अमरत्व पाकर वापस चले थे। लेकिन यहां बिल्कुल उल्टे परिणाम हासिल होने लगे हैं। काश। उन्हें इस सत्य का ज्ञान पहले हुआ रहता कि युगान्तर का अनुभव इतना कटु होगा तो वे दीर्ध जीवन के लिए प्रयास करते ही नहीं...।

अपने युग की स्मृतियां हृदय में बसाये इस परिवर्तित युग पर जब वे विचार करते हैं, तो उन्हें लगता है कि जीवन की शैली बिलकुल बदल गयी

है। संस्कार बदल गये हैं। रहन-सहन के ढंग बदल गये हैं। विचार और मूल्य बदल गये हैं। शहर में घूमते हुए राघव शरण ने लोगों को देख-सुनकर और पूछकर जो जानकारी हासिल की है, उसने उन्हें और विस्मय में डाल दिया है। अब परिवार नाम की कोई चीज नहीं। पति कभी भी पत्नी को छोड़कर दूसरी औरत रख लेता है। पत्नी भी पति को त्याग कर गैर मर्द का वरण कर लेती है। पिता-पुत्र, भाई-भाई, भाई-बहन, मां-बेटा कोई भी सम्बन्ध अब पहले की तरह आत्मीय एवं मानवीय धरातल पर नहीं। हर सम्बन्ध का मेरुदण्ड अर्थ हो गया है। जहां बाप बेटे साथ हैं, वहां किसी न किसी आर्थिक स्रोत्र से ही बंधे हैं...।

आदमी निहायत अकेला और हद दर्जे का स्वार्थी हो गया है। कम समय में ज्यादा से ज्यादा सुखोपभोग के लिए लोगों ने नीति, मर्यादा, न्याय सबको ताक पर रख दिया है। पाप-पुण्य की कोई व्याख्या नहीं रही।

राघव शरण सोचते हैं कि क्या मृत्यु की याद इन्हें नहीं? मृत्यु के आगे तो इनका कोई भी छल-छद्म चलने वाला नहीं। फिर ये मृत्यु-भय से आक्रान्त क्यों नहीं? आने वाली मृत्यु को देखते हुए भी अपनी उच्छृंखल एवं उन्मत्त भोगेच्छा को नियन्त्रित क्यों नहीं करते? अपने नश्वर, क्षणभंगुर सुख के बीच इन्हें कोई भी खलल बर्दाश्त क्यों नहीं होता? इस पर जब राघव शरण गहराई से विचार करते हैं तो उन्हें लगता है, मृत्यु सबको याद है। मृत्यु-भय से सभी अवगत हैं। शायद यही वजह है कि अल्पावधि में ही ज्यादा से ज्यादा सुखों के उपभोग में लगे हैं। कल की किसी को चिन्ता नहीं। जितने दिन भी हैं, जमकर सुख भोग लें। स्थायी कुछ भी नहीं, इसीलिए स्थायी सुख के लिए चिन्तित भी नहीं। इस बिन्दु पर राघव शरण को लगता है कि वे ही नासमझ थे। इत्मीनान से उपभोग के लिए सुखों का संचय करते रहे। फिर सामने आयी मृत्यु को देख भयभीत हो गये...और अब दीर्घायु होकर लौटे तो दुनिया ही बदल गयी...।

राघव शरण को महसूस होता है, इस बदले हुए युग के सभी लोग एक ओर हैं और वे अकेले दूसरी ओर। कहीं ऐसा तो नहीं कि वे ही गलत हों और वे सब सही? एक साथ इतने व्यक्ति गलत हो सकते हैं क्या...?

राघव शरण का मन आशंकित हो उठता है। क्या मृत्यु पर विजय प्राप्त

कर वे गलत हो गये? इस पर उन्हें लगता है, हां! मृत्यु सत्य है...आवश्यक है...जीवन की पूर्णता है। जो अपने समय एवं युग में नहीं मरता, वह कहीं का नहीं रहता...। और अर्धरात्रि की बेला में, जिस वक़्त पहली बार वे घर से भागे थे, उसी वक़्त पुनः वापस चल देते हैं।

गांव का मधेसर

मधेसर फिर गांव वापस आ गया। लटरू की हत्या के बाद वह फरार था। लोग समझ नहीं पा रहे थे कि वह पुनः लौट सकेगा या नहीं, संभव है, वह लौट आए। संभव है, न भी आए। लेकिन अगर आ जाएगा तो क्या लटरू के सवांगी उसे छोड़ देंगे? अकेला वह दर्जनभर लटरू के सवांगियों से कैसे लड़ पाएगा? हालांकि एक खून करके हाथ साफ कर चुका है वह। जल्दी उनके काबू में आने वाला नहीं....। संभव है, धरपकड़ के दौरान उनमें से फिर किसी को मार डाले! मरता क्या नहीं करता! पर ज्यादा संभव है, लटरू के सवांगी ही उसे खत्म कर दें। बदले की टोह में हैं वे। पर ऐसा कुछ नहीं हुआ। मधेसर के गांव आने की घटना ने एक बिल्कुल नया मोड़ ले लिया। गांव को नई चेतना से संपन्न कर दिया।

असल में पिछले दिनों गांव में जो कुछ हुआ था और मधेसर ने जो कुछ कर दिखाया था, उसके प्रति ऊपर से भले अपनी संवेदना व्यक्त नहीं कर पा रहे थे लोग, लेकिन मिट्टी में धंसे बीज की तरह अंदर ही अंदर अंकुरित हो रहे थे। शायद इसीलिए मधेसर के आते ही वह सब घटित हो गया, जिसका अंदाज किसी को नहीं था। गावं के लोगों की नजर में तो वह शुरू से अजूबा और अपने ढंग का आदमी था। गांव की लयबद्ध जिंदगी में एक अलग स्वर। गांव की परंपरा और मान्यता को धता दिखाने वाला शख्स। गांव के बंधे जल को चलायमान बनाने वाला झोंका। उसके अजूबे और नये कार्यों की चर्चा तो आए दिन गांव में होती ही रहती थी। गांव लौट आने की इस घटना ने तो जैसे सारे गांव का ध्यान उसकी ओर ही केन्द्रित कर दिया। किसी-न-किसी रूप में सारा गांव सक्रिय हो गया इस घटना के साथ...।

मधेसर इस रूप में कैसे पहुंचा, यह बात गांव के लोगों से छिपी नहीं है। जिन टेढ़े-मेढ़े और बंद रास्तों से होकर वह आया है, उसे देख कर गांव के लोग दंग रह गए हैं – दंग और हर्षित। किसी-न-किसी रूप में प्रेरित भी...। सदियों से बंद दरवाजों को खोल दिया है उसने। गांव की संरचना को एक नया आयाम दे दिया है। वैसे बाह्य रूप में देखने पर तो वह इस गांव का एक सजाह नवही भर मालूम पड़ता है – खूब गोरा, छरछरा, गठीले हाथ-पांव। ऐसा लगता कि पूरा पांव न रोप कर चबे पर ही चलता हो – मस्ती में उछलता हुआ। लेकिन आंतरिक रूप में उसकी कार्य-प्रणाली कुछ और होती है। इसी मधेसर ने वर्षों पहले जब पुरोहिताई से अलग बनिहारी करने का निर्णय लिया तो जैसे गांव के लोग सकते में आ गए। उन्हें अपने कानों पर विश्वास ही नहीं हुआ। यह कैसे हो सकता है? यह तो अंसभव है। यह ठीक है कि उसके पसा अपने खेत-बधार नहीं, कोई जमा-पूंजी नहीं और पढ़ा-लिखा भी नहीं। लेकिन है तो ऊंची जाति। एक कुलीन ब्राह्मण परिवार में पैदा हुआ। जिस जाति के लोगों ने चाहे अन्य जो भी काम कर लिया हो, पर किसी का हल नहीं जोता, कभी किसी के बनिहार नहीं बने...हल का परिहथ पकड़ना तो उनके लिए डूब मरना है। उस जाति में यह काम! छिः छिः!

मधेसर के पूर्वज कभी इस गांव के खासे गृहस्थ थे। लेकिन पट्टीदारी के मामले को लेकर चलने वाले पुश्तैनी केस में वे खेत बेचते गए। उनसे छूटे हुए हिस्से घर की लड़कियों की शादी में निकलते गए। शेष जमीन उसके परदादा और दादा की लंबी बीमारी में खत्म हो गई। उसके पिता गिरधर पंडित तो फटेहाली में पैदा हुए, फिर उसे क्या दें और कैसे पढ़ाएं, पुरोहिताई करके और यजमनिका में घूम-घम कर किसी तरह जीवन बिताया। फिर भी वे विचलित नहीं हुए। अभावों और कष्टों को नियति मान कर स्वीकार किया। गांव-विरुद्ध, जाति-विरुद्ध, कुल-विरुद्ध कभी कोई ओछा कार्य नहीं किया। वे पंडित बन कर ही जिए और पंडित बन कर ही मरे। इसीलिए लोगों की नजर में उनका महत्व था। मरने से पहले मधेसर को भी उन्होंने पुरोहिताई

के कार्य समझा दिए थे, कुछ मंत्र रटा दिए थे और पतरा बांचना भी सिखा दिया था। गांव के लोगों को भी मधेसर से यही अपेक्षा थी। लेकिन उसने सबकी अपेक्षाओं को पटकनिया दे दी...!

इस स्थिति में अपनी बिरादरी के लोग उसे जहां भी मिलते, समझाना शुरू कर देते। गांव की गली में, बगीचे में, बाजार में, खेत-खलिहान की ओर जाते हर जगह उसे घेर कर उसकी बिरादरी वाले एक ही बात समझाते कि बनिहारी करने का विचार वह छोड़ दे, पुरोहिताई न सही, कोई भी दूसरा मुनासिब कार्य कर ले जिससे उसकी जात-बिरादरी और कुल-खानदान की जगहंसाई न हो। लेकिन उसने किसी को भी अपने कंधे पर हाथ रखने नहीं दिया। जैसे अंगोछा झटकार कर अपने बदन पर बैठी मक्खी उड़ा देता था वैसे ही इन बातों को झटकारता चला गया। तब एक शाम उसकी बिरादरी के चुने हुए मानिंद उसके यहां जा पहुंचे। उस वक्त वह अपने दरवाजे पर बैठकर पेटारी की रस्सी बुर रहा था। एक साथ अपने दरवाजे पर बिरादरी के इतने गण्यमान्य लोगों को आया देख वह कुछ चौंका, फिर अपने प्रत्युत्पन्नमतित्व से इनके आगमन का कारण समझ गया और गंभीर हो गया। पंडित सीताराम जी ने बैठते ही उसे पुचकारते हुए से कहा, "अरे बचवा, तुम्हारे बारे में क्या सुना है...? तू इ क्या करने जा रहा है?"

उसने तपाक् से जवाब दिया, "वही जो मुझे अपने लायक उचित जान पड़ा...।"

इस पर उन्होंने उसे समझाते हुए कहा, "राम..राम! यह क्या कह रहा है? ब्राह्मण का लड़का बनिहारी करेगा! इससे तो डूब मरना अच्छा होगा...।"

यह सुन वह भी तैश में आ गया, "ब्राह्मण का लड़का भूख से मरे और बनिहारी न करे..। यजमनिका में भीख मांगे और भिखारी बन कर जिए... श्राद्ध में खाने के लिए कुत्ते की तरह दौड़े...। यजमान के आगे खड़ा होकर दुम हिलाता रहे..! मुझसे यह सब नहीं होने वाला, जिसे डूब मरना हो, वह जाकर डूब मरे...मैंने अपने लिए रास्ता चुन लिया है...।"

पंडित सीताराम जी को वह इस तरह जवाब दे देगा, किसी को आशा

नहीं थी। साथ के लोग गर्म हो उठे। एक ने तो बिगड़ते हुए से कहा – "मधेसर! सीताराम बाबा को ऐसा जवाब कभी किसी ने नहीं दिया है। होश में आकर बात करो। खुद तुम्हारे पिता गिरधारी पंडित इनकी इज्जत करते रहे थे। वे सीताराम बाबा से छोटे थे। जब तक जिए, सीताराम बाबा की कोई भी बात नहीं उठा पाए। कुछ तो ख्याल करो। उनकी मान-मरजाद और इज्जत-आबरू इस तरह घोर कर मत पी जाओ...।"

इससे पहले कि मधेसर कुछ कहे, नहले पर दहले की तरह एक दूसरा व्यक्ति उबल पड़ा "इसी दिन के लिए आदमी वंश खोजता है कि उसका वंश उसका नाम रोशन करेगा, उसके किये को आगे ले जाएगा, उसकी मान-मरजाद बढ़ाएगा। लेकिन जो वंश अपने कुल-खानदान का नाम डुबाए, उस वंश से तो निरवंश अच्छा...।"

अब मधेसर अपने को रोक नहीं सका। खून खौल उठा उसका, "तो आखिर आप चाहते क्या हैं? मैंने जो निश्चय कर लिया है, वही करूंगा... मेरे मामले में किसी को दखल देने की जरूरत नहीं। पैसे के अभाव में इलाज न करा कर कराह-कराह कर मर गए मेरे पिता, तब आप लोग कहां थे? आपमें से कोई तो नहीं आया मदद के लिए। पिता की तरह मुझे भी मारने का षडयंत्र रच रहे हैं आप लोग! पर मैं किसी की एक नहीं मानने वाला...।"

इस पर दो-एक मुस्टंड पंडित बरस पड़े, "तेरी यह मजाल कि तू बिरादरी की बात नहीं मानेगा। लात के देवता भला बात से मानते हैं...हम तेरी...।"

लेकिन उनकी बात पूरी होने से पहले ही गरज पड़ा मधेसर। गले की तावीज में खड़े हनुमान जी की तरह कूद कर खड़ा हो गया वह, "खबरदार जो मुंह से अपशब्द निकाला। किसी का दिया नहीं खाता और किसी के बाप की खंड़ी में नहीं बसा कि डरा कर जो मन आये करा लेगा। मैं किसी को कुछ नहीं समझता। मेरा क्या, मेरे तो आगे नाथ न पीछे पगहा...मुझसे जो अझुराएगा उसे मैं सही-सलामत नहीं छोडूंगा...।"

इसके बाद दोनों ओर से मारपीट की नौबत आ गई। वे मुस्टंड पंडित बांह चढ़ाते हुए उठ खड़े हुए। मधेसर भी तरंगने लगा। पंडित सीताराम जी

ने बीच-बचाव किया, "लड़ाई-झगड़ा करने की जरूरत नहीं...मारपीट के लिए कोई उठा तो मैं यहां से चला जाऊंगा...।"

फिर मधेसर को समझाया, "अभी तेरा नया खून है बच्चा...निमनजबुन का चेत नहीं। होश में आकर सोचो। तेरे भले के लिए ही हम लोग कह रहे हैं। अभी शादी-ब्याह कुछ भी नहीं हुआ है तेरा। कहा न मान कर पछताओगे। हाड़े हरदी नहीं लगेगी – कौन ब्राह्मण अपनी बेटी देगा तुम्हें?"

यह सुन उसने भी आवेश में ही जवाब दिया, "मेरे बारे में चिंता करने की जरूरत नहीं है, बाबा... मैं अपना भला-बुरा सब समझता हूं। आप लोग निश्चिंत रहिए, कभी आप लोगों के सामने हाथ पसारने नहीं आऊंगा...।"

इसके बाद हार-थक कर उसके यहां से लौट गये बिरादरी वाले। लौटते हुए अंतिम बार कहा सीताराम पंडित ने, "ठीक है बबुआ, चाहे जो मन में आये करो, लेकिन अच्छा नहीं कर रहे हो। कोई इसे भला नहीं कहेगा...।"

इस पर भी करारा जवाब दिया उसने, "कोई चाहे जो कहे, मैं तो जानता हूं कि बनिहारी करना चोरी नहीं। भरजोड़ काम करूंगा और डट कर खाऊंगा। मुझे और कुछ नहीं चाहिए। अपने पिता की मौत मैं मरना नहीं चाहता। पंडित के झूठे लबादे से मेरा पेट भरने वाला नहीं...।"

इसके बाद बिरादरी वालों ने यह तय किया कि वे मधेसर को बनिहार रखेंगे ही नहीं। अंततः लौटपीट कर वह उनकी बात मान लेगा। गांव के मुख्य खेतिहरों में तो वे ही हैं। लेकिन छोटी जाति के जो दो-तीन खेतिहर थे, मधेसर उनके यहां बनिहार बनने के लिए तैयार हो गया। प्रारंभ में तो वे कुछ असमंजस महसूस करने लगे। ब्राह्मण को बनिहार कैसे रखें। ऐसा तो कभी हुआ नहीं। लेकिन जो काम उनके लोग करते हैं, वह काम और लोग क्यों नहीं कर सकते – अपने अंदर घुमड़ते इस सवाल का जवाब काफी समय से खोज रहे थे वे। शायद इसीलिए दबी जुबान ही सही, मधेसर को बनिहार रखने के लिए तैयार हो गए।

बनिहारी में मधेसर के आने और बनिहारी के काम को स्वाभिमानपूर्ण बनाने के बाद गांव के बनिहारों को अचानक लगा जैसे उनकी अंधेरी जिंदगी

में किसी ने आकर चिराग जला दिया हो। जो कभी मालिक से भर मुंह बोलने की हिम्मत नहीं रखते, वे उनके नाजायज आदेशों को अब मानने से इनकार करने लगे थे। उनकी बदजुबानी पर अंकुश लगाने लगे थे। जाने-अनजाने मधेसर को वे अपना अगुआ मानने लगे थे। लेकिन इन चंद बनिहारों के अतिरिक्त गांव के एक बड़े वर्ग की नजर में तो मधेसर कांटे की तरह चुभता जा रहा था। उसके बारे में लोगों ने ऐसी आम राय बना ली थी कि अगर मधेसर ने कुछ कहा है तो उस पर क्या सोचना? ऊटपटांग, बेतुकी और फिजूल बात के सिवाय वह क्या कहेगा?

मधेसर की शादी भी उसके जीवन की तरह ही गांव के लोगों को विचित्र लगी। विचित्र और वाहियात। बनिहारी से भी नीचे गिरने की घटना। सीताराम बाबा की भविष्यवाणी सच साबित हुई। उसकी शादी के लिए बिरादरी का कोई अगुआ नहीं आया। गांव-जवार हर जगह यह बात फैल गई थी कि अपना धर्म-कर्म छोड़ वह बनिहार हो गया है। इस जानकारी के बाद अपनी बेटी उसे देने के लिए कौन ब्राह्मण तैयार हो? लेकिन इसको लेकर उसके मन में कोई मलाल नहीं। इस संबंध में उसने कभी बिरादरी वालों से समझौता नहीं किया। बिरादरी वालों की टीका-टिप्पणियां, "अब कुंआरपन ढोते रहो और झख मारते रहो...। करनी का कैसा फल मिल रहा है", सुन कर वह मुस्कराता तथा पहले की तरह ही अक्खड़ और मस्त बना जीता रहा। टीका-टिप्पणी वाले उसकी बेफिक्री और मस्ती देख अपनी टीका-टिप्पणी से स्वयं को ही घायल अनुभव करते। वे समझ नहीं पाते कि आखिर यह किस मिट्टी का बना है।

इन्हीं स्थितियों में एक रात बगल के गांव से नाच देख कर लौट रहे मधेसर को सिवान के पास महुए के नीचे किसी औरत के होने का आभास हुआ। नजदीक से गुजरते हुए उस औरत के सुबकने की आवाज भी उसे सुनाई पड़ी, हालांकि वह मुंह दबा कर बहुत धीरे-धीरे ही सुबक रही थी। अन्दर ही अन्दर कुहूंकने जैसा, लेकिन रात की नीरवता की वजह से उसकी वह मद्धिम आवाज भी सुनाई पड़ ही जाती थी। उस वक्त रात आधी से

अधिक बीत गई थी। शायद एकादशी की रात थी। इग्यारह घरी अन्हरिया के बाद अब अंजोरिया की बारी थी। अंजोरिया जैसे-जैसे आती जा रही थी, अंधकार में छिपी पगडंडियां, खेत-बाधार और पेड़-पौधे सब दिखते जा रहे थे। मधेसर जिस पगडंडी से गुजर रहा था, उससे आठ-दस बांस के फासले पर ही वह महुए का पेड़ था। वह औरत अपना माथा घुटनों के बीच दबाए उकडूं बैठी थी। पगडंडी से देख कर उसे पहचान पाना मुश्किल था कि वह गांव की औरत है या आनगांव की। उस पुराने और झंखाड़ महुए को लेकर गांव में यह चर्चा भी थी कि वहां कोई भूतिन या किचिन रहती है। कि अमुक बाबा ने कई बार उसे देखा है। कि दूर से वह नजर आती है, लेकिन पास जाने पर बिला जाती है। कि महुआ बीनते हुए मोहर के लड़के संतोष को उस किचिन ने ही पकड़ लिया था। कि हर रात नई साड़ी पहन कर वह उसके पास आती थी और उसकी दोनों मुट्ठियों में मिठाइयां भर देती थी। लेकिन सुबह वे सारी मिठाइयां बकरी की लेंड़ियां साबित होती थीं। बहुत ओझाई के बाद किसी तरह बच गया। इन बातों को याद कर एक क्षण के लिए मधेसर को भी लगा कि उसे महुए के पास की उस औरत को अनदेखा कर चुपचाप अपने घर लौट चलना चाहिए। भूतिन-प्रेतिन को छेड़ना अच्छा नहीं होता। लेकिन दूसरे ही क्षण उसके निर्भीक और जीवट मन ने कहा – नहीं, कौन है यह औरत, जान लेने में क्या हर्ज है? क्या बिगाड़ लेगी उसका? कौन उसके आगे-पीछे रोने वाला है कि वह चिंता करे। आज तक वह भूतिन और किचिन के बारे में सुनता ही आया है, कभी रू-ब-रू देख नहीं सका है। आज देख ले कि भूतिन और किचिन क्या होती है? मर्द का बच्चा है वह। निपट लेगा उससे। गांव के लोग जब बताते हैं किसने, कहां, कब और कैसे भूत-प्रेत देखा है तो वह चुप हो जाता है। इसे देख-सुन लेने के बाद वह भी तो अधिकार के साथ अपनी बात कह सकेगा।

पगडंडी से उतर महुए की ओर चल पड़ा मधेसर। वह दबे पांव आगे बढ़ने लगा, ताकि उसकी आहट पाकर वह बिला न जाए। फिर अपनी योजना के अनुसार चुपके-चुपके आगे बढ़ते हुए बिल्कुल उसके सामने जा खड़ा हुआ।

पर माथा झुका कर जिस गंभीर पीड़ा में डूबी वह सुबक रही थी, मधेसर की उपस्थिति का कोई भान नहीं हुआ उसे। मधेसर ने जब अचानक निकट खड़े होकर रोबीली आवाज में पूछा – "कौन है तू?" तो जैसे घबड़ा कर दो कदम पीछे हट गई वह। डर से पूरा जिस्म कांप गया उसका। उसे लगा, जैसे महुए के पेड़ से कोई भूत या प्रेत नीचे कूद आया है उसके पास। बहुत साहस बटोर कर माथा उठा भयभीत नेत्रों से उसने सामने देखा। फिर मधेसर पर नजर पड़ते ही जैसे सकुचा गई। लेकिन उसे पहचानते ही बोल उठा मधेसर – "अरे, रधिया तुम? इतनी रात गए इस 'माहपैंतर' में अकेले! क्या हुआ है तुझे? क्यों इस तरह जार-बेजार हो कलप रही है...?"

पर रधिया ने कोई जवाब नहीं दिया। माथा झुका लिया। जैसे कोई गोपन रहस्य हो। जैसे मधेसर की नजर में आ जाने के बाद ग्लानि से गड़ी जा रही हो। मधेसर एक क्षण के लिए समझ नहीं पाया कि क्या करे! रधिया उसके गांव के मगन डोम की चौथी बेटी थी – खूब सुघड़, जवान, मूरत की तरह बरती हुई, एकदम भक-भक गोर...! अभी इसे नहीं ब्याहा था मगन ने। इस रधिया डोमिन के लिए गांव के नवही मगन के दरवाजे चक्कर लगाते रहते थे। उसे लगा, जरूर उन्हीं में से कोई बहका कर रधिया को यहां लाया होगा और अपना उल्लू सीधा कर कहीं चंपत हो गया होगा। वह सधी आवाज में पूछ उठा – "कौन तुझे यहां लाया? किसने धोखा दिया? तू सच-सच बता दे, जहां तक हो सकेगा, मैं तेरी मदद करूंगा।"

इस बार फट पड़ी रधिया। रोते हुए ही बोल उठी – "मुझे कोई यहां नहीं लाया...मैं करमजली अपने दुख की मारी स्वयं आई। आप अपने घर चले जाएं, बाबू। मेरा दरद जान कर अपना हिया मत दुखाएं।"

यह सुन मधेसर का मन करुणार्द्र हो उठा। अपनी तकलीफ कभी भारी नहीं पड़ती उसे, पर दूसरे की तकलीफ सुन कट कर रह जाता है वह। पास ही महुए के सोर पर बैठ कर पूरे अपनेपन से बोल उठा – "कौन-सा दुख आ गया है तेरे ऊपर? तू मुझे बता कर तो देख। क्या मैं उसमें कुछ भी करने लायक नहीं?"

अब ढह गई रधिया। बांघ टूट चली नदी की तरह बह चली – "बापू मुझे बेच रहा है। बात पक्की कर दी है। बापू से बड़ी उम्र का एक दढ़ियल मुझे देख गया है। वह कोढ़ी है। उसके हाथ-पांव चू रहे हैं। मैं मर जाती तो ठीक था, पर यह चोला जल्दी छूटना भी तो नहीं चाहता।"

एक क्षण के लिए मौन हो गया मधेसर। जानता था, मगन बेटी बेचता है। यह बात सारा गांव जानता है। लेकिन कभी किसी ने इस मामले में दखल नहीं दी। मगन की पत्नी उजली चमड़ी की कश्मीरी डोमिन है। कश्मीर से भगा लाया था उसे मगन। पर गांव के कुछ लोगों का कहना है कि वह डोमिन नहीं, कोई बड़जातिन है। जो हो, उसकी छहों बेटियां दूधिया गोराई और ललछौंही रंग की ऐसी कठपुतरी तिरिया थीं कि लोग देखते तो देखते ही रह जाते। अपने दरवाजे सिपुली, मउनी बीनने वे क्या बैठतीं कि नवहियों की ताका-झांकी शुरू हो जाती। मगन के जिम्मे खेत-बधार नहीं, गांव के बाहर सड़क के किनारे मिट्टी के एक दरबेनुमा घर में वह रहता। सुअर पालता तथा बांस को चीर कर कलसुप, चंगेली, दउरा, मउर, बेना, चटाई आदि बनाता। गांव में सिर्फ वही तो एक घर डोम है। गांव की नजर में वह पवनी है। लोग उसका सामान लेकर खाने भर अनाज दे देते। लेकिन दारू पीने, मांस खाने और जुआ खेलने की अपनी लत से वह कभी बाज नहीं आया। अपनी इसी गंदी सोहबत की वजह से ही बेटी बेचने जैसा धिनौना काम उसने शुरू किया। पहली बेटी जब उसने बेची तो मधेसर छोटा था, लेकिन इतना छोटा नहीं कि उसे वह घटना स्मरण न हो। उसे याद है, पूरे गांव में उस घटना की चर्चा हुई थी। वह घटना उसके गांव की पहली घटना थी। उससे पहले उसके गांव में कभी किसी ने बेटी बेची हो, ऐसा सुनने में नहीं आया था। अगर मगन भी डोम न होकर गांव की मुख्य जातियों में से होता तो शायद गांव उसे यह कृत्य नहीं करने देता। पर वह डोम था जिससे छुआना भी पाप था, फिर उसके कर्मों पर उचित अनुचित का विचार क्या? जब वह डोम है तो कुछ भी कर सकता है। उसे मना क्या करना। शायद यही सोच कर लोग महटिया गए थे। जाति और कर्म के आधार पर गांव

में रहते हुए भी गांव की सर्वमान्य जिंदगी से उसे अलग करार दे दिया गया था। लेकिन होश आने के बाद से मधेसर को बराबर यह गलत लगता था कि उसके गांव की इस तटस्थता और उदासीनता ने ही उसके बढ़े हुए मन को और बढ़ा दिया है, तभी वह एक के बाद एक अपनी तीन बेटियों को बेच चुका है। मधेसर को अपने गांव की इस धारणा पर बराबर गुस्सा आता है कि जिस कार्य पर अंकुश की सख्त जरूरत होती है उसे अपनी परिधि से बाहर का मान लिया जाता है। यह ठीक है कि मगन डोम है, अछूत है, नीच है। शुभाशुभ कर्म का उसे विचार नहीं। लेकिन मात्र इसीलिए वह बेटी बेचता है, इसे अधिकारपूर्वक नहीं कहा जा सकता। गांव के लोग आये दिन उसे चोरी-डकैती के मामले में फंसाते रहते हैं, हालांकि सब जानते हैं कि वह चोर-डाकू नहीं। असल में गांव के जिन मनचलों की दाल उसके यहां नहीं गल पाती, वे उस पर चोर-डकैती के दो-चार मुकदमे ठोंक देते हैं। इसीलिए इस कार्य के लिए जहां एकभर मगन का संस्कार दोषी है, वहां दोभर गांव के लोगों का घृणित दबाव...। खैर अब तक वह चुप रहा। अब तक मगन की किसी बेटी ने भी अपनी रक्षा के लिए उससे गुहार नहीं लगाई, पर अब जबकि रधिया अपनी पीड़ा जाहिर कर चुकी है, उसे बीच में आने से पीछे नहीं हटना चाहिए...। वह भरपूर दिलासा देते हुए बोल उठा, "तू चुप हो जा और घर चल...। मैं सुबह तेरे पिता मगन से बात करूंगा। जब तू नहीं चाहती है तो तुझे जबरन नहीं बेचने दूंगा।"

वह कलप उठी, "आपकी बात नहीं मानेगा वह। बाप नहीं कसाई हैं। पेशगी थाम चुका है...। कल सुबह ही वह कोढ़ी आकर ले जाएगा। मुआ बिगन भी नहीं आया। कह कर छल कर गया। मेरी तकदीर ही ओछी है...।"

"कौन बिगन? सहसा पूछ उठा मधेसर।"

"लखिया दीदी के ननदोई का छोटा भाई!" सुबकते हुए ही बताया रधिया ने। मधेसर की आंखों के सामने काले रंग और खोदखोदाह चेहरे वाला डोम का एक दुबला-पतला छोकरा तैर गया। वह अक्सर रधिया के यहां आता था। रधिया के साथ उसे सुअर चराते, बगीचे में लकड़ी तोड़ते और बंसवार

में बांस काटते हुए मधेसर ने कई बार देखा था। उसे अब यह समझते देर नहीं लगी कि बिगना के साथ भाग जाने के लिए ही रधिया यहां आई है। शायद दोनों ने एक-दूसरे से शादी करने का वादा किया होगा। लेकिन बिगना नहीं आया। इस पर विश्वास दिलाते हुए उसने कहा – "तो इसमें रोने की क्या बात है। किसी कारणवश वह नहीं आ सका होगा। चलो तुझे उसके गांव तक छोड़ आता हूं...।"

यह सुन जैसे रधिया के भीतर की नारी अपने आहत अभिमान से तड़प उठी – "वह डर कर नहीं आया। कह कर धोखा दिया। उस मउगड़े मर्द पर भरोसा करके ही तो पछता रही हूं। वह मेरी बांह क्या थामेगा? अब मैं पलट कर भी उसकी ओर नहीं ताकूंगी। मेरे भाग्य में जो बदा होगा, वही होगा।"

यहां एक क्षण के लिए फिर असमंजस में पड़ गया मधेसर। अब क्या करे रधिया के लिए? अंततः हार-थक कर उससे ही पूछा, "तो तू ही बता, क्या करूं तेरे लिए?"

इस पर भरपूर अपनेपन से उसकी ओर तक उठी रधिया, "क्या करियेगा मेरे लिए। भगवान् ने जब डोमिन बना कर भेजा है तो दुखों से छुटकारा कहां?" मधेसर ने देखा, ऐसा कहते हुए रधिया की इच्छाभरी निगाहें जिस तरह उस पर आ टिकी थीं कि सर से पांव तक सिहर गया वह। ऐसी नजरों से रधिया ने तो उसे पहले कभी नहीं देखा था। अपने अंदर बिजली की दौड़ती लहर उसने महसूस की। चांदनी रात में एकटक ताकती रधिया की मोहक आंखों में वह समाता चला गया। वह अपने को हारता हुआ महसूस करने लगा। उसकी सारी मर्दानगी और हेकड़ी जैसे काफूर हो गई। इससे पहले भी रधिया उसे देखती थी। हल-बैल लेकर रोज रधिया के दुआर से ही वह गुजरता था। खेत-बाधार जाने का वही रास्ता था। पर ऐसा कभी महसूस नहीं किया था उसने। अब चाह कर भी वह अपने को रोक नहीं पाया, "तो मेरे साथ रहेगी तू?"

रधिया की आंखों की मोहकता और गहराई अब और बढ़ गई। भिड़के हुए कपाट जैसे खुल गए, "क्या आप मुझे रख लेंगें...?"

मधेसर का मर्द जाग गया, "तू तो जानती है, मैं जल्दी कुछ कहता नहीं और जो कहता हूं उसे करके रहता हूं...।"

बस, लेट गई रधिया मधेसर के पैरों पर। अपने को पूरी तरह सौंप दिया मधेसर के हवाले।

सुबह दिन चढ़े तक रधिया के मां-बाप उसे खोजते रहे। गांव के भीतर और बाहर छान मारा उन्होंने। पर कहीं न मिली वह। पेशगी थमा चुका वह कोढ़ी भोर होते ही आ धमका था। इस बीच जाने किसने मगन के यहां यह सूचना दे दी कि रधिया मधेसर की जोरू बनकर उसके यहां बैठ गई है। गांव में जल्दी कोई बात छिपती भी तो नहीं। और वह भी मधेसर के घर की बात! बस, मगन दोनों पति-पत्नी हांफते-चिल्लाते मधेसर के दरवाजे आ पहुंचे...। मगन ने पहुंचते ही मधेसर से अपना क्रोध व्यक्त किया, "किसी की बहू-बेटी को बहकाना अच्छा नहीं होता है। हम डोम हैं तो क्या, हमारी भी इज्जत है। हम मर-कट जाएंगे, लेकिन यह सब बर्दाश्त नहीं करेंगें। हमारी बेटी सीधे मन से वापस कर दीजिए नहीं तो...?"

"नहीं तो क्या कर लेगा तू?" गरज कर सामने आ गया मधेसर – "जबान संभाल कर बात कर, नहीं तो राख लगा कर तेरी जबान खींच लूंगा। जहां आंख दिखाने की कोशिश की तो मार कर हाथ-पैर तोड़ दूंगा। खबरदार जो फिर ताव में आकर कुछ कहा। मैं लुच्चा-लफंगा नहीं कि तेरी छोरी को बहकाने-फुसलाने गया था...।"

यह सुन मगन दोनों पति-पत्नी नटरम पसारते हुए चीखने-चिल्लाने, रोने-पीटने और गिरने-पड़ने का नाटक करने लगे। लोगों को जुटाने के लिए ही वे यह ढरनच कर रहे थे। फिर देखते-ही-देखते गांव के काफी लोग वहां जुट आए। भीड़ एकत्रित करने के बाद जैसे बल मिल गया उन्हें। वे फिर मधेसर के दरवाजे आ लगे। इस बार गम्भीर होते हुए मधेसर ने कहा, "देख मगन, तू मेरे दरवाजे पर डोमघाउज न कर, नहीं तो मुझसे बुरा कोई न होगा। तू कान खोल कर साफ-साफ सुन ले, रधिया को बहका-फुसला कर मैं नहीं लाया, अपनी राजी-खुशी वह स्वयं मेरी जोरू बनी है। अब तू नाक रगड़ कर मर जाएगा तब भी तेरे यहां नहीं जाएगी...।"

इस पर भीड़ को सुनाते हुए कहा मगन ने, "यह झूठ है... मेरी रधिया ऐसा नहीं कर सकती...।"

इस बार फिर डपट पड़ा मधेसर, "बिना सच्चाई जाने झूठा बनाएगा तो चीर कर रख दूंगा। रधिया को मैं तेरे सामने बुला देता हूं। अगर उसने कह दिया कि मैंने उसे भोरा कर भगाया है तो फिर तू जो कहेगा वह मैं मान जाऊंगा...।"

इसके बाद अंदर जाकर रधिया को सामने ले आया मधेसर।

रधिया ने आते ही चिल्ला कर कहा, "भाग जा यहां से कसाई! तू बाप नहीं, जल्लाद है। तेरे जैसे पापी का अब मैं मुंह देखना नहीं चाहती। मैं अपनी राजी-खुशी आयी हूं। इन पर बहकाने-फुसलाने का जो आरोप लगाएगा, उसे मैं कच्चा चबा जाऊंगी। ये आदमी नहीं, देवता हैं..."

रधिया का जवाब सुन गांव के लोग सन्न रह गए। मगन दोनों पति-पत्नी को काटो तो खून नहीं। निरुत्तर और बेआधार हो गए वे। न चाहते हुए भी उन्हें लौट आना पड़ा!

इस तरह रधिया के साथ शादी हुई मधेसर की। इस विचित्र और अनोखी शादी की चर्चा गांव की सीमाओं को लांघ कर पूरे जवार में फैल गई। मधेसर की बिरादरी वालों ने खूब नाक-भौं सिकोड़ी और उसके नाम पर छी-छी, थू-थू की। लेकिन उससे मिल कर टीका-टिप्पणी करने का साहस नहीं हुआ किसी को। बनिहारी की इस घटना के बाद उसके बीच आने के लिए तो जैसे कसम खा ली थी उसकी बिरादरी ने। वे यह मान कर ही संतोष करने लगे कि मधेसर की जब जाति-बिरादरी से बाहर निकाल दिया है तो फिर उसके कुकर्मों या सुकर्मों की क्या गिनती? उसके जो जी में आये करे?

बाद में बीतते समय के अनुसार ठंडी हो गई यह चर्चा। अजूबी और अनोखी लगने वाली यह घटना लोगों की इच्छा-अनिच्छा के बावजूद गांव की सर्वमान्य जिदगी का अंग बन गई। निषिद्ध और वर्जित चीजें शुरू में ग्राह्य नहीं होतीं, पर जब मजबूती से आ टिकती हैं तो उनके अस्तित्व को स्वीकारने के लिए बाध्य हो जाते हैं लोग। तब उनके प्रति उनकी आपत्तियां भी स्वतः ध्वस्त होने लगती हैं। मधेसर की शादी के साथ भी यही हुआ।

लेकिन रधिया से शादी के बाद खर्च बढ़ गया मधेसर का। पहले एक देह के लिए बनिहारी की आय काफी पड़ती थी उसे। पर जोरू बन कर आ बैठी थी रधिया। गृहस्थी की नई व्यवस्था करनी थी उसे। उसके साथ जो भी बनिहार थे, अपनी घर-गृहस्थी की व्यवस्था के लिए कभी भरपेट खाते नहीं और उनके बदन पर साबुत कपड़े भी नहीं होते। लेकिन यह जीवन स्वीकार नहीं था मधेसर को। वह हाड़ तुड़ा कर कमाना जानता था तो भरपेट खाना और ढंग से रहना भी। इसीलिए कर्ज लेना प्रारंभ कर दिया। रधिया ने मना किया तो समझा दिया, "एक-एक पाई चुका दूंगा सबका। अभी तू नई बहुरिया है...। अभी तुझे बढ़िया नहीं खिला-पहना सका तो बाद में कुछ करके भी क्या करूंगा। तू चिंता न कर। जरूरत भर ही ले रहा हूं... अभी जैसी जरूरत बराबर नहीं रहेगी...।"

और रधिया को मना लिया था उसने। गांव के लोग भी उसे कर्ज देने में आना-कानी नहीं करते थे। सब देख रहे थे, उस जैसा खटने वाला बनिहार दूसरा नहीं। जिसके यहां रहता, उसकी खेती चमक जाती। शायद इसीलिए लोग एक-दूसरे से उसका कर्ज वसूल कर उसे अपने यहां रखने की होड़ लगाये रहते। इस दौरान गांव में बनिहारों को जिस कड़े ब्याज पर कर्ज दिए जाते, उससे कम ब्याज पर ही उसे कर्ज मिलते। यहां भी वह अपवाद साबित हुआ। और इन कर्जों की वजह से तनिक भी चिंतित और फिक्रमंद नजर नहीं आया। उसकी जिंदादिली और मस्ती पूर्ववत बनी रही। बेचारा बने बनिहारों से वह अक्सर कहा करता, "जब रोने से कोई देने वाला नहीं तो सीना तान कर जीना सीखो। हम अपने बूते जी रहे हैं। किसी के आसरे और अहसान पर नहीं। वे हमें कर्ज सेतमंगना नहीं दे रहे कमा कर चुका देंगें या काम कर सधा देंगें...।"

मधेसर कभी गांव के लिए इतना महत्वपूर्ण बन जाएगा कि तमाम गिला-शिकवा त्याग लोग उसे सर-आंखों पर उठा लेंगें और उससे सलाह मशविरा करेंगें, ऐसी आशा किसी को नहीं थी। पर यह संभव हो गया। गांव की स्थिति बदल गई। ऐसा बदलाव जिसकी कल्पना कभी किसी ने नहीं

की थी। हालांकि मधेसर लंबे समय से यह देखता आ रहा था कि नन्हटोली के हरिजन और पिछड़े अपने कामों से फुर्सत पा रात में देर तक एक जगह बैठते थे और खुसर-फुसुर करते थे। ऐसी बात नहीं कि बड़टोली को इसकी भनक नहीं, पर उन्हें यह विश्वास नहीं था कि उनके खेतों में काम करने वाले और उनके टुकड़ों पर जीने वाले उनसे लोहा लेने की तैयारी करेंगे और ऊंच-नीच का भेद त्याग बराबरी का दर्जा देने के लिए उन्हें बाध्य कर देंगे। वे तो पुश्तों से उन्हें परजा-पवनी और आसामी समझते आ रहे थे। पर उनकी इस सोच को झटक दिया था उन्होंने। कहते हैं, बाहर की हवा लगी थी उन्हें। कुछ लोग आकर ट्रेनिंग दे जाया करते थे। हथियारों से लैस किया उन्हें, संगठित होना सिखाया और मुकाबला करना भी। शायद यह उसी का परिणाम था कि वे ईंट का जवाब पत्थर से देने लगे। पहले की भाति बढ़टोली के लोगों की गाली-बात सह जाना तथा अपने हक और अधिकारों के मामले में भी चुप बने रहना उन्होंने छोड़ दिया। बड़टोली के लोग गरजते-धमकाते, तो वे भी उसी लहजे में जवाब देते। वे लोग मारने टूटते तो संगठित होकर वे भी हमले पर उतारू हो जाते। शायद यह परिवर्तन समय की देन थी। शायद यह उनकी संगठित शक्ति का कमाल था। जो हो, दोनों ओर से जोर-आजमाइश शुरू हो गई थी।

इसी जोर-आजमाइश और खींचतान के बीच इधर के शिवकरण और उधर के मुनेसर की हत्या हुई। एक को बाजार से लौटते हुए शाम के धुंधलके में मारा गया तो दूसरे को हथियारों से लैस लोगों ने घर से खींच कर मारा। इन दोनों हत्याओं के बाद पूरा गांव दहशत में डूब गया। अशांत क्षेत्र घोषित होने पर जिला प्रशासन ने कुछ समय के लिए वहां पुलिस चौकी कायम कर दी। पुलिस के जवान गांव की पाठशाला में आ ठहरे और बनाने-खाने लगे। हालांकि उनके आने से कोई अन्तर नहीं पड़ा। वे तो जैसे शहर की भीड़भाड़ से अलग गांव में पिकनिक मनाने आए थे। दोनों पक्षों की तकरार से उन्हें कोई खास मतलब नहीं था। वे तटस्थ बने अपनी ड्यूटी बजाते रहे। इधर लोगों ने अकेले और रातों में निकलना बंद कर दिया। दोनों ओर के लोग हर वक्त अपने पक्ष के साथ गोलबंद होकर ही रहने लगे। इधर के लोगों के

बीच यह खबर उड़ती रहती कि उधर वाले हथियार लेकर गहड़ी में छिपे हैं। कि उनके लोग उस बगीचे में तैनात हैं। कि ऊख के खेत में घात लगाकर बैठे हैं। कि उनका किसी ओर भी निकलना खतरे से खाली नहीं। उनके साथ बाहर के लोग भी हैं और बाहर के हथियार भी। कई गांवों में अपना झंडा फहरा चुके हैं। कि इस गांव पर अब नजर है उनकी। कि उन्हें हर वक्त तैयार रहना चाहिए। कि उनके चढ़े हुए मन को अगर नहीं कुचला गया तो गांव में रहना मुश्किल कर देंगें...।

इसी भांति उधर के लोगों के बीच भी इससे मिलती-जुलती चर्चाएं फैलती रहतीं कि अपने लठैतों को जुटा लिया है उन्होंने। कि नन्हटोली जलाने की तैयारी कर रहे हैं। कि पुलिस को ले-देकर अपने पक्ष में कर लिया है। कि उनके बच्चों, औरतों और बूढ़ों तक को नहीं बख्शेंगें वे। कि उन्हें डरना नहीं है। कि वे ऐसे भी मर रहे हैं वैसे भी सही, कि जान की बाजी लगाकर इस बार छक्के छुड़ा देना है उनका।

इस बीच रातों में बम फटते और बन्दूकों की आवाजें होतीं। माहौल और भयानक हो उठता। दोनों दल एक-दूसरे से भयभीत भी थे और एक दूसरे के प्रति आक्रामक भी। लेकिन इस दौरान मधेसर जैसे पहले अकेला था, वैसे अब भी अकेला ही रह गया था। किसी पक्ष ने पूरे विश्वास और सच्चे मन से नहीं स्वीकारा था उसे। इधर के लोगों के व्यवहार से उसे लगा था कि ये उसे ब्राह्मण जरूर समझते हैं, लेकिन चूंकि वह बनिहार है, नन्हटोली के लोगों के साथ काम करता है और डोमिन से शादी कर चुका है, इसीलिए उससे छनके रहते हैं। उसे भीतर से अपना आदमी नहीं मानते। इसी भांति उधर के लोगों के व्यवहार से भी उसे लगता कि बनिहार होने और डोमिन से शादी करने के चलते वे उससे अपना जुड़ाव अवश्य महसूस करते। कुछ हद तक अपने पक्ष का आदमी भी समझते। लेकिन चूंकि वह ब्राह्मण था, इसीलिए पूरी तरह उसे अपने हलक के नीचे नहीं उतार पाते। कुछ दुरी बनाए ही रहते, जिसे वह लख जाता...। फलतः वह किसी ओर का नहीं हुआ। पहले की तरह ही मस्ती और अक्खड़ता से जीता रहा...।

पर खेती-गृहस्थी से संबंधित गांव के सारे कार्य तो अब बन्द हो गए थे।

अपने घरों और गिरोह से निकलना मुश्किल था, फिर कार्य की चिंता कौन करे? इस बीच अकेला मधेसर बेरोकटोक इधर से उधर मंडराता फिरता। इधर की गली में, उधर की गली में। उसके कदमों की आहट सुन लोग हथियार सीधा करते। लेकिन यह जानते ही कि मधेसर है, हथियार गिरा लेते। वह उनका अपना नहीं, लेकिन दुश्मन भी तो नहीं। कुछ हद तक तो दोनों का था और दोनों का नहीं भी था, इसीलिए उस दौरान वह अकेले पूरा गांव था। पुलिस को कुछ पूछना होता तो आसानी से वही उपलब्ध होता। इधर के लोगों को किसी चीज की जरूरत होती तो वही जुटाता। उधर के लोगों की अनिवार्य आवश्यकता उसी के द्वारा पूरी होती। गांव में आए पत्रकार और बाहर के लोग उसी से जानकारी लेकर लौटते।

इन्हीं क्षणों में एक शाम उधर के टेंगरी के बेटे की अब-तब की घड़ी लग गई। वह तीन दिनों से बीमार था। उसे चाहते हुए भी अस्पताल नहीं ले जा सका था टेंगरी। डर था कि घर से मरीज लेकर निकलते ही टोह में छिपे उधर के लोग भून देंगें गोलियों से। परिणामतः इलाज के अभाव में उसकी बीमारी बिगड़ गई थी। उसकी दोनों पसलियां एक-एक बित्ता चलने लगी थीं और बदन तवे की तरह जलने लगा था। रह-रह कर वह आंखें तरेड़ देता। टेंगरी दोनों पति-पत्नी उसे घेर कर बिलख रहे थे। फिर न जाने उनके मन में क्या आया कि बगल से गुजरते मधेसर को बुलाया। स्थिति से अवगत होते ही मधेसर का मन विकल हो उठा। बस, तत्क्षण उस बच्चे को अपनी चादर में ढक कर वह अस्पताल ले चल पड़ा। टेंगरी के दिए रुपये उसने चेट में खोंस लिए...।

तेज कदमों से चलकर मधेसर उस बच्चे को कस्बे के अस्पताल ले आया। उसे देखने के बाद डाक्टर ने तत्काल कई सुइयां लगवायीं और खाने की गोलियां दीं। डाक्टर के अनुसार अब और देर होती तो बच्चा नहीं बचता। उसे लेकर दो रोज अस्पताल में ही रुक जाना पड़ा मधेसर को। तीसरी रात जब उसकी स्थिति में काफी सुधार आ गया तो आवश्यक दवाइयां ले पुनः उसे चादर में छिपा गांव लौट आया। टेंगरी पति-पत्नी तो सीधे गिर गए

उसके पैरों पर, "आदमी नहीं, तुम देवता हो...। तुम्हारी नेकी का बदला मर कर भी हम नहीं चुका पाएंगे...।" नन्हटोली के और लोगों की श्रद्धायुक्त नजरें भी उसके चेहरे पर आ टिकीं...। उस घटना ने उन सबकी नजरों में महान बना दिया उसे।

इधर एक रात बड़टोली के हरगोविन्द की बहू भी प्रसव-पीड़ा से कराह उठी। दिन से ही उसे दर्द उठना शुरू हुआ, पर रात गए तक बच्चा नहीं हुआ। दर्द से तड़पते हुए दांत भींच लेती। पसीने से लथपथ हो चुकी थी। चेहरे पर स्याही मार गया था और रह-रहकर कांप उठती। नई बहू थी। पहली प्रसूती। घर के लोग परेशान और हताश। इस आफत में यह समस्या। नहीं बचेगी अब बहू। इससे पूर्व या तो चमरटोली की औरतें आकर बच्चे पैदा करा जाती थीं या दर्द होते ही लोग लेकर अस्पताल भाग जाते थे। लेकिन दोनों में से एक भी अब संभव नहीं। पाठशाला में ठहरी पुलिस तक यह खबर भेजी जाए तो रात में वे भी आने से रहे। रात मे चाहे जो हो जाए, पाठशाला से वे नही टकसते। वे इतने मूर्ख नहीं कि दो दलों की मोर्चाबंदी के बीच रात में आएं। चाहे सारा गांव रात में खत्म ही क्यों न हो जाए, दिन होने पर ही वे उसका मुआयना करेंगे। और फिर किसी के रोग-बीमारी से उन्हें क्या मतलब? उन्हें तो गांव में तब जाना है जब खून हो जाए। बिना खून हुए गांव में जाकर वे क्या तहकीकात करेंगें?

पर यह खबर सुनते ही वहां आ पहुंचा मधेसर। हरगोविन्द के घर से दो-तीन घरों के बाद ही था उसका घर। हरगोविन्द की बुढ़िया ने जब रोते हुए सब हाल कह सुनाया तो उसने एक क्षण भी विलम्ब नहीं किया। उपचार के अभाव में बहू मर रही है, यह सुन तड़प उठा वह। नर्स ले आने के लिए बुढ़िया ने जो रुपये दिए, उसे लेकर भाग चला, कस्बे के अस्पताल की ओर। जानता था, टेंगरी के बच्चे का इलाज जहां कराया था, वहां कुछ मशहूर नर्सें थीं जो प्रसव कराने में माहिर थीं। पर वहां पहुंचने पर इतनी रात गये और वह भी उस अशांत गांव में चलने के लिए कोई नर्स तैयार नहीं हुई। फिर मधेसर द्वारा पर्याप्त रुपयों को लालच और सुरक्षा की गारन्टी देने के बाद

एक बूढ़ी नर्स राजी हुई। पर सवारी की समस्या खड़ी हो गई। वह कस्बे के सुलेमान इक्के वाले का घर जानता था। अनुनय-विनय कर सोये हुए सुलेमान को जगाया और मुंहमांगा भाड़ा देने का वादा किया, तब कहीं जाकर तैयार हुआ सुलेमान।

गांव की सड़क के किनारे इक्का रुकवाकर नर्स को ले जब गांव में घुसा मधेसर तो खंदक के भीतर से कड़ककर पूछा किसी ने, "कौन है? खबरदार जो भागने की कोशिश की!"

बेतकल्लुफी से जवाब दिया उसने, "मैं मधेसर हूं।"

पर नर्स तो डर से कांप उठी। उसके हृदय की धड़कनें बढ़ गईं। इस पर मधेसर ने उसे दिलासा दी कि उसके जीते-जी कोई बाल बांका भी नहीं कर सकता।

फिर आगे बढ़ने पर उधर के लोगों ने भी कड़क् कर यही पूछा। लेकिन उसका नाम सुन कर वे भी शांत हो गए। हरगोविन्द की बहू के पास पहुंचकर बताया नर्स ने कि बच्चा पेट में उलट गया है। कि और कुछ देर में जच्चा-बच्चा दोनों से हाथ धोना पड़ता। बड़ी कुशलता से उसने बच्चा सीधा किया और भोर होने से पहले प्रसूति भी करा दी। लड़का हुआ। हरगोविन्द का पहला नाती। खुशी में तो जैसे पागल हो उठे हरगोविन्द। उनके पांव तो जमीन पर पड़ते ही नहीं थे। नर्स को मुंहमांगी बख्शीश दी। मधेसर के हाथों इक्के वाले को भी पर्याप्त रुपये भिजवाए। खुशी में मधेसर को भी बहुत कुछ देना चाहा उन्होंने। लेकिन कुछ भी लेने से उसने इनकार कर दिया। तड़पती बहू के लिए नर्स बुला लाया तो मिहनताना लेगा? इतना गया-गुजरा नहीं वह।

हरगोविन्द ने बांहों में भर लिया उसे। वे समझ नहीं पर रहे थे कि क्या कह कर मधेसर का अहसान व्यक्त करें। गला भर आया उनका और मन माफिक शब्द उन्हें नहीं मिले। बड़टोली के अन्य लोग भी उसके प्रति अपनेपन और स्नेह से अभिभूत हो उठे। उनमें से कइयों ने अपने उद्गार भी व्यक्त कर डाले – "अपना खून है...आखिर काम आ ही गया..."

मधेसर जानता था, बड़टोली के लोग यही कहेंगे। लेकिन इन टीका-टिप्पणियों से मुक्त हो गया था वह – पुराने पंख गिरा चुके पक्षी की तरह। उसे अब इस तरह की टीका-टिप्पणियां बच्चों के हाथ का झुनझुना लगतीं।

गांव में भय और आतंक की यह स्थिति और इस तरह की मोर्चाबंदी लगातार कई दिनों तक बरकरार रही। बड़टोली के लोग सोचते कि उनके खेतों में काम करके जीने वाले अधिकांश नान्ह आखिर घर में बंद रह कर कब तक खा पाएंगे और कितनी देर तक उनसे लड़ सकेंगे? उन्हें उकसा कर लड़ाने वाले लोग बैठा कर खिलाने वाले नहीं। जब घर का बचा-खुचा अनाज खत्म हो जाएगा तो भूख से बिलबिला कर स्वयं आ पांव पकड़ लेंगे। पर नन्हटोली के लोगों की सोचावट कुछ और ही थी। अब वे नहीं झुकेंगे उनके सामने। मर जाएंगे तो मर जाएंगे, लेकिन पहले वाली दासता स्वीकार नहीं करेंगें। अगर वे बनिहारी, चरवाही और मजदूरी छोड़ देंगे तो परती रह जाएंगे खेत उनके। सारा मलिकांव गायब हो जाएगा कुछ ही दिनों में। धधकते घाम और बरसते मेघ में स्वयं हल चलाकर देखें तो पता चलेगा? एक ही दिन में खटिया पकड़ लेंगे। सब कुछ तो वे करते हैं। उन्हीं के परिश्रम पर वे मालिक बने हैं और उन्हीं के साथ यह व्यवहार। देखना है, घर में बंद रह कर कोठिला का अनाज कब तक खा पाते हैं? भूख से मरने लगेंगे तो उनके कोठिले लूट लेंगे। ऐसे भी मरते हैं, वैसे भी सही।

लेकिन बीतते समय के अनुसार दोनों ओर की गर्मी ठंडी पड़ने लगी। लोगों का जोश और ताव में आना स्वतः समाप्त होता गया। शायद यही सोचकर दोनों पक्षों ने मधेसर के माध्यम से सुलह-सपाटे का आदान-प्रदान शुरू कर दिया। मधेसर दोनों पक्षों का विश्वासपात्र बन गया। उन क्षणों में उनके लिए सिर्फ वही एक माध्यम था – संकट टालने का एकमात्र आधार। शायद इसीलिए उस वक्त उनकी नजरों में वह सर्वाधिक प्रिय और उपयोगी व्यक्ति था। दोनों पक्ष उसकी बाट जोहते रहते तथा उसकी अगवानी में आखें बिछा देते। उसके माध्यम से ही वे एक-दूसरे से संवाद की स्थिति में

आए और पिछली स्थिति को प्राप्त हुए। गांव में रह कर एक-दूसरे के बिना उनका काम चलने वाला नहीं था। एक-दूसरे के प्रति असहयोग और विरोध से तो उनका जीना दूभर हो उठा था। किसके ऊपर ज्यादा बीतेगी, यह कहना मुश्किल है। दोनों क्षतिग्रस्त होते और दोनों बर्बाद, इसीलिए सिर्फ दो हत्याओं के बाद ही चेत गए उसके गांव वाले। अन्य गांवों के परिणाम से तो वे पहले ही अवगत थे।

मधेसर ने अनुभव किया कि इस युद्ध से चाहे और कुछ हुआ हो या न हुआ हो, लेकिन एक-दूसरे के प्रति मरखाह बनना छोड़ दिया है लोगों ने। बनिहार, चरवाह और मजदूर पहले की तरह ही वही थे, और खेत मालिक भी वही; अन्तर सिर्फ यह आया था कि बनिहार, चरवाह और मजदूर अब पहले की तरह अपमानित, तिरस्कृत और उपेक्षित नहीं थे तथा अकारण किसी के गुस्से का भाजन भी नहीं। उनकी मर्जी के खिलाफ कोई अब उनसे बेगार नहीं ले सकता था तथा उन्हें गाली देना और मारना तो जैसे पानी में आग लगाना था। अब वे भी सीना तान कर जीने लगे थे। मधेसर को यह अच्छा लगा। वह तो यही चाहता था। लेकिन जैसे-जैसे गांव की स्थिति सामान्य होती गई, मधेसर का महत्व फिर घटता गया। असल में एक समय-विशेष के अन्दर मधेसर को स्वीकार तो कर लिया था लोगों ने। लेकिन देर तक उसे स्वीकार रखना उनके लिए ग्राह्य नहीं था। पर इसको लेकर मधेसर के मन में कोई रंजिश नहीं। वह जानता था, सारा संसार मौके का यार होता है। इसीलिए भाव-कुभाव की परवाह किए बगैर वह पहले की ही भांति मस्त बना रहा। उसकी दिनचर्या और जीवन-शैली में कहीं कोई परिवर्तन नहीं आया। और शायद आगे चल कर भी अपने ढर्रे पर ही वह जीता जाता, लेकिन उसके द्वारा लटरू की हत्या ने सब कुछ अस्तव्यस्त कर दिया। गांव छोड़कर भाग जाने के लिए बाध्य हो गया मधेसर।

लटरू की हत्या उससे सायास नहीं अनायास हुई। उसका यह कतई इरादा नहीं था कि लटरू को जान से मार दे। जवाबी प्रहार में उसके प्राण-पखेरू उड़ गए तो वह क्या करे? उसने जो किया था उसका सबक तो उसे सिखाना ही था।

वह घटना आसाढ़ माह की थी। धान की खेती के शुरूआती मौसम की बारिश अभी नहीं हुई थी, लेकिन खेतों में हल चलाना शुरू हो गया था। दो चास करके खेतों को तैयार रखना था ताकि बारिश होते ही बिया पड़ सके। अगर बारिश न भी हो तब भी रहट या बोरिंग से बियड़ की टोपरी में पानी चढ़ाकर बिया तो डालना ही था। असाढ़ में अगर बिया नहीं पड़ा तो रोपनी, कटनी का सारा समय ही निकल जाएगा। तब खेती मजिगर नहीं होगी। लेने के देने पड़ जाएंगे इसीलिए सब लोग बिया डालने के लिए खेतों को तैयार करने में लगे थे।

मधेसर भी जिनके यहां बनिहार था, उनके बियड़ की टोपरी में हल चला रहा था। वह एक चास कर चुका था। आज उसे दूसरा चास करके कुदाल से कोनासिल बना देना था। फिर हेंगा चलाकर ढेलों को भूरभरा करना था। बहुत लोग हेंगा खेतों में पानी चढ़ा कर एक ही बार चलाते थे। लेकिन मधेसर दो बार हेंगा चलाना पसंद करता था। एक बार ढेलों के ऊपर उसे भुरभुरा बनाने के लिए तथा दूसरी बार खेत में पानी हो जाने के बाद उसे समतल करने के लिए।

इधर रधिया घर पर मधेसर की रुचि का खान तैयार कर रही थी। उसके खाने के समय का अन्दाज कर, खाने की थाली कपड़े से ढंक उसे माथे पर रख लिया तथा लोटे का पानी हाथ में ले चल पड़ी बधार की ओर। हलवाही के दिनों में जब काम साधारण होता घर आकर खा जाता मधेसर। लेकिन जब काम अधिक और जल्दबाजी का होता तो रधिया उसे वहीं ले जाकर खिला देती।

घर से निकल गांव की गलियों को पार करती हुए बाहर आ गई रधिया। यहां से एक मोटी पगार पकड़ आगे बढ़ चली। यह पगार सड़क से जा मिलती है। फिर सड़क एक बगीचे के किनारे से होकर आगे बढ़ती है। उसके बाद सतहवा नीम-गाछों के उस पार हल जोतता हुआ नजर आता है मधेसर। उसे दूर से ही देख खिल उठता है तथा हल खड़ा कर अंगोछे से हाथ-मुंह झाड़ता हुआ समीप के नीम-गाछ की ओर बढ़ चलता है। वह भी उस पर नजर पड़ते

ही हुलसित-पुलकित हो उठती है। पास पहुंच कर हाथ-मुंह धुलाती है। फिर आंचल से हवा करते हुए खूब प्रेम से उसे खिलाती है।

बराबर की भांति सड़क से बगीचे के निकट पहुंचते ही लटरू पर नजर पड़ जाती है रधिया की। उसका मन खीझ और गुस्से से भर उठता है। बगीचे के किनारे छांव में बैठकर अपने खेतों में हल जोतवा रहा था लटरू। दो बनिहार दो किनारों से हल चला रहे थे उसके बियड़ में। अगोरिया में बैठा था कि बनिहार सुस्ताएं नहीं और देहचोरई न करें। धन और संवागियों के घमंड में चूर रहता। गांव में सबसे अधिक खेत हैं उसके और अधिक लउरधर भी। सात भाई तो वह स्वयं हैं। बड़ा होने के नाते लटरू घर का मुखिया है, लेकिन एक नम्बर का पातकी और हरामी। रधिया पर नजर पड़ते ही मुंह से सी-सी करते हुए ऐसे घूरने लगता है जैसे उसकी आंखों में तनिक भी हया और शर्म न हो। जब वह कुंवारी थी तब भी यह मुआ उसके दरवाजे का चक्कर लगाता और आंखें मटकाता रहता था। बाबू को दारू पिला और उसकी चेट गरम कर लखिया दीदी पर अपना उल्लू सीधा कर चुका था। अब बराबर तीखी नजरों से उसे ही बेधता रहता। बाबू के यहां से मधेसर के यहां आ जाने के बाद भी अपनी हरकत से बाज नहीं आया। उसने इस बारे में एक बार मधेसर से भी कहा तो समझा दिया उसने, “घूरने दे साले को। वह जानता है कि तू अब किसकी जोरू है। तुझे छूने का साहस नहीं कर पाएगा। तू निफिकर होकर आया-जाया कर। हाथी चले बाजार कुत्ता भौंके हजार की तरह... ।”

लेकिन मधेसर को वह कैसे बताए कि उस पर ध्यान न देने पर भी उसकी घृणित आंखों की चुभन से बौखला उठती है वह। लखिया दीदी को लूटने वाले पर खून खौल उठता है उसका। मधेसर के साथ रहते-रहते उसका प्रभाव आ गया है उसके अन्दर। अब वह अपने को मगन डोम की असहाय छोरी महसूस नहीं करती। हालांकि गांव की उस लड़ाई के बाद कुछ समय के लिए अपनी इस हरकत को छोड़ दिया था लटरू ने। लेकिन भला लती की लत छूटती है। वह तो ओढ़ा हुआ नकाब था। अवसर अनुकूल होते ही फिर शुरू हो गया यह पातकी... ।

बगीचे के करीब उसके पहुंचते जैसे ही लटरू की नजर उस पर पड़ी, वह आंखें फाड़-फाड़कर उसे घूरने लगा और मुंह से सीटी बजाने लगा। मधेसर के कहे अनुसार उसे अनदेखा करके वह बढ़ जाना चाहती थी, पर लटरू का मन तो जैसे बढ़ता जा रहा था। बोल बोलना शुरू कर दिया, "एक नजर इधर भी...मालामाल कर दूंगा...कोई जानने भी नहीं पाएगा... ।"

यह सुन बाधिन की तरह उस ओर मुड़ी वह, "क्या बोला रे मुआ। अपनी मां-बहन को मालामाल कर। मुंह झौंस दूंगी तुम्हारा, कच्चा चबा जाऊंगी। क्या समझ रखा अपने को? खबरदार जो फिर उभकी-डुभकी चलाई।"

रधिया की यह तीखी जुबान सुन ताव में आ गया लटरू, "अरे डोमिन रधिया, तेरी ये मजाल। तेरा बाप मगन मेरे सामने आंख उठा देख नहीं सकता। मधेसर की रखनी क्या हो गई तू, तेरा दिमाग सातवें आसमान में पहुंच गया। हम तुझे मधेसर की बिअही नहीं मानते। भला डोमिन ब्राह्मण की बिअही कैसी? तू तो उसकी रखनी है और फिर रखनी का क्या? जैसी उसकी, वैसी सबकी... ।"

इस पर रधिया शेरनी की तरह झपट पड़ी। वह तो जैसे उस नीच से लड़ने के लिए बेचैन थी। लखिया दीदी का संचित गुस्सा फट पड़ा उसके अन्दर से, "नासपीटा! मुंहझौंसा! बडेंरा? मुझे लखिया न समझ। मैं तेरा एक करम बाकी नहीं छोडूंगी।" और माथे की थाली उस पर फेंक तथा पानी भरे लोटे से उस पर वार कर चिल्लाती हुई वह दौड़ चली मधेसर की ओर।

खाने का समय हो जाने के चलते मधेसर उसी की ओर ताक रहा था। वह मन ही मन खीझ रहा था कि क्यों देर कर रही है रधिया? लेकिन जैसे ही खाली हाथ बेतहाशा दौड़ती आ रही रधिया पर उसकी नजर पड़ी तो वह सन्न् रह गया। एक क्षण के लिए उसका मन आशंकित हो उठा। जरूर कुछ गड़बड़ हुआ है। फिर बिना अधिक सोच-विचार किए हल-बैल खेतों में ही छोड़ तत्क्षण कुलांच लगा दी रधिया की ओर। रधिया के रोने और चिल्लाने की आवाजें आ रही थीं। लेकिन दौडते होने की वजह से उसे साफ-साफ सुनाई नहीं पड़ती थीं। फिर वह पलक झपकते पहुंच गया रधिया के पास।

रधिया ने उसे एक ही सांस में सब कुछ बता दिया। तनिक ठहर कर सुस्ताने और इत्मीनान से बताने का धैर्य उसे कहां! वह तो चोट खाई नागिन की तरह फूंफकार रही थी। बस, खून उतर आया मधेसर की आंखों में। दौड़ चला वह लटरू की ओर। कहीं ऐसा नहीं कि वह भाग निकले, इसीलिए मिनटों में ही पहुंच गया वहां। पहले रधिया कहती थी कि अकसर घूरता है लटरू, तो महटिया जाता था वह। शायद इसी से मन बढ़ गया था उसका। अब तो उसे बिना हड़काए उचित नहीं।

लेकिन मधेसर के पहुंचने से पहले ही लटरू जवाब देने की भूमिका बना चुका था। अपनी गलती छिपाने के लिए मधेसर को देखते ही ताव में आ गया, "तूने इसका मन बिगाड़ दिया है मधेसर। मैंने कुछ नहीं किया इसे...अकारण उलझ गई मुझसे। देख, इसने मेरी क्या गत कर दी है...।" और रधिया द्वारा थाली-लोटा फेंक कर प्रहार करने से दाल-भात में सने अपने कपड़े और बदरंग हुलिये को मधेसर के सामने कर दिया। लेकिन मधेसर पर इस नाटक का कोई असर नहीं हुआ। उसने आक्रामक स्वर में कहा, "रधिया मुझे सब बता चुकी है। उसने तो कुछ नहीं किसा तेरे साथ...असली कसर पूरा करने मैं आ गया हूं। अब तू सीधे-सीधे बता, क्यों छेड़ा उसे?"

इस पर अपने झूठ को छिपाने के लिए तेज आवाज में बोलने और तरंगने लगा लटरू, "तुझे उस डोमिन की बात पर विश्वास है और मेरी बात पर नहीं। वह तुझे गंगा लंघा देगी मधेसर। कई-कई घाट का पानी पीकर आई है तुम्हारे पास...।"

यह सुन बीच में ही गरज उठा मधेसर, चुप हरामी! जहां अब एक शब्द भी रधिया के खिलाफ निकाला तो जीभ खींच लूंगा तेरी...।

इस पर तन-बदन लहक उठा लटरू का। अपने धन, अपनी संवारियों और 'उखमंजी' देह की गर्मी बर्दाश्त नहीं कर सका, "तो मधेसर तेरी यह मजाल! बदजात! कमीना! तू मुझे गाली दे रहा है...। अपनी औकात समझकर बात कर...तेरे जैसे दो-दो बनिहार खटा रहा हूं खेत में...पहचानता है तू किससे बात कर रहा है?"

जवाब मे मधेसर की वही सख्ती बनी रही, "तुझ नीच को मैं बचपन

से ही पहचानता हूं। खेत और संवागी होने से ही कोई बड़ा नहीं हो जाता। देखता हूं, तेरे खेत और संवागी क्या कर लेते हैं मेरा? आज मैं तुझे छोड़ने वाला नहीं...। जल्दी बता कि तूने क्यों छेड़ा रधिया को?"

असल में मधेसर पहले वार करना नहीं चाहता था। वह चाहता था कि जिस बल पर लटरू ने छेड़ा रधिया को, उस बल की उत्तेजना में आकर उससे भिड़ जाए...। और सचमुच यही हुआ। आवेश में आ गया लटरू। उसका पारा एकदम गर्म हो गया। शायद उसके मन में भी यह लग गया कि मधेसर सिर्फ बकतूत करने आया है। इसकी हिम्मत कहां कि वह उससे लड़ाई करे, इसलिए एकदम तैश में आ गया वह, "तू बकतूत छोड़कर यहां से भागता है कि उठाऊं गोजी। मारकर तेरी खोपड़ी फोड़ दूंगा...सब बकवास खत्म हो जाएगी...।"

"तो चोरी और सीनाजोरी दोनों। असलजदा की औलाद हो तो उठाओ गोजी...।" ललकारा मधेसर ने। बस, गोजी उठाकर टूट पड़ा लटरू। मधेसर तो यही चाहता था। लटरू के प्रहार को हाथों पर ही रोक लिया उसने और गोजी छीनकर उसकी धुनाई शुरू कर दी। इस पर उछड़कर बाज गया वह मधेसर से। बस, मल्लयुद्ध छिड़ गया दोनों के बीच। एक भैंस का दूध अकेले पीता था लटरू। सोचता था कि जिधर से पकड़ेगा मधेसर को चमोर कर रख देगा। लेकिन उससे टकराने के बाद लगा उसे जैसे किसी पत्थर की चट्टान से आ टकराया हो। जल्द ही पस्त हो गया वह – पस्त और पानी-पानी। फिर मधेसर ने उसे बांहों में पकड़ बच्चों की तरह उठा लिया और एक टीले पर कस कर बजार दिया। उसने उसके हाथों और पैरों को मोड़कर बजारा था कि उसके हाथ-पांव टूट जाएं और अपनी करनी का फल भोगने के लिए अपंग बनकर जिये। लेकिन उसकी बांहों में छटपटाते हुए उल्टी दिशा में गिरा लटरू। कुजगहा चोट लगी उसे। ऐसी चोट कि आह भी न निकल पाई मुंह से। छटपटाया और शान्त हो गया। यह देख मधेसर के होश उड़ गए। अरे, यह तो मर गया। वह तो सिर्फ हाथ-पांव तोड़ना चाहता था। अब क्या होगा? यह तो गजब हो गया...।

अब तक लटरू के खेत में काम करने वाले बनिहार घटनास्थल पर जुट

आए थे। दूर खेतों में काम करने वाले अन्य बनिहारों और खेत मालिकों को भी इसकी भनक मिल गई थी। लटरू के बनिहार चाहते तो तत्क्षण घटनस्थल पर पहुंचकर बीच-बचाव कर सकते थे। पर वे जान-बूझकर देर से आए। वे तो चाहते ही थे कि लटरू के निरंकुश मन पर कोई चांप चढ़ाए। उसे सेर का जवाब सवा सेर से दे...। पर यह तो हत्या हो गई...।

बिजली की तरह यह खबर बधार से गांव में पंहुची। बस, उसी क्षण लटरू के संवागी भाला, बरछा, गंडासा, लाठी और बंदूक ले दौड़ चले वहां। उनकी संख्या एक दर्जन के आसपास थी। अगर उनमें से हर आदमी बारी-बारी से मधेसर से फरिया लेना चाहता तो वह नहीं भागता। लेकिन वे एक साथ आ रहे थे और एक साथ ही उस पर प्रहार भी करते, इसलिए वह भाग चला वहां से। भागने से पहले रधिया से कहा उसने, “तू अकेली किसी से मत उलझना। चुपचाप घर चली जा।”

शायद मधेसर को भागते हुए लटरू के संवागियों ने देख लिया था, इसीलिए पीछा करने लगे। लेकिन छांव में बैठकर मस्ती काटने वालों से धूप में जलने वाला मधेसर भला कब पकड़ में आने वाला था। देखते-ही-देखते गांव के सिवान को लांघकर वह बगल के गांव में घुस गया। फिर वहां से निकलकर अगले गांव में चला गया। वे शाम गहराने तक उसे पकड़ने के लिए दौड़ते और हो-हल्ला करते रहे लेकिन हाथ नहीं आया वह।

इस बीच मौका पाकर अपने घर भाग आयी थी रधिया और बाहर का दरवाजा बंद कर आंगन मे गड़े महावीरी झंडे को पकड़ रो रही थी। उसका कलेजा धक्-धक् कर रहा था। कहीं मधेसर को पकड़ ने लें ये दुश्मन। एक आदमी पर इतने, क्या लड़ेगा वह। झंडे में लहराते महावीर जी की गोहराने लगी कि अब वही उसकी रक्षा करें! उसे अपनी चिंता नहीं। उसका क्या? लोग मार दें या छोड़ दें? वह जिस जिंदगी से उबर कर आयी है, वह तो मौत से भी गयी-गुजरी थी। उस नरक से उसे मुक्त किया मधेसर ने...। वह अपने को मिटा देगी, लेकिन मधेसर के साथ कुछ भी अप्रिय होता नहीं देख पाएगी।

इधर मधेसर को न पाकर रधिया को मारने के लिए लटरू के संवागी जुट आए उसके दरवाजे। डोमिन की इस लौंडिया के चलते ही सब हुआ है। इसे खत्म कर दें। न रहेगा बांस, न बजेगी बांसुरी इसी ने आग लगायी है। सौ चूहे खाकर बिल्ली चली हज करने। सतवंती बनी है साली।

लेकिन गांव के लोगों ने बीच-बचाव किया, "मेहरारू को मारना उचित नहीं। मर्द का बदला उसकी मेहरारू से क्या लेना?" टेंगरी और हरगोविन्द तो बिल्कुल सामने आ गए, "किसी को हाथ नहीं उठाने देंगे मधेसर की पत्नी पर। मधेसर को पकड़कर जो चाहे फरिया ले, उसकी औरत से किसी को क्या लेना-देना?"

लड़ाई के दिनों की मधेसर की भूमिका यहां कारगर हो गई थी। सामान्य स्थिति में किसी के उपकार और सहयोग को भले ही याद ने रख पाएं लोग, आपात् स्थिति तो उन्हें स्वतः सचेत और जागरूक बना देती है। इस दौरान मगन भी आ गया था अपनी पत्नी के साथ और घड़ियाली आंसू बहाना शुरू कर दिया था, "मेरी रधिया का कोई दोष नहीं। क्या कर सकती है वह। उसका वश ही क्या। मधेसर की करनी का दंड उसे नहीं। जोरू की बात मान कर चलने वाला मर्द मधेसर नहीं। उसके मन में जो आता है, वही करता है। रधिया तो उसके खूंटे की गाय है। उसे मारना गो-वध करना है।"

मधेसर के साथ रधिया के भाग आने के बाद यहां दूसरी बार आया था मगन, इसीलिए नहीं कि बेटी की जान संकट में है, बल्कि इसलिए कि अब जब मधेसर भाग गया है, तो संभवतः रधिया को लौटा ले जाएगा वह और नये सिरे से फिर सौदा कर सकेगा उसका।

लटरू के संवागियों को न चाहते हुए भी मानना पड़ा। गांव का एक बड़ा वर्ग रधिया की रक्षा के लिए खड़ा हो गया था। अंततः खून का घूंट पीकर लौट गए थे।

इस बीच पुलिस आकर अपना कोरम पूरा कर चुकी, लेकिन पुलिस पर न तो वे निर्भर ही थे और न तनिक विश्वास ही। गांव के कई मामलों में पुलिस की निरर्थकता वे देख चुके थे, इसीलिए खून का बदला खून ही उनका

उद्देश्य था। उसे ढूंढ़कर तड़पा-तड़पा कर अगर नहीं मारा तो इतने संवागी और इतने खेत होकर क्या किया?

मधेसर के जाने के बाद रधिया अकेली बच गयी – अकेली और मधेसर के लिए चिन्तातुर। प्रारम्भ में मगन ने बहुत प्रयास किया कि वह उसे वापस ले जा सके। लेकिन मगन की एक न सुनी उसने। मगन द्वारा अधिक जिद करने पर कस कर झिड़क दिया उसे। मगन ने चाह कर भी जोर-जबर्दस्ती नहीं की। जिसके लिए लटरू जैसे खेतिहर की हत्या कर दी है मधेसर ने, उसके साथ जोर-जबर्दस्ती करने पर वह बख्शने वाला नहीं। शायद यह सोचकर ही महटिया गया मगन।

रधिया ने अनुभव किया कि मधेसर की अनुपस्थिति में, गांव की पिछली लड़ाई में उसकी भूमिका अब ढाल बन गई थी। उसे लगा, पीठ पीछे ही किसी की करनी को याद करते हैं लोग। आंख के सामने रहते तो ईर्ष्या-द्वेष से संतुलन कायम नहीं रख पाते। इस स्थिति में रधिया चाहती तो मधेसर के नाम पर लोगों से उधार-पैंच लेकर काम चला सकती थी। एक पेट के लिए बहुत की जरूरत भी नहीं थी उसे। पर ऐसा करना उसने कतई मुनासिब नहीं समझा। लोगों की सुरक्षा उसे मिल रही थी, इसे ही उसने पर्याप्त माना। वह काम जानती थी। बांस खरीद लायी और चटाई, बेना, कलसूप,झपोली, खांची, मउर आदि बनाने लगी। काम में लगे होने की वजह से अकेलापान भी जाता रहा और गृहस्थी भी चल निकली। इस स्थिति में मधेसर के कर्जदाताओं ने भी उसे परेशान नहीं किया। उन्हें विश्वास था, मधेसर जब भी आएगा, उनका कर्ज चुका देगा। वैसे रधिया ने भी कर्जदाताओं को आश्वस्त कर दिया था कि धीरे-धीरे एक-एक पैसा चुका देगी सबका।

इस दौरान शुरू में अपने को कोसती रहती वह कि स्वयं अपने पैर पर कुल्हाड़ी मारी है उसने। डोमिन की औलाद, अपना नीमन जबुन नहीं सोच सकी। लटरू के खिलाफ पति को न उकसाती तो वे नहीं मारते उसे। मुआ बोल-बोलकर क्या कर लेता? बोलता रहता! कान बंद कर आती-जाती रहती। घर तो नहीं उजड़ता उसका। पर उस पर तो सामत सवार थी। वह सोझिया

देना चाहती थी उसे। वह निर्लज्ज तो मुंह बिदोर कर चला गया। अब खुद सोझिया गई वह। देवता जैसे पति को बनवास दे डाला।

लेकिन आगे चलकर अपनी यह धारण गलत लगने लगी उसे। उसके पति ने जो भी किया ठीक ही किया। अगर वैसा नहीं किया होता तो आज उसे अकेली पाकर गांव के मनचले जीना दूभर कर देते। लेकिन उसके पति द्वारा लटरू की हत्या याद कर सब थम गए हैं। अपने बढ़े हुए मन को रोक लिया है उन्होंने। रधिया ने उन्हें आपस में फुसफुसाते हुए भी सुना है, "इसे हाथ लगाना आग से खेलना है। जब लटरू को मारते देर नहीं लगी मधेसर को तो और किसी को वह क्या समझता है? एक हत्या करके भटक खुल गई है उसकी...अब किसी को भी मारने में उसे आहस नहीं।"

रधिया का मन ऐसे अवसरों पर पति को याद कर जार-बेजार हो जाता है। अपनी उपस्थिति के दौरान जो सुरक्षा उसे पति से मिलती थी, न रहने पर भी वह स्थिति बहाल कर दी है पति ने। ऐसे पति को पूजती रहेगी वह जीवन भर। उसके नाम पर कभी बट्टा नहीं लगने देगी। यह उसके किसी जन्म के पुण्य का ही प्रभाव था कि ऐसा पति मिला। पति वियोग की पीड़ा से तड़प उठती वह। आंखों से प्रेम के आंसू बरस पड़ते। ऐसे क्षणों में महावीरी झंडे के पास बैठकर सच्चे मन से प्रार्थना करती रहती वह, "कौन सो संकट मोर गरीब को जो तुमसों नहि जात है टारो...।"

इधर आये दिन गांव में मधेसर को लेकर नई-नई खबरें उड़ती रहतीं। कि सोन उस पार के एक गांव में है वह, जहां अपना नाम बदलकर एक गृहस्थ के यहां बनिहारी पकड़ लिया है। कि शहर में जाकर रिक्शा चला रहा है कि अयोध्या में जाकर साधु हो गया है। कि आतंकवादियों के एक गिरोह में जा मिला है। कि वह कहीं बाहर नहीं गया है, इधर-उधर ही छिपकर रहा है। कि कब क्या कर दे, कुछ ठीक नहीं। लेकिन कुछ ही दिन के बाद ये खबरें मंद पड़ गयीं। लोग गांव की नई समस्याओं और नई घटनाओं में दिलचस्पी लेने लगे। मधेसर को एक तरह से भूल चले थे लोग...कि अचानक एक रात, रात के अन्तिम पहर जेठ की गर्म हवा की तरह सनसनाती हुई यह खबर

पूरे गांव में फैल गई कि लटरू के संवागियों ने मधेसर को घेर लिया है। कि मधेसर रात में अपनी पत्नी से मिलने आया था। कि इसकी भनक लटरू के संवागियों को लग गई थी। कि वे उसके घर को घेर कर खड़े हैं! कि अब वे मधेसर को छोड़ने वाले नहीं।

घटनास्थल पर पहुंचकर गांव के लोगों ने पाया कि सचमुच लटरू के संवागी लाठी, भाला, बरछा, गंडासा और बन्दूक से लैस मधेसर के घर की मोर्चाबंदी किए हुए थे। वे पूरी तरह मुस्तैद और तत्पर थे कि मधेसर किसी ओर से भी भागने न पाए – न आगे के दरवाजे, न पीछे के निकसार से, न छप्पर फांद कर पिछवाड़े की गली से। साथ ही वे इस बात के लिए उद्यत भी थे कि जल्द-से-जल्द उसे पकड़कर उसका काम तमाम कर दें, इसीलिए उसका दरवाजा जोर-जोर से पीट रहे थे। लेकिन किवाड़ नहीं खोल रहा था मधेसर। किवाड़ के भीतर से गरज कर चेतावनी भी दी उसने – "अगर किवाड़ तोड़कर किसी ने घुसने की कोशिश की तो चौखट लांघते ही दो टुकड़े कर दूंगा उसे! जिस पर मौत सवार हो, वह आये।"

लटरू के संवागियों ने किवाड़ की फांक में टार्च की रोशनी फेंककर देखा, सचमुच मधेसर हाथ में चमकता गंडासा लिए किवाड़ के पास काल की तरह खड़ा था। किवाड़ तोड़कर घुसना खतरे से खाली नहीं। उसे मारने के लिए लटरू के संवागियों के समक्ष अब दूसरा निरापद रास्ता उसके घर में आग लगा देना था। घर और अपनी पत्नी के साथ जलकर मर जाएगा या फिर जलने से बचने के लिए बाहर भागेगा तो बन्दूक से भून देंगे या भाले की नोक पर उसे टांग लेंगे! अपनी इस योजना को अंजाम देने के लिए किरासन और सीढ़ी के लिए अपने कुछ आदमियों को दौड़ा चुके थे वे। कच्ची ईंटों और खपड़ैल छतों का बना पुश्तैनी मकान था मधेसर का। सीढ़ी से खपड़ैल छप्पर पर चढ़कर आग लगाएंगें। लेकिन खबर पाते ही गांव के लोग जुटने लगे और इस कार्य को रोकने के लिए उन्हें समझाने लगे। अगर जुटने वाले अधिकांश लोग सिर्फ लटरू के संवागियों के पक्षधर होते तो उसी दिन घर जलाकर मधेसर पति-पत्नी को मार दिया गया होता। लेकिन जुटने

वाले अधिकांश किसी-न-किसी रूप में मधेसर से ही हमदर्दी रखते थे। और ऐसे कार्य बिना गांव के एक बड़े वर्ग के समर्थन के घटित नहीं होते। साथ ही लटरू के संवागियों ने पहले से इसकी तैयारी भी तो नहीं की थी। उनके अपने घर मुश्किल से एक-आध लीटर किरासन था और किरासन तो गांव की विभिन्न दूकानों से लेना था, जहां किसी के यहां आधा कनस्तर था तो किसी के यहां दो-चार लीटर, तो किसी के यहां वह भी नहीं। इस पर भोर होने से पहले के इस ब्राह्म मुहूर्त में दूकानदार या तो सोये मिलते या दिशा-फराकित को निकले। काफी भाग-दौड़ के बाद कुछ कनस्तर किरासन और सीढ़ी वहां ले आए थे। पर अब तक सारा गांव जुट आया था और लोगों ने इस कार्य पर रोक लगा दी थी। वहां मधेसर के कर्जदाताओं का कहना था कि मधेसर मर जाएगा तो उनके कर्ज की भरपाई कौन करेगा? उसे मारने से पहले वे कर्ज चुका दें उनका या जब वे मधेसर से अपना कर्ज वसूल कर लें, तब वे उसे मारें। इसके अतिरिक्त टेंगरी और हरगोविन्द जैसे लोग सीधे-सीधे उठ खड़े हुए मधेसर के पक्ष में कि इस तरह वे उसका घर नहीं जलाने देंगें। उससे निपटने का यह कोई तरीका नहीं। असल में गांव के पिछले युद्ध में मधेसर की भूमिका यहां फिर स्मरण हो आयी थी सबको।

इस बीच खिड़की से स्वयं मधेसर ने भी दहाड़ना शुरू कर दिया था, “मेरी पत्नी को बेइज्जत करना चाहा था लटरू ने और जब मैं उससे पूछने पहुंचा तो मुझ पर भी प्रहार कर बैठा। इस पर मैं उसे मारूं नहीं तो क्या छोड़ दूं? उसकी तरह जो भी करेगा, मैं उसके साथ वही करूंगा।”

लटरू के संवागियों को यह देखकर गहरा आश्चर्य हो रहा था कि ‘नन्हटोली’ के लोग और ‘बड़टोली’ के लोग जो अक्सर अलग-अलग ही रहते थे, इस मौके पर एक हो गये थे। शायद यह देखकर ही मधेसर को मारने का उनका सारा उत्साह जाता रहा। अपने खुद के पसीने से भीगने लगे वे। किस-किस से उलझें? मधेसर तक कैसे पहुंचें? उनका मुंह नोचने के लिए सारा गांव तैयार है। संभव है,

अधिक विवाद करने पर खुद उनकी धुनाई हो जाए। भीड़ के लोग जिस

तरह से गर्म और उत्तेजित होते जा रहे थे, उसके द्वारा कुछ भी असंभव नहीं था। बस, भीगी बिल्ली बन लटरू के संवागी लौट चल वहां से। लौटते हुए अपनी लाज बचाने के लिए यह कहते गए – "देखते हैं, कब तक गांव बचाता है तुम्हें? कब तक घेरे रहते हैं लोग? कभी-न-कभी तो अकेले मिलोगे, फिर सुलट लेंगे हम तुझसे। छोड़ेंगे नहीं।"

जवाब में इस बार दरवाजा खोलकर बाहर निकल आया मधेसर, "जब इच्छा हो फरिया लेना... मैं भागने वाला नहीं। सारा गांव जानता है कि लटरू कैसा था? किसी-न-किसी के हाथों तो उसे मरना ही था। मुझसे भिड़ गया, इसीलिए वह काम मुझे ही करना पड़ा।"

लटरू के संवागियों के जाने के बाद वहां एकत्रित गांव की भीड़ हर्षित हो उठी – हर्षित और रोमांचित भी। आगे क्या होगा, कुछ कहा नहीं जा सकता। संभव है, लटरू के संवागी मधेसर को मारने का फिर प्रयास करें। संभव है, गांव की सामूहिक शक्ति और सामूहिक निर्णय के खिलाफ वे चूं तक न बोलें! आगे का हाल भविष्य के गर्भ में। फिलहाल तो सारे गांव की चर्चाओं का विषय हो गया है मधेसर। भीड़ के लोग उचक-उचक कर देख रहे हैं। घरों की खिड़कियों और छतों से औरतें उसे निहार रही होती हैं। जिसकी नजर अभी तक उस पर नहीं पड़ी है, वह भीड़ को चीरते हुए उसे देखने के लिए आगे बढ़ रहा होता है। मधेसर अपनी पत्नी के साथ अपने दरवाजे पर पहले की भांति दृढ़ता के साथ खड़ा है – अपनी उसी मस्ती और अक्खड़ता के साथ...।

•••